七等生全集［1］

初見曙光

七等生 著

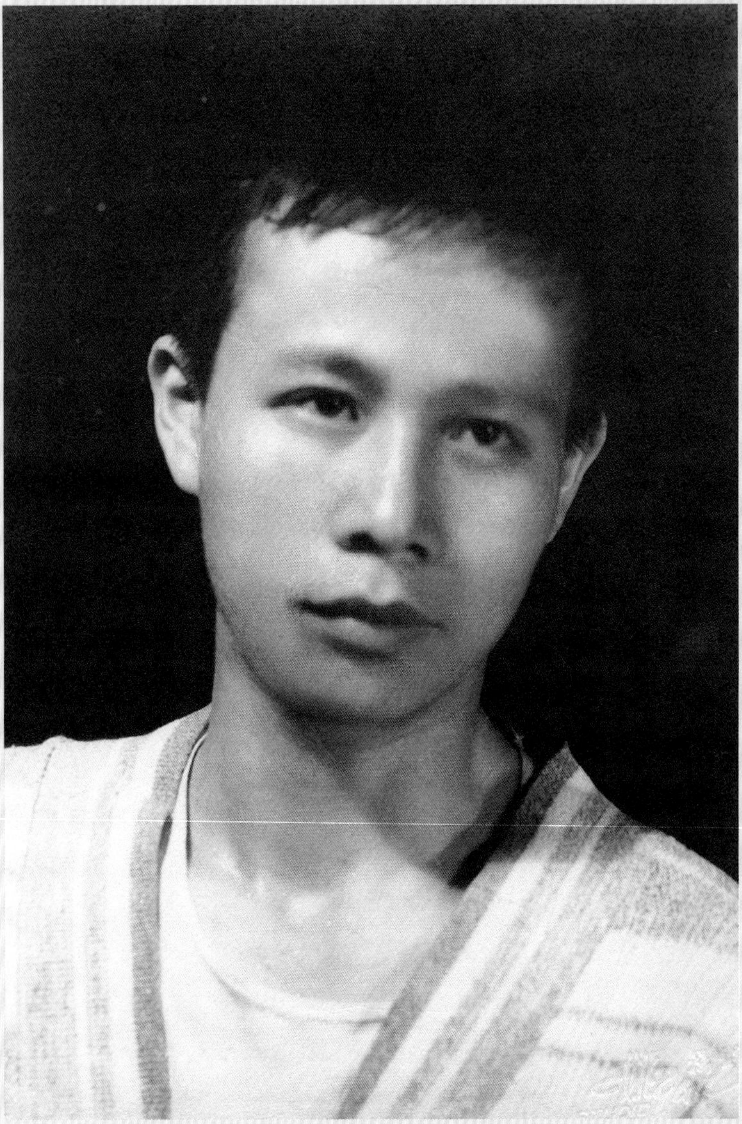

1962年　23歲　在九份

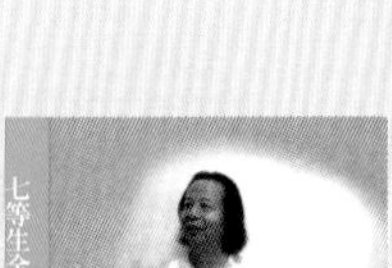

余自小喜愛音樂和繪畫，不料学校畢業後踏入社會工作，卻走進文学創作之路，三十年來歲月，顛沛流離，只得溫飽。退休後，重拾童年的喜悅，竟顫抖地握著畫筆，只是為了排遣這年邁的生活罷了。去年在東之畫廊認識品鑑與收藏家周博之先生，經其介紹而再識欣賞家藝術中心創辦人黃茂雄先生，蒙其厚愛邀筆辦個展，藉此表達衷心的感激和謝意。

七等生

1992，12月

七等生筆跡

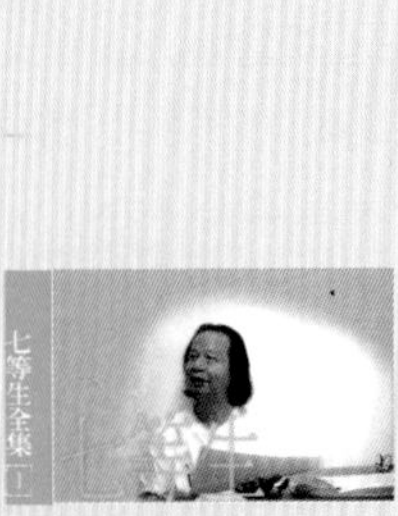

七等生
冷眼看繽紛世界
熱心度灰色人生

《七等生全集》總序

七等生

黎明前，詹生駕車來到進城的那條道路上停下，無數的日月他駛過平原田疇和爬山越嶺，經歷許多的鄉村街巷，意欲想回到城市，探望年紀老邁的母親，以及分離許久的妻子兒女，但他不能確信除了他自個孑然獨身之外還有什麼親人，或許他盼望重見老友。他停下車是因爲前面有車擋住，灰灰濛濛的霧氣中，他沒有看到城門，蜿蜒的山路上停靠著一排長龍似的各形各色車子，不知綿延有多少距離。他下車向前走到前面去，一部大卡車的車窗裡，一個斜頭坐睡的人朝車外露出一張錫白的面孔，當詹生走近時，半睡半醒的他緩慢地微開眼皮，裂出眼瞳的一條黑線和一點晶亮的白光，沒有說話，司空見慣似地有種幽深隱埋的表情，眼皮又合上像他先前的休息和等待般的樣子。詹生再走前幾步，注視另一部車子的景象，有一男一女睡著很熟，他沒有叫醒他們，感悟不會探問到任何什麼事，只好往回到他自己的車旁。他想他們和他們的車子都是在等候天亮預備進城，但這景象的意味是他所料不及的，好像回到了久遠的古代。在這黎明的時刻，他是最後到達的一個。他無法可想將來進城是否要有手續，他不能明白將來會遇到什麼事，爲何前面那些人只顧睡覺，沒有聚集談論事情，也沒有任何跡象好教他能夠了解狀況。或許根本就沒有情況會發生，只是詹生個人的一種疑慮而已。一個熟悉的聲音在他耳膜響起：「你總以爲這個世界的人誤解你，其實是你對這個世界充滿了誤會。」他回想起許久以前他是如何離城的，那時刻他年輕，現在他年老了；十年前，二十年前，三十年前……他有些記不清楚，無法可想他是什麼原因出城的。那時似乎是在一個人潮擁擠的車站，他搭上火車，然後火車移動後就迅速消失了城市的踪影。而現在由這山區的隘口進城似乎有些離譜。他自己什麼時候像大家一樣開起汽車來也有點糊塗了。時光或時代在不知不覺中移轉了，他懷疑自己的存在和記憶，似乎個人活命的感覺是無法言傳的……

這段話頗像我寫小說的開頭，我曾經寫過「離城記」，陳述想像和眞實搞不清楚孰是孰非。我們知道在現實生活中是不能有任何含糊不清的事體，否則會有爭執和打戰。但是在思考的世界裡，語言變得十分詭譎和有趣。譬如我總是由現實出發，以免讓人搞不清狀況和分不出頭緒，而有的人的閱讀習慣很頑硬，當小說由現實轉入虛構時，他們不肯跟隨進入，以致大叫荒謬和違背語法倫常。但所幸還有一些認眞和能掌握感覺的人，他們明白沒有幻想的部分是無法釐清現實眞相的。經過了這半世紀的努力和陶冶，人們更爲認清存在的現象是一種單獨、短暫、變幻和多樣的事物，而這一切事物似乎越來越快速地往前行邁，感覺現實和想像是一體的兩面，互爲裏外和互爲眞假，經由電的傳導，知悉宇宙的事物，經由符號而獲得普遍的知識。我們吃食物，是在吸收各種的元素，我們是由元素發酵而成長和演化的不同軀體，個別由意志形成不同的容貌表情。然後由感覺產生了快樂和痛苦的意識，我們意圖在痛苦的意識中尋覓途徑去追求快樂的人生意義。

我的一生徬徨和掙扎於思考和寫作，由年輕到年老力衰，這些思想的記錄累積，似乎歸不到任何的結論，僅只約略而勉強踏出一個平庸者苟且存活的方法而已。如果人生的目的是在追求快樂的感覺，那是純粹的幻想，就像我們藉助短暫的生涯遙想永恒，想到要全靠這虛無的幻覺去體會眞實存在，不免悲從衷來，有如百姓期盼聖君帶來和平和幸福。此番生存的境遇，重憶過往種種情事，一切屈辱和承受都拋諸於腦後而不復遺留。我的存在意識不外保留一份擁有的醒敏，但這層意涵與酒醉沉迷或昏昏噩噩沒有兩樣。我一直感激於我的父母賜給我這份涵容的軀身，讓我流連在寫作和繪畫的天地裡自由自在獨來獨往。好笑的是，我在鄉下的教職退休後，意想天開地遷來台北，這個城市曾是我受學和遊蕩的所在，年邁的我依然如故，喜歡縱情聲色，想和這打扮起來的都會一同邁向二十一世紀，想到這個，有詩自我調侃一下：

粗茶淡飯人猶在
夜遊酒廊入庸塞
高麗歌女唱哭河
站看雲裳天使懷

最後，全集的出版要歸功和感激兩位特別的人士，一位是夢幻出版家沈登恩先生，一位是資深的台灣文學的文評家張恆豪先生。後者說好高興義不容辭地負起編輯的責任，前者表示有始有終地出版七等生的作品是一種對台灣的愛。呈現一個大略的全貌給二十一世紀的新興讀者，我自己也有提前告別的意味，尤其想在此刻向陪伴我度過貧賤半生的尤麗（百合）致敬和感謝，她辛勤而負責任地養育三個子女長大成人然後隱居身退，我常想起她年輕時美麗的樣子，在早年艱困的日子裡如果沒有她爲伴，不會使我持續不輟進行幾近苦行般的寫作。還有少數幾位不嫌和我飲酒笑鬧的朋友，祝你們健康快樂。

二〇〇〇年七月

編輯說明

張恆豪

一、本全集包括《初見曙光》等十卷，蒐集七等生一九六二年首次在「聯合副刊」發表的〈失業、撲克、炸魷魚〉，至一九九七年「拾穗雜誌」發表的〈一紙相思〉，歷經三十五年的創作及論述作品。

二、全集的分卷，不以文類做區隔，而是以寫作年代來劃分，此一編輯構想來自作者七等生本人，自是有別於本公司過去出版的版本，是作者親編的新版本。

三、第一卷《初見曙光》，蒐有小說與散文，是七等生在一九六二年至一九六五年作品，即寫作於二十三至二十六歲。

第二卷《我愛黑眼珠》，蒐有小說、散文與論文，是七等生在一九六六年至一九六七年作品，即寫作於二十七至二十八歲。

第三卷《僵局》，蒐有小說與詩，是七等生在一九六八年至一九七一年作品，即寫作於二十九至三十二歲。

第四卷《離城記》，蒐有小說與論文，是七等生在一九七二年至一九七四年作品，即寫作於三十三至三十五歲。

第五卷《沙河悲歌》，蒐有小說、散文與論文，是七等生在一九七五年至一九七七年作品，即寫作於三十六至三十八歲。

第六卷《城之迷》，蒐有小說與散文，是七等生在一九七七年至一九七八年作品，即寫作於三十八至三十九歲。

第七卷《銀波翅膀》，蒐有散文、詩與小說，是七等生在一九七八年至一九七九年作品，即寫作於三十九至四十歲。

第八卷《重回沙河》，蒐有散文、小說、講辭與詩，是七等生在一九八一年至一九八三年作品，即寫作於四十二至四十四歲。

第九卷《譚郎的書信》，蒐有小說與詩，是七等生在一九八四年至一九八八年作品，即寫作於四十五至四十九歲。

第十卷《一紙相思》，蒐有小說、散文及序文，小說與散文，寫於一九九〇年至一九九九年，是七等生五十一至六十歲作品。

四、每卷七等生作品之後，大多附有評論者與該卷作品相關的論文，這些論文都由七等生選定，論文之後，都附有評論者簡介。

五、每卷本文之前，都蒐有相關的照片身影，提供讀者對照參考。尾卷作品之後，另附有七等生生平年表及歷來相關評論引得，以便於有興趣的讀者查閱。

《初見曙光》目次

初見曙光

失業、撲克、炸魷魚

已經退役半年的透西晚上八句鐘來我的屋宇時我和音樂家正靠在燈盞下的小木方桌玩撲克。我拉一張椅子請他坐下。他說他想到路尾去散步。假如你願意參加打撲克九點鐘我和你到路尾去，我說。透西輸了二十隻火柴根，他從椅子上站起來，我再數二十隻火柴根堆到他的面前並且拉他坐下來，他起先拒絕我這樣做，我再三的抱住他，然後他又坐下來。九點半時他又把二十隻輸掉了。他一共輸了四十隻火柴根。

「透西你輸了四十隻火柴根。」我說。

「我知道，八塊錢。爲了消遣八塊錢不算多，我現在付給你。」

他和音樂家都是矮身材的男人，但透西有好看的笑容，他斜著肩膀把手伸進褲子袋裡拿錢出來，音樂家說：

「我不願拿你輸給我的兩塊錢，」

「音樂家寧願吃兩個炸魷魚。」我說。

「我寧願吃兩個炸魷魚，我可不必拿你的兩塊錢。」音樂家笑著說。

「好，一起出去吃炸魷魚。」透西說。

「走，音樂家，吃完炸魷魚一起到路尾去。」我說。

「我留在屋子裡，我要彈吉他，回來就帶兩個炸魷魚。」

「音樂家不是合群的人。」我說。

「你說什麼？」

「我說音樂家是人類的貴族。」

透西笑出聲來。音樂家有點不高興，他知道我第一次說的不是這樣，他走向壁上掛著的吉他。當他坐下來調琴弦時我和透西從後門走出去。

外面寒風凜冽，海上呈灰黑的顏色，沒有捕魚的好船，海看起來寂寞淒涼，周圍的黑山丘像抱住小市鎮的城牆，這樣的天氣看山有一種不愉快的感覺。從戲院前面經過，透西表情很沉鬱。

「令人沮喪的電影，只放映一小時又十分鐘的沮喪電影，」他搖著頭說。

我們在炸魷魚攤停住，他問我現在吃還是散步回來再吃，我說散步回來比較好一點。

「這種沮喪破損的電影只有傻子買票進去，臉色灰白的人才建這種沮喪模樣的戲院，這種沮喪的戲院放映沮喪的電影。」

「透西你在說巴巴刺式的三段論法。」

「這誰都知道，什麼樣的有錢人請什麼樣的建築師，建築什麼樣的戲院。什麼樣的國家產生什麼樣的藝術。只有惠特曼才配寫《草葉集》，只有勞倫斯才能寫出《查泰萊夫人的情人》，只有奧遜威爾斯才能導演出《大國民》來，你能嗎？你說我們有人能寫出像希梅涅茲的〈普拉特羅與我〉的這種誠摯文章嗎？我們不能嗎？我們爲什麼被教育得這樣空虛呢？誰在阻塞我們心裡的慾望？魔鬼來壟斷一切的進步。還有我們爲什麼失業？我們到那裡去籌一筆三千塊錢用信封袋裝著送到人事組長面前，然後當一名臨時雇員，三千塊還未賺回又失業了。這是一種欺詐……」

「不要談這些，許多人和你一樣失業，山沒有人開墾，山也失業了；晚上海也失業了。」

「妓女沒有男人來嫖，妓女失業了。」我看著他，他在苦笑。

我們走進一條比較熱鬧的街道，透西姨母的女兒站在門前，她微塗著胭脂在小唇上，樣子很可愛。以前我就認識她，但沒有和她談愛。她的日本名字叫阿薩幾，意思是說小東西。我們在她面前停住，她對我們微笑。

「阿薩幾，到路尾去散步，」我說。

「這樣凜冽的寒風，我正出來但不敢向前。」她說。

「到路尾去，然後去吃炸魷魚。」透西說。

「失業的人才到路尾去乾站，喝西北風。」

「去吧，我們雖然失業但是規矩的男人。」我說。

「規矩的男人常失業，規矩的男人常失去女朋友。」

「要走了嗎？阿薩幾，」透西說。

「你有幾塊錢吃炸魷魚？」

「八塊錢，剛才我輸了八塊錢，吃炸魷魚就用這八塊錢。」

路尾在一條黑巷的盡頭，有一處高起的土堆讓失業的人眺望深澳一帶的海洋。有職業黃昏出來散步的人也站在這裡，遊覽的人也站在這裡。現在我和透西和小東西站在這裡。透西注視著煤場一帶的孤零房屋，樣很沉鬱。小東西顯得很不耐煩，她頻頻地轉動身軀來躲避迎面吹來的強烈寒風。我心想，和她談愛不知是什麼感覺。我從來也沒動過腦筋想跟她談愛。不過我知道和有些女人談愛很令人沮喪的，主要的是她們的脾氣不像一個女人的脾氣。再凶惡的女人我卻不覺討厭，只要她看起來是個十足的女人就好。阿薩幾是個十足的女人，但是屬於小氣脾氣的少女。職業假如能像女人一樣令人產生慾望就完美了。她發覺我在看她。她微笑著然後擺頭去看看透西，她再轉身過來時，我瞪住她的眼睛，她再微笑一次，於是低頭去看自己的腳。

「透西告訴我們兵營的事，」我說。

「他心裡有事時外表像一個詩人。」阿薩幾說。

「我不會作詩，我不是詩人，我也不是個墾山的農夫，上帝也不會承認我是農夫，我沒有多肌肉的手臂來捉緊鋤頭。但假如我能夠作詩，雜誌的編輯肯買我的詩稿我意願當一個詩人。可是他們不會買我的詩稿。在兵營時我是個士兵，現在什麼都不是。」

「不能再在這裡待了，這些風實在夠冷酷。」

「阿薩幾只想吃炸魷魚。」

「男人只想女人。」

「好，現在我們帶小東西去吃炸魷魚。」透西說。

「我不是爲了吃炸魷魚才跟你們來的，要吃炸魷魚我自己也能夠去。」

「當然，不過現在我們應該去吃炸魷魚了。」

我們離開那小土堆，走進巷子裡，從剛才來的路走回去。

「阿薩幾妳想嫁給一個怎麼樣的男人？」透西說。

「我還不知道。」

「你想娶怎樣的女人，透西？」我說。

「像阿薩幾這樣的。」

「不要開玩笑，透西。」

「我當然不能娶妳，我們是親戚。不過我要娶像妳這樣的女人。」透西說。「妳會嫁給一個失業的男人嗎？」

「我不知道。」她說。

「一個失業的男人帶女伴去跳舞會遭別人批評。失業的人什麼都必須檢點。撞球場我不能去，醫院開家庭舞會我也不願去，香煙我只吸舊樂園。」

到了炸魷魚攤，透西吩咐小童要六塊炸魷魚，另外用紙包兩塊。我們一起圍著一張小四方桌坐下。

夜色更深了，戲院第三場戲已散場很久，炸魷魚生意很好。我常常去注視阿薩幾，她的小嘴巴嚼魷魚很引起我的注意。透西看到我認眞地看她，臉上現著微笑。

「吃完炸魷魚我們去玩橋牌。」透西說。

「很晚了，我不應該還待在外面。」阿薩幾說。

「橋牌是在屋子裡打，和音樂家恰好四個人。」透西說。

「反正大家第二天都沒事做。」我說。

「媽媽知道要罵的。」她說。

「剛才我們帶妳到路尾時，姨母看到是我帶妳出來。」

阿薩幾首先裝著苦笑，然後含情脈脈地望著我。

當我們三個人從後門走進客廳時，音樂家在裡面很惱怒地踱方步。

「音樂家你又調斷了最細的第一弦了嗎？」我說。

「總是那E弦。」他疑惑地望著阿薩幾。

「我不是已經警告你勿把弦調得太高嗎？」我說。

「我照著絕對音高調弦是我的錯嗎？」

「當然，你沒有錯，不過下次要買還是買外國貨好。」

「音樂家這是你的炸魷魚。」透西說。

「謝謝，這位是誰？」

「阿薩幾，她來參加打橋牌。」我說。

橋

颱風昨夜過去，大甲鐵砧山下冗長寬蔓的大安溪鐵橋底下翻滾著黃濁急衝的大水，這是最凶猛可怕的一吹。橋上風勁很大，橋柱周圍有飛濺的水花和迅速旋轉的漩渦，看來美麗但令人產生驚心可怕的想像。這一帶溪畔附近風景醜陋得使人連想到居住在此的稀少人民。從溪旁的日南車站可觀望一片無際的荒野和石頭，有田畝的地方也是異常單調醜陋。這時，將近傍晚的時分，突然一群人奔向與鐵橋比鄰的日南公路大橋，一陣驚人的喚聲和各人的憂患臉色使人想到日南與大安鄉間低薄石堤的潰裂。可是擁擠在橋上的人群卻朝著鐵橋觀看，那麼一直蕹湧加厲不停的洪水衝斷了鐵橋橋柱是無疑了。但都不是，驚險百倍，原來兩個高中學生要從日南這端的鐵橋頭走到大甲那端的彼岸。爲了什麼？人群中無人知道。他們互相探問、討論和猜測。人越來越多，帶著愁容隨著這兩個冒險者移動，每一次強風吹斜了冒死者的身體都帶來一陣慘驚的叫聲。有的婦女在頓足。小孩子們亂穿著，無論如何橋上的人群是趕不開了，而交通因此被阻塞了。

「什麼事？馬戲班來大甲鎮嗎？選擇今天走鐵橋確是不錯，可是我沒聽說有馬戲班的走索者要來走鐵橋吸引觀衆呢！」

從轎車走出的老紳士探問第一個他遇到的人。

「先生，這不是馬戲班的走索者，而是兩個賭著生命的高中學生。」

他輕蔑地回答後馬上走向人群中去。

鐵橋上的兩個人各走在那鐵軌外的短截枕木上，沉毅而堅定地注視著腳的前方。那個較瘦的人似乎落後了些而且腳步艱難，人群對他投著關心焦慮的眼光，對於他想冒險艱辛地走完四百公尺距離的鐵橋，產生了憐憫和不安，他那英俊聰明的外表使人發出惋惜的哀嘆，而有人卻面對這情景掏出了手帕擦拭頰上的淚珠。這時一位警官匆遽地跑來，推開人群靠著橋柵把頭伸出橋外，他先猶疑一下然後微笑著說：

「你們二位爲了什麼事呢？要冒生命的危險。」

「私事，這不關你的事。」

那位走在稍前態度坦然的回答說。

「當然，私事我不必管，但是交通卻因此而阻塞了。」

他沒有回答他。另一位則聚精會神的在移動他的腳步。

「你們沒有看到橋下凶險可怕的水流嗎？我想你們不是爲了只是考驗自己的膽量吧。讓我投給你們繩子你們回轉過來，不要再傻走還有三分之二的路程，那麼觀看的人群就可以放下憂患的難色，你們願意幫這個忙嗎？你們難道願意讓婦女流淚嗎？」

「我必須一直往前走。」

走在前面的那位堅定地說。

「強風很大，我們確實不想看你們二位掉下去。」

「你勸阻是沒有用的，我不會聽你的話。」

警官喪氣地走開了，鄉長從人群中擠到橋柵。有人架設木板從橋柵通到鐵軌上。

「我是日南鄉長，想和你們二位結識做朋友，請問你們二位叫什麼名字？」

「平助。」

那位走在前面的說，看鄉長一眼。

「你呢？」

鄉長又問那位一直沉默小心落後的人。

「吉雄。」

「你們二位都在大甲中學就讀高中嗎？」

二者都點頭回答他。

「聽我的話，你們有什麼糾葛讓我做個調解人好嗎？」

「你解決不了我們的事。」

「那我猜著了。別這樣冒險，你們其中的一位假如能從現在為你們架設的木板走過來，我敢保證事情就解決了。你們不願到我的辦公室來喝著茶慢慢商量嗎？我想你們一定願意的，快，快走過來。」

「你不知道是什麼事，而且在辦公室也解決不了。」

當他們倆從木板邊經過，沒有踏著木板過來，群衆又嚷起紛紛的議論。但鄉長仍然不放鬆。

「年輕人不要那麼固執，你們都有父母嗎？」

二位再點頭回答他。

「你們的父母在附近嗎？」

「這不關重要的。」

「你們願給他們添加煩惱嗎？」

「請你不要再說，我決不會聽你的話。」

「你們決不能移走到盡頭的！」

「這也不關你的事。」

風勁依然很大，兩個人已經走了二分之一，鄉長搖首嘆息地走開。人群中一位慈祥的婦人紅著雙眼，一直隨著橋上的人走動，她的臉容顯得異常的傷心和痛楚，也帶著驚怖，她忍無可忍，用著悲凄的聲音說話：

「孩子，不要再走，你們爲了愛情的事就這樣做嗎？」

「我不會回答妳的。」

可是她抽搐尖泣的聲音似乎感動了鐵橋上的兩個人，終於停止了腳步。於是橋這邊的觀望的人群突然一陣肅靜不動，都注視鐵橋上兩個人的表情和舉動。

「我不要看到妳這個樣子。」

勇壯的平助打破周遭的沉寂說。然後繼續他的腳步向前移去。稍後的吉雄一直保持戰戰兢兢的態度，彷佛今天這件事他是被動似的。

「不要傻，想想你們的前程。」

這時擁到橋上來的人更多了，被阻塞停止的汽車排列約有一里遠，司機和乘客都下車跑到橋上來觀看，突然間，一聲汽笛叫聲驚住了所有的人，那位慈祥哭泣的婦人昏倒過去了。從日南開出的南下火車正要經過這大安溪上的鐵橋，兩個冒死者同時回過頭去準備應付這疏忽預料的危險。人群騷動的很厲害，剛才那位警官再出現了，仍然帶著誠懇的微笑。

「朋友，火車現在需要過橋，我們沒有力量阻止它，現在你們幫個忙從木板踏過來好嗎？」

「我不會接受你的誠意要求的。」

「你要相信我們不能阻止火車來輾壓你們。」

「火車儘管可以開過來。」

兩個人迅速從鐵軌枕木間的隙縫引體向下，雙手緊捉住枕木。群衆又引起一陣大騷動，每個人都顯出無望的臉色，即使人車走過去了，但疲乏將迫使他們的雙手失去力量，墜落是無疑了，可憐這樣蓬勃的生命！

火車緩慢地喘著氣從他們的頭上經過，車廂裡的乘客疑惑地望著這邊橋上聚集的人群，有的伸出頭來探問到底什麼事？但沒有人有心情去回答他們。

火車終於過去了，平助把他的身體引上來爬上枕木向前再走，但馬上為嘆息的喧嚷聲音止住了腳步，他回頭看望，原來他的同行者沒有上來，吉雄垂著頭沒有力量引上自己的身體，等待力盡落下翻滾急衝的流水。這時大家可以在勝利者的臉上覺察到一種改變，並且他居然付之於行動；他走回來去幫助弱者上來。那被扶起來的人似乎奄奄一息，疲乏得全身戰抖。他用一雙臂膀抱著他，使他站定。

「你感到怎樣，你有病嗎？」

「只是剛才那列火車的響聲令我感到昏暉罷了。」

「你能夠走嗎？」

「我可以試一試看。」

他一放開手臂，他的身體馬上傾倒下去，令觀衆恐怖地叫了起來，但旁邊的平助敏捷地抱住他。

「我扶著你走。」

「謝謝你，我的心臟敵不住火車的響聲，巨響使我感覺非常虛弱。」

現在競走者同臂前進了。這時一位大安鄉的議員擁進人群來，他似乎在不久前才聽到這消息，口唇還不斷地呼吸著急步所遭致的氣喘，他叫人把木板抬放在兩人的前頭，並且咧嘴和藹地說：

「請你把他從木板處扶過來，聽我話，否則兩人要同歸於盡了。」

「我不能照著你的意思做。」

平助這樣說，得到吉雄的贊同。有人甚至從石橋伸出一隻大竹竿請他捉住，平助把它推開了。

「你們要我和吉雄保持性命，不要再向我囉嗦，我們必須走完它，但不想藉你們的幫助來完成。」

平助憤然地說。於是沒有人再向冒死者做什麼或說什麼。有些人甚至已經跑到橋尾，越過縱貫公路和鐵路分開的溝道——集在鐵路上等著這兩位英雄到達岸上。

「你爲什麼攙我起來呢？」

兩人的心情不像剛開始時的緊張敵對。他們彷彿不是走在溪底是洪水的危險的鐵橋上，雖然還是遲緩小心地移動腳步。

「我知道你並不是不能走完鐵橋的人。」

「但我確實不能贏過你。」

「現在贏與不贏是很重要嗎？我懊悔邀你這樣做。那邊橋上的人的關切我無動於衷嗎？我也感覺害怕，但我們能接受他們的幫助嗎？我一開始就懊悔，於是只想著很快完結它。」

「我實在太愛彩卿才接受你的邀約，不過剛才我實在不行。平助你是勝利者。」

「這事以後我得到她是毫無意義的，並且我的出發點是搶奪，她未必深信我的。」

「你有剛才的行爲，她會深信你。」

「這不是搶奪，你有高貴的一面，你是值得有她。」
「我要你做我的朋友，但我不想拆散你們。」
「彩卿假如接受你，我不反對。」
「不要如此讓我這樣做，我願意接受她的友誼就滿足。」
「假如你不答應，請放開你的手臂。」
「我們不要爭吵，我們的事不要讓她知道。」
「我會告訴她。」
「千萬不要說，她知道什麼都完了。」
「你答應去請求她，我就什麼都不說。」
「我絕不能。」
「那麼讓我現在倒下去，我本應該死的。」
虛弱的吉雄想推開平助的手臂，於是平助不得不緊捉住他的手肘並且折彎弄痛它強迫著他向僅只幾公尺的彼端走去。
那位警官早已站在鐵路上人群的最前面等待這二位賭博生命的男人。當人群歡叫英雄踏上路地時，這位一直奔走焦急善心的警官威嚴地大聲說：
「因招致交通阻塞，你們二位被捕了。」
為時半句鐘的交通阻塞到這時終於暢通了。黃昏來臨。鐵砧山、荒野、比鄰著的兩座橋，大安溪和它的凶險的水流依然如故，但生命卻被時間改變了。

圍獵

老賴和綽號「意大利人」的胖子唯一不給小雷一回去獵山豬的理由是他的年紀不足十八歲，還是一個小孩子。但當黃昏降臨，三芝海上的天空呈著一片安詳歡欣的美麗晚霞時，一切又改變了，老賴和意大利人終於重新決定允許小雷可以跟著去學習。原因是小雷借到了一枝和他們一樣的雙管散彈獵槍。

從通往二林山下那間住著年輕時曾使過彎刀砍斃山豬的阿吉老頭的茅屋到小雷在什夜的月光下放槍時爲止，他們都沒有將他當作一位大人而和他說話。不過小雷不在乎這些，他一直保有著一種剛當獵人在月夜出獵所有的欣悅和戰慄的心情。他現在有一枝雙管獵槍，足夠舉穩獵槍的臂力和膽敢獨自一處獵獸的勇氣。他對著他自己發出自信的微笑。

當光耀燦爛的彩霞漸漸退去在夜幕降下之前，三個人和兩隻獵狗走到了阿吉老頭的茅屋前的三枝青樹下。老頭獨守在屋內嚼著晚飯。

「阿吉老伯在家嗎？」

矮胖的意大利人張嘴向裡面喚。阿吉老頭從屋裡出來。

「天氣好，原來是老賴和意大利人。」

「晚上山豬會出來嗎？阿吉伯。」老賴說。

「山豬會出來喝水，有年輕人隨著運氣會更好。」

阿吉老頭打量小雷的瘦長身材和那枝獵槍，小雷微笑地注視著他。他們交換了一個老年人與年輕人之間的會心的微笑。

「請你帶路，阿吉伯，你知道今晚在什麼地方可以獵到山豬。」老賴說。

「我願意，不過這次我要一隻山豬的後腿，而不要五包香煙。」

「我們給你山豬的後腿也給你五包香煙。」意大利人說。

月亮圓而潔出現在山頂上的黑藍天空中，他們首先走著一條兩旁有著疏落的松樹和毛櫸樹混種的小道。自然的沉寂迫使他們保持一種靜穆的沉默。翻過一處小山丘，小道通入密集的樹林，曲折的小道為繁密的樹梢遮去月亮柔和平靜的光輝，彷彿走在一條黑色的緞帶上，而樹梢卻接受灑下的銀波變成片片閃亮耀人彷彿白色的花朵。走出了樹林，二林山豬出沒的地方即在前方一大簇呈黑綠色有如肅穆站立著的千萬兵士的樹林深處。更遠可以看到朦朧的高山。阿吉老頭做了一個唯他才有的特殊手勢要大家停下，他先注視著每一個人然後說：

「今晚我們要在前面的樹林裡獵獲山豬。到了這裡大家必須分手，有兩個人必須走入樹林在裡面的兩條分路的地方分開把守南北二方的山腰。往常山豬都選擇其中的一條路逃去，還有一處就是這裡，這是預防山豬假如不從那兩條路逃走的話。不過這可能二十年才一次。你們決定一下。」

阿吉老頭注視著老賴和意大利人。

「我和意大利人走進樹林，阿吉伯你在這裡照顧小雷。」老賴毫不思索地說。然後看著意大利人。

「這樣是對的。」意大利人說。

「這樣很好。」阿吉老頭說。

「不過阿吉伯你要小心注意小雷，當心他的獵槍走火，他第一次有這樣的一枝槍。」老賴說。阿吉老頭點點頭。

「我們什麼時候放出獵狗呢？」意大利人問。

「十二點以後放出獵狗去追趕山豬。」阿吉老頭說。

「好的，我們就這樣決定。」

老賴和意大利人牽著各自的獵狗向樹林走去。阿吉老頭和小雷坐在草地上聊天。

「你圍過獵嗎？年輕人。」

「沒有。」

「會放槍嗎？」

「爲什麼不會呢。」

「你說當一隻山豬奔逃時你怎樣瞄準射擊牠？」

「向牠進行方向的前方開槍。」

「你能在開第一槍之後馬上決定要不要放第二槍嗎?」

「我不知道，不過或許我能夠做到。」

「今晚我有一種預感，山豬或許會經過這裡。」

阿吉老頭說。

「一定會嗎?」

「二十年前我在這裡用彎刀把那頭凶猛的雄山豬的頭幾乎劈開了，我和山豬一同倒下，但當我站起來之後，山豬沒有爬起來。」

「說下去。」

「當那頭山豬一奔出樹林我就舉著刀迎上去，像迎一個敵人，也是這樣的好天氣，這樣的月亮。」

「山豬的大牙刺傷你的身體嗎?」小雷問。

「山豬的衝力很大，我砍牠的頭同時倒下去，山豬倒在我的身旁，刀子離開我的手，它砍牢在豬的腦蓋裡。」

「後來怎樣?」

「我的大名遠播。」

「我常常聽到獵友們談論你。」

「他們說些什麼？」

「他們說你以後沒有再獵過山豬，只當別人的嚮導。」

「我不願用獵槍打山豬，否則我可以一天打一隻。當我能夠用刀砍山豬時我決不用獵槍，我無力量也無獵槍時我願意當嚮導。」

「我們等一下怎樣打山豬，假如山豬從樹林逃來。」

「十二點一過我們爬到後面那棵大樹上，山豬看到沒有人，牠不會轉路逃走。」

「你願意吃一塊我從鎮上帶來的巧克力糖等著山豬嗎？」

「謝謝，你似乎比你實際的年齡來得鎮靜些。」

「但願山豬從樹林逃出來。」

「但願。晚上我一直有預感。」

老賴和意大利人走進樹林後由於各自私下好勝心的驅使和不相讓的性格，於是以拋樹枝來決定把守的方向，之後馬上爲過分地自信山豬必定爲自己所獵獲而爭論不休。

「晚上我能猜測到牠是怎樣的一隻山豬，一隻向南方奔馳的山豬。」

「這樣嗎？唷，我倒以爲牠會向北逃過來呢。」

「這不可能的，南端樹林繁茂而下坡，假如我是一隻山豬我會選擇這樣的一條路。」

「北端是山豬舊巢，牠一定毫不猶疑地從我把守的路跳過來。」

「慌亂的山豬能辨別回去的方向嗎？剛才的話卻出自一個獵戶的口中。試想，僅憑今夜的月亮就會把牠引到南面的方向來。」

「我願意用半打啤酒來賭山豬會從我的路來，你願意嗎？」意大利人不能忍受老賴的自大賣老的誇口終於向他威嚇說。

「當然，不過半打啤酒來賭一隻山豬你不覺得嫌少了些嗎？加半打如何？」

說完他故意彎下身體來摸一摸他身旁那隻瘦長花斑色的獵狗。

「這意見我接受，但萬一我眞的輸了，這一打之外再添一打。」

意大利人也俯下身體摸弄他自己的獵狗。

老賴先滿意了對方的上當，然後顯著微笑說：

「假如我輸了我也照老兄的意思加一打。」

「好，這樣更好，一切都很公平，一言爲定。」

「一言爲定。」

他們交換了一個饒有丈夫氣的堅實握手之後，較瘦的老賴牽著他的狗向一個方向走去；意大利人也向相反的方向走去。兩個男人的心裡都在嘲笑對方和自滿這次的打賭。老賴的理由是他有在這一帶曾和別的一些獵友獵過五次山豬的經驗，而當拋過樹枝後他故意來引誘對方的上當。意大利人也有和他同樣的理由。不過山豬卻不是過去同樣的山豬。直到他們放出獵狗後不久不是在對方而是在另一個較遠的方向響出兩聲槍響的時候，這兩個男人首先是一陣震驚的跳躍，然後是一種困惑的覺悟，最後是慶幸的微笑和拔腳奔跑。他們氣喘地在剛才分道的地方相遇著了，他們臉上都堆著一種不自然像盛開的百合花般的笑容。

「這是怎麼回事呀，意大利人。」

「是呀，這是多麼使人想像不到呀，老賴。」

於是兩個人再不相爭山豬的奔逃的方向，也沒有提起啤酒的事。各人都害怕提到這事。兩個人這時唯一能做的就是儘快走出樹林。

阿吉老頭半蹲著身子用手摸弄著在此相會的兩隻喜躍的狗。小雷沉默地坐在地上，心中由於喜悅，那兩隻緊握槍枝的手不斷微微地戰抖。他不時把視線從倒在草地上不再動顫的山豬身上移到樹林的出口處，然後再從那裡轉回到山豬的身上，終於被等待的兩個人出現了，而晚上月光下的圍獵山豬也結束了。

午後的男孩

「得澤——殺死他！」

正當通霄鎮的老爺棒球隊的投手高個子得澤伸出左腳把雙手舉在頭頂上預備投球時，一個爬在高樹上觀看的男孩由衷地喚出尖銳的叫聲，打破全場屏息著的沉靜。接著是投手的遲疑，然後是一陣舉場沸騰的嘩聲。苗栗鎮義勇隊的打擊手揮了一棒空球，於是結束了交鋒的第一回合；三比三，平手。

那位大頭大眼睛身軀瘦削的男孩敏捷地從樹上跳下，迅速地離開這座落於通霄虎頭山下的國校運動場。他並非不想繼續看下去，只是一樁極爲緊要即使在剛才那緊張的時刻也不致忘掉的事迫著他去辦。至於那位令人注目的投手得澤呢？是他的好朋友。每當得澤要到保元林山上獵天雞或在虎頭山圍兔子時必定邀他一同去。在他的心目中得澤是個無比而又善良仁慈的獵手和棒球投手。他時常向他請教，他樂意教他。得澤說：武雄，你將來會比我更行。但他離開時心裡想著，老爺隊今天可能要敗給義勇隊；老爺隊雖然有本鎮的群衆高喚的鼓勵，卻沒有義勇隊隊員們提在手上的啤酒和汽水。這個男孩假如沒有辦妥他的事，那麼他還會回來看個究竟。

他先跑到國校辦公室看時刻，現在是午後兩點一刻。他走開時摸一摸校門口的國父紀念銅像，然後沿著舊街的水溝再經過古井回到屋前有一座防空壕的家，這座矮屋位於市街的偏僻處。他小心地扶高竹籬笆門輕輕推開它，務使它不發出一點足夠驚動一位身體不舒服的人容易產生煩躁情緒的響聲。當他走進屋裡時有兩隻從黑暗的房中投射出哀愁的眼睛望著他，他沉靜地走進去靠近那床上躺臥著的人，並且去握住那無力地放在棉被上憔悴而冰涼的手。他注視爲病魔所摧殘磨折的母親，像一隻小鹿凝望將要逝去的母鹿一般。眼睛的視線交接之後，一個微弱的聲音發自兩片顫抖的嘴唇。

「武雄，你到那裡去？」

「我去看得澤的老爺隊和苗栗來的義勇隊交戰。」

「外面天氣很好嗎？」

「是的，充滿著二月少有的溫暖陽光。」

片刻的沉默之後，男孩微微俯身向前。

「媽媽，」他叫她。

「哼？」她凝惑著。

「妳身邊還有足夠我去繳納下學期學費的錢嗎？今天是註冊日的最後一天，三點三十五分有一班車到大甲還來得及。」

「這是怎樣的時刻呀！我感到慚愧……」

晶亮的淚珠由於一種內疚的打擊很快地奪眶而出，滴溼了那薄瘦的耳朵。這婦人僅能用悲愁含淚的眼光看她唯一的孩子。

「假如我去向做香茅油生意的叔叔借妳答應嗎？」

「向那個自私鬼鄙吝的親戚嗎？」她停頓了一下。「不過現在是你自己的決定了，你以後賺錢還給他。像你父親一樣，我也離不遠了！……」

他點著頭。並不是承認她將死亡而是領悟到自己的處境和責任。他輕放母親的手於原來的棉被上，似一位極懂事的成人一樣低垂著頭無聲地離開，他仍然像進來時一般把竹籬笆門關上而不發出絲微能傳遠的聲響。他是學校的賽跑選手他抬高肩膀向街上跑去。

他在新修建完成的媽祖廟前停下，很自若地走進廟隔壁的香茅油店。這時那胖商人，進財叔剛要套上在什麼場合都穿的西裝準備去看正進入於高潮熾熱的棒球賽。他把自己訓練成典型的外表開朗展示微笑內心鄙吝狹窄的商人性格，當男孩走進來時他很譏諷地說：

「我以爲是山莊來通報油量的人，原來是大甲中學剛入伍的童子軍。什麼事？武雄，今天不是註冊日麼？現在你還在街上遊蕩。」

「我來通報老爺隊需要你去加油。」

他看壁上的鐘，三點正。

「老爺隊有得澤不會輸。」

「叔父，最優秀的機車也需要煤炭才能走呀！」

「很好，你居然能夠顯示出初級童子軍的智慧。不過告訴我他們第一回合怎麼樣？」

「得澤最後一球投得很好，拉回平手。」

「我知道得澤會把他們怎樣的，終於他是這樣。」

他以一種把那投手當作自己的姿態說著，然後斜視著男孩，又以一種疑惑的表情問著他：

「你來告訴我的只是這些嗎？還有什麼可告訴我的，童子軍？」

「還有一項事……」

「什麼事？」胖子馬上打斷男孩的話問道。

「媽媽病了……」

「這我知道，已吩咐人送肉去了。」

他又一次打斷男孩的話，臉上顯出異常厭煩之色。時間指著三點一刻。

「不過事不在此，叔父。」他必須把握時間。

這話馬上阻止了剛要踏出門去的胖子。他轉過頭來皺著眉頭。但他說話時卻又轉成微笑，一種商業的習慣性微笑。

「不是個太壞的消息吧，童子軍？」

「僅僅只是借一筆錢，叔父。」

「誰要借？你母親嗎？」他驚奇著，把身體轉回到屋的中央。

「是我。」

「唷，開玩笑，什麼用途？多少錢？」

「繳學費。二百元，要用舊課本我已借了舊書。」

「不幸！」他拍打著桌子。——「剛才買了些油現款都用光了，一定現在要嗎？」

「即刻。」他望著壁上的鐘，差五分三點半。

「現在可沒有現款呀！」胖子故作遺憾之色說。然後彎下上身面對著男孩。——「我告訴你，武雄，我以爲你去當學徒比再唸書好。看，我就是傭工出身的。」

他拍一記自己的胸膛說。

「我會還給你的，叔父。」

「眞是一派童子軍的信譽氣慨。我決不是不願意借給你，即使你是大學畢業也不可能比一般學徒出身的人賺錢多。我願意安排一個學徒的位置給你，好嗎？」

「你眞的現在沒有這筆錢嗎？」

他望著那時刻的過去，他對著大掛鐘眨眼像對著他自己的命運眨眼。

「我爲什麼要向一位智、仁、勇的童子軍撒謊呢。」

男孩頹喪地走出去，那胖子突然驚訝起來，上前阻止他。

「武雄，你聽我說……」

「把那學徒的位置留給你的孩子吧！」

他迅速打斷叔父的話，說完向外面走。雖然如此，那胖子馬上收起自己的窘態，若無其事地走過大街，也向球場走去。

現在那球賽進入最後一個回合了，老爺隊一共輸了五分。這時義勇隊在出場之前圍在休息篷裡喝汽水和啤酒，老爺隊則挽臂圍成一圈討論最後一次反攻的策略。但一個隊員突然提出一個驚異的問題來——一個大家故意疏忽的問題：「我們爲什麼沒有啤酒和汽水呢？」

「喝白開水只能流汗後疲乏無力，卻不能振奮精神。」

「得澤去向鎮長說，我們要啤酒和汽水。」

「沒有那麼容易，並且現在大家打敗戰。」

「那麼大家盡力贏得這一戰，然後請得澤去說。」

「打贏了這一戰我一定去要求啤酒和汽水來。」

比賽再開始。老爺隊第一棒打了一個好球，進第一壘。第二棒的球打到外野，外野手沒有接到，第一棒進一分，第二棒在三壘。第三棒是得澤，他擊中了球跑到第一壘，第二棒再進一分。得澤在對方投球時逃跑，進二壘。第四棒擊球後在第一壘被殺死，得澤沒有進壘。第五棒打了一個很好的滾地球，對方游擊手沒有接到，他進入第一壘，得澤進到三壘。第五棒逃跑成功。第六棒進第一壘，老爺隊再進一分。第七棒打了三個空球退場，第六棒進二壘，第五棒進三壘。第八棒進一壘，義勇隊善於防守，第六棒沒有進分。

到這時球賽進入最緊張的狀態；老爺隊進三分但死了兩個人，而壘上都有人。於是觀衆都把希望寄託在第九棒。

第九棒的謹慎，使對方投手的故意擲投外球沒有得逞。在四個外球之後老爺隊無條件進一分。

輪到第一棒再出場，擊一個外野球，把觀衆的心都帶到高空中，接著一陣集體的嘆息，那球被接住了。

老爺隊僅一分之差敗給義勇隊。

這時得澤不理隊員們的叫喚竄進散走的人群，無聊！在這個時刻去爭取啤酒和汽水。自私是整個鄉鎮的性格。他必須找到那個在註冊日而沒有去註冊的男孩。他在第一回合時就聽到他的叫聲。終於他看到他坐在樹的橫枝上眼睛呆滯地望著遠方。

「武雄！」

樹上的男孩驚醒過來，然後徐緩地跳下。兩個人交換了一個友誼和了解的注視。

「明天大清早想去圍那狡猾的灰兔嗎？」

「是的，爲什麼不呢？」

男孩顯出一個強作的微笑。

「明天清早我來叫你，這一次再不能放過牠了。」

「當然，殺死牠。」

接著得澤請他一起去吃水果，但是他說他要回去看母親。

會議

晌午時分某鄉鎮的一所國民學校辦公室裡突然有一陣喧譁和號啕大哭的聲音，剛放學的學生在街道上嚷著——老師和老師打架。原來一個師範剛畢業血氣沸騰的年輕教師對看另一個不願尊重會議裁決而會後像隻狗一般吠鳴的教師伸出了他的憤怒的拳頭。打鬪之前的會議也就是所以發生打聹的原因，原來是有一位教員接到了一封署名六年級家長所寄的有生命威脅的恐嚇信，他所以會接到那張美術字體的明信片，不外在一月之前曾經上書教育當局請取締該國校六年級學生的惡性補習。那位被毆的教員帶著哭聲在其他人的勸架後大聲發誓著，一面用手指著剛被人拉出門口的年輕教員說：「你這個流氓，我要用斧頭或上書教育科來報復你！」聽了這話按捺不住的毆人者，馬上轉過頭來回應一句：「憑著你那慘白的臉兒，也知道你毫無舉斧的勇氣，而關於上書教育科，那自有賢明的上司做最公正的裁判……」他想再說下去，卻被其他的教員拉遠了。

僅隔著一頓午餐的時間，這所國校的寬敞的會客室（也是會議室）馬上有一個五人小組的緊急會議開始了。這五個人包括兩個胖子——議員和家長代表，教導（校長是個灰澀的病人，早在兩個月前請病假，校務由女教導管理。）教員諸葛（接到恐嚇信的），教員劉（毆人的）。五個人由女教導領先魚貫走進四方形中央排有一張小方桌的會客室。屋內牆角的地方有一張桌面配有玻璃的茶几，幾張綠色沙發在它的左右。牆上排著嵌上金色框的國父遺像和總統肖像，這兩張英俊端莊的臉容，對於一個注視他的人有一種肅穆崇敬的感覺。一座書櫃，緊靠著一面白色牆壁，被排列得很整齊而全新的國民叢書和勵志書籍很緊密地鎖在玻璃後面，看得見誘惑人的書目卻拿不到它。在一陣過份的客氣和誇張的謙遜之下，女教導和兩位胖子之中的一人終於接受了這份榮譽，教導端坐在主席的位置之後，馬上又站立宣佈開會。女校工進來倒茶後旋即走出去，由於教導的暗示她把門順手關上。有著一雙深嵌的大眼睛的教導，先向她左邊端坐的議員和家長代表鞠躬，然後對著右邊的二位教員點頭，她的動聽的國語似乎打動了那四個男人而都舉目望她。她說：

「在午飯之前我們發生了一樁使我們不能及時阻止的醜事，打架無疑令教育機關招來最大的誹謗，但同時我們，雖然事出個人，收到了一張令人驚心的恐嚇信。我不能明瞭甚至不願相信還是本校六年級學生的家長們所爲。現在請兩位代表看一看這封恐嚇信（遞給較近的那位胖議員），一面請聽劉先生報告今晨我們會議的決定。」

教員劉（他眉間像刀刻的痕線，在他同年紀的年輕人中似乎異常少見。他被邀請站起來之後，臉上浮著微微的淺笑，彷彿早晨並未發生什麼激動的事。）：「對一個同道而無同道精神，缺乏相助和憐憫的人，我願伸出我的拳頭令他覺醒，而後果的責任我願完全承當。假如他（被毆者）明瞭這信寄給諸葛先生正如寄給他一樣，打鬪將不致發生，諸葛並沒有做什麼壞事，他在幫助政府對國民教育所採的政策，他的行爲合乎良心和正義。寫恐嚇信的六年級家長們要威脅他的生命，這無疑想威脅良心和正義。而對這事我們不能沒有行動和措施；但在未把這張恐嚇信寄交給治安當局之前，我們願意家長們先伸出友誼之手而了解它。」

那位家長代表聽了這些話之後，臉上馬上換起一副狡猾輕蔑的微笑。他把手中拿著的明信片經由那毫無表示的胖議員傳交給教導，再由教導交給信的所有人——諸葛先生。

教員諸葛（他強作鎮靜，然後發言）：「我能相信這是六年級全體家長所共爲的嗎？最無判斷力的人才相信它，很顯然地是幾位有子弟參加惡性補習的自私的家長所爲。我也不相信這幾位自私和殘暴的人眞敢對我如信中所說，假如他們敢蔑視本國的法律和總統訓令的話。」

最後這句話完全令對桌的二位胖子抬起頭來，那議員側頭看家長代表一眼。

家長代表（這位戴著眼鏡神態傲慢的中年男子從他的座位上站起來）：「主席，二位老師，我們家長之中居然有這樣的人實在非常遺憾。但你們能以爲就是一些善良理智的人所爲嗎？決不會有這回事，這一定是一個玩笑，十足的玩笑，但我們要責罵開這個玩笑的人，這個似乎神經有毛病的寫信者，竟令全體老師飽受一場虛驚，擾亂教育情緒，實在可惡。我敢保證理智的家長們不會做這種事。諸葛先生也不必擔心你的生命，甚至你的每一寸皮膚都會極爲安全。我們也會私自來尋找這個喪失理智的狂者，如以嚴酷的制裁，難道你們不肯接受我這樁保證嗎？一個身爲家長代表的保護嗎？你們可以完全地放心信賴我。那麼呈報治安當局誠屬過激，你們也不願意讓一個神志不清的狂人添加一個不必要的痛苦吧。」

他滿意地坐下來。再從衣袋裡掏出總統牌的鐵盒香煙遞給每一個人一支。他深深地吸一口香煙，眼睛卻對著兩位教員和教導凝視。

議員：「主席，老師，誠如剛才家長代表所言，這事是個無稽的狂事。我實在不願從這裡宣揚到外面去，更不願從本鄉宣揚到他鄉。我們完全地負起保護你們老師的安全責任。」

他每說完一句話，必定不斷地眨著他那雙細小如鼠的眼睛。

教員劉（不滿意地）：「今天我們倒要聽取你們家長的解說，但這事卻被你們可笑地歸咎於一些絲毫不能負責任的醫學名詞，我不能同意這張明信片的美術字是一個喪失理智者所寫，我更以爲這是一樁有意的恐嚇，一個有地位的人所爲，於是你們誠摯的保證實令人懷疑。」

議員和家長代表同時說：「我們的保證是鐵一般的眞實。」

教員諸葛：「恐嚇信我們也是需要一個滿意交代。」

家長代表：「現在我們並不能確認誰是寫這信的人，我在此向各位道歉，希望別把這事弄大和外揚。」

議員：「我願意再說，假如你們能寬恕，那麼我們也能確實的保證。」

教導（她微笑地）：「議員先生和家長代表先生說的極爲誠懇，諸葛老師你的意思怎樣？」

諸葛：「當然，我本人願意接受議員先生和家長代表先生的道歉，可是……」

教導（打斷他的話）：「可是什麼？」教員諸葛（以堅定的眼光注視前面的兩個胖子）：「可是惡性補習再在我們的學校實行，我將不放棄我的努力。」

家長代表（假裝溫和地）：「不過諸葛先生這樣不是太對不起地方家長們嗎？況且，全省並不是唯有我們這裡有惡性補習呀！」

教員劉：「誠然如你所說：但我們不能同做違反訓令的事，並且早晚他們都必被收拾乾淨的。」

教員諸葛（用著堅決有力的聲調）：「檢舉是我們教員份內的事。」

議員：「雖然如此，但並不會如劉先生所說早晚都必被收拾乾淨。你不以為這事和往昔的許多事一樣，只是一陣旋風嗎？我希望你們能和我們合作。」

教員劉（憤怒地）：「剛才的話出自一位議員之口，實在令人失望。」

議員：「請息怒，劉先生，不過我的話是我四十年的經驗。今年你大概還不超過二十五歲吧?!這種事你不會十分明瞭的。」

教員劉（憤慨的怒狀使得眉間的痕線顯得更深長）：「我不願我還要生存下去的社會是你所說的那種什麼事都是像一陣旋風的社會。你的經驗雖然這樣的冗長積多，不過我並不羨慕你那種同流合污和墮落的作風。」

教導（迅速阻止地）：「劉老師請溫和點！」

家長代表：「不過我希望各位了解現時的狀況，我們沒有這樣做，我們的子弟將要落於人後了。」

家長代表又從衣袋裡拿出他的香煙，但兩位教員並不理睬。

家長代表（謙恭有禮）：「二位不願吸香煙嗎？」

教員劉（推辭地）：「謝謝，請問二位先生，貴子弟都在六年級的班裡嗎？」

家長代表和議員（尷尬地）：「是的，是的，是的。」

教員劉（突然領悟似地）：「原來如此，由今天你們的熱心就可以看得出來，那麼，今天你們說是爲了解決恐嚇信的事而來，倒毋寧說是爲了說服我們更確切些吧。」

議員和家長代表（驚異地）：「劉先生你完全誤會了……」

教導（幫凶似地）：「劉老師請不要再談恐嚇信的事。」

教員劉：「事實上我們也不必要再談其他的事。」

教導（生氣地）：「現在在座的是議員和家長代表，不是教室裡的學生。」

教員劉（更惱怒地）：「我對我的學生倒不像妳現在對我。」

議員（他伸出雙手表示勸阻）：「教導，劉老師，請聽我說一句話，什麼事我們都可以好好商量。劉老師請息怒，我願意坦白地告訴你，當有這學校時，你還沒有出生，今天的學校完全由地方人士來支持和建設的，今天我們更有權利來決定學校的各種事項。」

教員諸葛（激動地站起來）：「放屁，你們只是學生的家長，並不是學生的老師。」

教導（焦急又憤怒地）：「我想不到這個學校竟充滿了一群流氓！」

教員劉（報復地）：「我也料想不到我們的長官卻是個商人。」

家長代表：「好了，好了，請二位息怒。教導先生不是個商人，劉老師也不是個流氓。正如剛才議員先生說過，我們是有權來決定學校的一些事物，正如學校常要我們捐款一樣。」

教員劉：「你不以為你的捐款等於捐給你的孩子嗎？」

家長代表：「是的，我也要我的孩子能補習。」

教員諸葛：「老師不能答應你的這種要求。」

家長代表：「當然，我們當然找合作而願意補習的老師。」

教員諸葛：「那麼我們只好檢舉！」

議員：「我們做的事還是請你們少管為妙，這並不妨礙你，為什麼你們要這樣做呢？」

教員劉：「這和檢舉匪諜一樣是國家的政令和措施，人民的義務和責任。匪諜跟我私人有何關係呢？但事實上它危害國家，那麼我個人就有關係了。」

這時室內陷入一陣窒息的沉靜。而大家以憤怒的眼光互相對視著。那位一意討好議員和家長代表的教導終於首先打破了這一直陷入緊張敵視的沉默。

教導：「我希望二位老師能體諒一位做家長的慈心。」

教員劉（困惑地）：「我們何嘗不是為學生著想呢？」

家長代表：「請識相些，我們的事容不了你們來管的。」

教員劉（一種暢快的語氣）：「那麼至此會議也沒有再開下去的必要，諸葛（打他的肩膀），你到現在清楚了那恐嚇信的來源嗎？（他點頭表示他會識相些的，臉朝著家長代表）家長代表，我完全地清楚你是什麼面目的，還有你（眼睛注視著議員），議員，我也知道你是那種角色。諸葛，（又打他的肩膀）我們走吧！」

教導（阻止）：「請慢一點，劉老師，為什麼不和善些呢？」

教員劉：「那麼我太凶暴或殘酷嗎？」

二位老師走到門口正要開門。

議員：「眞是不能稱讚不知好歹的青年……」

家長代表：「二位先生，看著好了。」

教員諸葛和劉同時：「看著吧！」

兩位老師終於打開門走出去。

傍晚時分，一位胖督學突然而至。

過一星期教員劉接到懲罰公文，記一大過。

其餘的事毫無消息，學校惡性補習轉變爲秘密地下舞廳（註）！

（註）地下舞廳：是現在對秘密的惡性補習的稱呼。

白馬

我一走出車站就請教一位農夫模樣的男人，請他告訴我到土城的田中園怎樣走法，他先上下地打量了我一番，然後指著前面緩慢行走遠去的一輛牛車說：

「那輛牛車要回土城去，正好你和他同路。」

我向他道謝之後急步趕上牛車。我馬上就向那位懶散地坐在車上拿著一根竹棒綁有一條繩子的乾瘦老農夫說話，他驚奇地看著我，並沒有使牛車停下來。我說：

「老伯，你和你的牛車正要回去土城嗎？」

「你有什麼事？」他疑惑地問我。

「我想你能告訴我田中園在那裡。」我說。

「當然能，假如你不嫌牛車太遲緩的話，你可以上來坐，而且日落之前一定可以到達土城的田中園，不過你想找田中園的那位莊主？」

這位老農夫這樣說話使我很高興。他說完隨即在他的身旁讓出一個空座位幫助我從前輪處上來。我坐定之後馬上回答他：

「謝謝，我要找的是邱莊主。」

「這就簡單了，豪邁的邱莊主的莊屋就在林蔭道路旁，假使是別人就得再走許多小路。」

市區的街道（我是指車站前面這條筆直的街道）並不長，路旁堆了許多西瓜。當牛車走過街道最後幾座矮房子時，放一張小凳坐著守候西瓜的一位赤膊的男人對我身旁的農夫招呼。他那習慣的斜著頭顱和古怪的笑容使人預感到他是諧謔而善良的，他也不年輕了，和老農夫那滑稽的蹙眉彷彿他們是搭檔的兄弟。我有一個好奇的念頭，但被這兩個人的話語暫時阻止了。

「薟嘴，今天西瓜賣了多少，價錢多少？」農夫開口。

「少了三十七個，但身上才有二百六十五元八角。」他說。——「可是娶媳婦的價錢並不和西瓜一樣跌價啊。」

「當然啦，西瓜只是清涼，媳婦卻是兒子的溫暖。」

老農夫回頭笑著說；他並沒有停下牛車和他說話，薟嘴還在後面嚷：

「西風清涼，媳婦是兒子的溫暖！」

跟前一座長石泥橋，牛車前的水牛穩重緩慢，永遠是這樣的速度。老農夫還在微笑；我羨慕他們的樸素和平凡，諧謔和慾望不高。牛車走在橋上時，我望望橋下又望望老農夫。六月什後的燦陽射得橋下的石頭閃閃發光，靠岸旁有條潺潺的溪水，它停滯在橋柱的周圍。水上有白泡沫，一位年輕人坐在水邊石頭上垂釣。遠處有二重山，近山碧綠，遠山灰青。走完橋是下坡路，農夫用一隻手去握住掣動器，於是牛車轆轆下坡，並不加速度，而道路在前面延伸，坦濶而呈黃赤顏色。緩慢的牛車並沒有使沙土飛揚，僅有些爲微風吹掀的但不飛高的翻動。我覺得有趣。這時老農夫突然側臉告訴我，而用他的竹棒指著前方說：

「轉過前面那個彎，我們就到了林蔭道，但是離那莊屋可還有一段極長的路。」

他這樣一說重新引起我幾乎忘記了的那剛才好奇的念頭。

「我不明白爲什麼那個地方叫做田中園呢？」

我問老農夫，這問題不但沒有令他厭煩反而引起他好言談的興趣，而這事他必定非常熟悉，他展示一番笑容然後故意放大聲音說：

「林蔭道兩旁廣大的耕地是這一帶產稻米最豐盛的農作區，稻米堅實美麗，而且這裡從來不曾缺水旱過，於是我們上一代就留傳這樣一個名字，代表這裡的富庶和美麗。」

「這樣實在令人欣喜羨慕，無疑是耕作者的樂園。」我說。然後我把問題轉到他身上。——「那麼你在田中園一帶也有廣大的田畝了？」

「沒有，沒有。我只是陳莊主的一個佃農而已。」他顯出一種卑謙的樣子，謙虛地說。——「不過這田中園一帶所有的莊主都以非常大的仁慈對待我們做佃農的人。」

「所有的莊主？難道田中園有無數的莊主嗎？」

「土城分城南和城北，田中園在城北，它的確有許多莊主。」

「多少？」

「九位莊主。」他說。

我感到非常神奇，在臺灣中部藏有這樣富庶的地區。而我的朋友，大學同學新近才繼承了他父親的產業做了莊主。莊主，這是個極可愛的名詞，它富裕得令人仰慕，一種帶有莊嚴的舒適，也帶有權力。突然老農夫站起來揮動著繩竹棒，那繩很響亮地打在牛背上，於是水牛發著一股衝力急速上坡轉彎。一片碧綠閃耀的風景展示在我的跟前，道旁直立著高大綠色的尤加利樹，把道路遮成像一塊一塊的濃蔭，牛車把我們帶進陰涼又帶進光亮。稻作青翠得使人有些狂喜，它們發著微笑和波動。遠處與道路平行著有一條流水爲竹林所遮，水聲很清晰地傳到我的耳朵。農夫坐下來對我說：

「這樣綿延不斷的稻田造成田中園的富庶，帶給我們快樂。」

「我從來不曾見過這樣美麗的稻作，這一帶彷彿是神的特別賜給。」我讚嘆地說。

「你有這樣的感覺是很對的，那麼我想這一定是如此了，而我也不懷疑這是一種迷信。神是特別愛護我們。」農夫好像在自言自語，這使我心中感到迷惑，難到這裡曾經發生了奇蹟，使他們如此深信。農夫繼續說。——「在我的上二代，那時還不叫田中園，土地貧瘠得無人耕作，直到有一天一匹白馬從這條路走過，而有九個單身漢合力在此開耕，後來九個人平分了他們開墾的土地，娶妻延傳子孫。」

「白馬？什麼白馬？」我問老農夫。

「那是在一陣奇異的暴風之後，突然出現在虎頭山頂鳴叫的一匹白馬。無人知道牠從什麼地方來，爲何立在山頂上發出宏亮的叫聲。當然我是沒有看到，那時我的父親還沒有出生呢。這是我的祖父告訴我父親的，父親告訴了我而我也告訴了我的兒子，也叫我的兒子告訴他的兒子。」他稍微停頓繼續說：「於是鎮上傳言著這是神的使者；因那白馬光耀照人，神俊活潑，眼珠發著刺一般的光芒。牠在日落前突然奔逐下山，迅速地從我們走的這條路走過，那時那九個男人立在道旁等著牠，追趕牠，想把牠捉住。不過牠彷彿帶著他們賽跑。白馬就在我們現在看得到的那座碧綠的山頭突然失蹤，於是這九個男人把所有他們賽跑追捉白馬的貧瘠土地都歸爲自己，分批開墾。像是個奇蹟，土地竟肥沃異常，稻作出奇地美麗。而田中園這個名字是後來他們定的。」

他說完，我們都沉默了一會。但那九個幸運的男人又引起我的好奇，我再問老農夫說：

「當時那九個男人從什麼地方來的？爲什麼去開那無人願意耕作的土地？」

「鎮上的無賴漢。不過當一個人落魄貧窮時，一些微小的過分行爲都能招到這樣一個名字的。他們遭到許多人對他們的侮辱，於是他們立志要把荒地變爲良田。」他說者一面又站起來揮動手裡的繩竹棒，趕牛上坡，一面轉頭向我說：「上了這個坡，邱莊主的莊屋就要到了。」

眞的，那座大而樸實的好房子就立在田畝的中央，有一條小路通到門口，對了，那剛剛走田來的不是大學生邱坤山我的同學嗎？他似乎強健得有些肥胖了，我像農夫趕牛上坡一樣站起來叫著他，他驚喜得兩臂都舉起來，向我奔來。老農夫微笑著但並沒有把牛車停下來，它實在太緩慢了，從車上跳下來並不會感到困難。我向老農夫說：

「謝謝老伯，你的故事和牛車都令我感到興趣。」

「那裡，那裡。莊主是個豪邁的人，希望你快樂。」

「老伯，晚上帶你的女兒來，讓她多交一個朋友。」

邱坤山微笑地對漸漸遠去的老農夫說，農夫回頭笑著，然後我們從小道走進莊屋。

黑夜的屏息

一

杜黑從汽車裡下來，深深地吸一口故鄉夜晚的清靜空氣。這是當天最後一班直達金鄉的夜車，除了兩位胖子外，沒有其他乘客。水壺山呈黑藍顏色，山下遠處那黑色的海有無數夏季的漁船燈，它們像是浮於水面又好像潛在水中。一切都沒有改變，他覺得山鄉的奇異夜燈更加奇異了。明天清早美麗看到他時會驚喜了的；他以爲他高瘦的身體穿著天藍色的空軍軍服一定能令她感動萬分。她是他唯一親密的女友；金鄉的人都知道，雖然有不少美麗的女友甚至她的親族反對和杜黑在一起，不過她十分堅決地表示他是她生命中不可缺少的人。在她的心目中，杜黑並不是如反對者所說的，是一個不誠實的青年。他有天才，也有些古怪；他常常寫詩朗誦給她聽，並且時常向她描述一種似乎不很實際的生活方式，但是如果對象不是美麗，這位堅定又有耐性的女子，恐怕早就驚嚇得遠遠的躲開了。但是她認爲他是有性格的青年；他愛她是由於她愛他。

「妳以爲這不能實現嗎？只要我們有耐心——」他對她說。

「杜黑，你知道你還要服三年兵役。」

「但是什麼都不能阻止我，美麗。」

他從街上走過，這條街的住屋大部分已關了門，唯有末間的冰果店還亮著燈，他走進去想喝一杯果汁。但當他向侍者說出他所要的飲料時，他被人認出來了；一隻巨大的手臂打著他的肩胛，後面有一群人對他發出呼叫聲，原來是他的高中時代的同學老張和矮子，還有幾個不相識的青年。

「你看起來像回來算帳似的，杜黑。」老張說。

「算帳？不要開玩笑，我沒有仇人在這裡。」杜黑說。

「那麼你是不知道這回事了？」矮子說。

「怎麼回事？我才離開兩個月。」杜黑疑惑地說。

「可憐的杜黑，我爲你難過。」矮子說。

「我實在有些看不順眼。」老張說。

「到底是什麼事？」杜黑捉住矮子的手臂問。

「你眞不知道嗎？那麼他們太大膽了。」矮子說。

「誰？和我有什麼關係？」杜黑說。

「你走了之後，美麗身旁經常有一位戴眼鏡的男人。」

「美麗？戴眼鏡的男人？」

「是的，我們都以為你已經知道了。聽說他是一位作家。」

「作家？」

「全鄉有地位的人都和他有交情，都說他是個極有學問的人，又是個巡官，一線四個星。」

「我不在乎他是個巡官。說下去，矮子。」杜黑有點冒火了。

「聽說美麗的父母已經同意他們訂婚。」

「他們形影不離，那位穿花襯衫的巡官手裡拿著美麗的藍色陽傘，態度鎮靜，彷彿一位保鏢。」

「我不相信，美麗不敢！」杜黑說。

「剛剛我還在公園路遇到他們。」矮子說。

「讓我去看個究竟。」

他說了，從椅子上站起來，在盛怒裡。

「杜黑——」老張的巨手捉住他。

「別捉住我，讓我去看看他是個怎麼樣的男人。」

「記著，杜黑，他是個巡官。」

「上將更好！」杜黑掙脫了老張的巨手，但矮子在他面前擋住他。

「假如你今晚一定要去找他們，我和老張陪你去。」

「不關你們的事！」

杜黑推開矮子，向黑暗的街心跑出去。

二

他狂亂地走著，時時踢到石頭。通向公園的小石子路又長又偏僻。他想他會幹掉那個戴眼鏡的男人，但他是個巡官，於是他去把平時隨身帶著的小刀拿出來，試著彈簧，刀面亮出來，之後他再把刀面按回去放進口袋裡。公園石階有一盞昏黃的路燈，有一對男女從燈下經過，起初杜黑認爲是他們無疑，因爲那女的模樣酷似美麗穿著襯衫裹著花裙的姿態，但當接近時才知道看錯了。他從石階走進公園，心臟跳得極快，公園並不大，但他沒有找到。他向一位初中學生打聽問道：

「你剛才看到一位戴眼鏡的男人和一位小姐在一起嗎？」

「他們從這條路下去已有半個小時了。」初中生好奇地看著他。

中學生所指的這條路通向八號煤場，路上石階兩旁有長得很高的寒草，在夜色下呈灰色。路上無人，他走得極快，把手巾從口袋裡拿出來擦臉上的汗溼。到了八號煤場，空曠毫無人跡，煤堆附近有一間小屋，門開著，屋內燈光從門口射出屋外，一位青年靠在門邊向外看，杜黑走向他。

「你在半個小時之前看到一位戴眼鏡的男人伴著一位小姐在這附近嗎？」

「兩個月來我每天看到他們，他們不久前從這條路上去。」

杜黑離了那位守夜的青年，他的內心感到混亂，憤怒稍退了些，這時他發覺他的手臂有些戰抖，他對自己的情形震驚萬分，他停止前進，把手臂舉在眼前，握著拳頭，深夜並不太黑暗，他能看清自己的手確是不斷地顫抖。他繼續前進，傷感湧上心頭，從胸窩處直上昇到腦頂。他盡量讓自己鎮靜下來，深深地吸一口氣，再慢慢從口腔吐出。怒氣又稍稍減退了一些。他以爲他必須先目睹一下他們的情況才能再付諸行動；秘密的觀察是必要的，假如美麗很匹配他，那麼一切過激的行爲都是錯誤的。加諸於別人的報復行爲，猶如向自己宣判死刑。

「假如有一天我離開你，你會很生氣嗎？」美麗問他。

「當然妳有找尋更大幸福的自由，妳相信有永恆不渝的愛情嗎？」

「我不知道——」

他繼續走著，想一些往事。他的腳步現在很沉著，他完全鎮靜了，但痛苦代替它。突然在遠遠路尾的轉彎處，二個身影從黑暗走進光亮的地方，漸漸向這邊走過來，他閃避在黑巷口，這一次他認定是他們無疑了——一個熟悉的身姿和一個陌生但沉著的影子。他的心跳重新加快，憤怒再形暴出，他咬緊牙齒；他不能容忍了，從口袋中掏出小刀來，彈開刀面，緊握住它等待著，身體依靠著粗糙的牆壁。

三

美麗和她的新男友緩慢地走著，晚上他們已經走了許多路了，他是個中年男子，身體強壯，眼鏡後面有一對閃亮的小眼睛，態度自若。他伴著她，腳步配合著她的腳步。在靜夜中他們似乎沒有年輕情侶一般顯得很沉醉的樣子，但一種穩固的幸福氣氛卻籠罩在他們身邊周圍；他們在一起好像是幸福夫婦典型中的一種——平凡、和祥、閒逸；爭吵和貧窮彷彿永不會在他們之間發生。他們的步伐好像越來越緩慢了。他剛剛給她講完了一則時尚的廣播劇，她讚美他說得很精彩。

之後，他們討論著婚姻的事。他讓她了解婚姻和愛情純屬於兩回事，而且愛情會隨著婚姻而來。他說最初的愛慕並非愛情。他說婚姻是一樁極大的事業，愛情只是愛情而已。他的外表令美麗感覺到有穩固可依賴的信心，她接受他爲她安排的實際幸福的生活。這比經常朗誦詩歌過日子有用得多。父命是極重要的，在這個社會傳統中，父命有極高的權柄也帶有威脅。假如一樁婚姻並不會太難堪的話，愛情儘可以把它壓制，從心中除去，直到等於零。愛情的盟誓是無意義的；人們殘踏愛情的盟誓像流行病症一樣廣泛。誰能夠給愛情一個永恆的定義呢？它之所以永無固定的形體，是由於它在社會中的被忽視和被冷落的地位。愛情似乎僅只存在於少數人——那些堅定、勇敢又睿智的少數人。

美麗覺得在這位由父親推薦的男人身邊能體會到完全的安全。他對她微笑，她報以同樣的。他的微笑也像吃飯一樣實際。雖然她常常想到杜黑，但那片刻的掙扎只是片刻。女人極容易在安適中成長，美麗在這兩個月的平靜安逸中，那種矛盾的思維，掙扎的心痛，次數越來越少。現在在她身邊的男人的社會地位和榮譽使她由陌生變爲親密。

夜更深了，突然有些冷風從他們身後吹來，她稍稍的靠近他，於是他懂得她的意思了，他很小心的把手臂繞到她的那一邊肩胛，首先輕微地環抱她，漸漸壓力加大了，終於她把她的頭傾斜地靠在他的堅厚的肩臂上。他們腳步均勻地走著，比剛才更加遲緩了。

這樣他們經過一個一個交叉的巷口，山、房子、街道，還有無月的天空的星群都異常寧靜，彷彿爲他們屏息著……。

四

杜黑屏息地緊靠在牆壁上，露出半個頭，用一隻眼睛審視著他們，他們漸漸走近他，他們的影像由模糊變爲清晰。他驚異看著，這使他的憤怒分散了；美麗改變了，不是過去的樣子，她在他的瞳中不像過去一般美麗，她有些俗氣，那位男人好像她的丈夫。

但是他發覺從來沒有比這個時刻更愛她，或許是有那位男人的緣故。那位男人這樣環抱她使他異常痛苦，彷彿在剖開他的心。他自信他對付他是沒有問題的，但也因爲如此使他感到非常軟弱。當他完全能夠看清楚他們的面孔的時候，他想衝出去，站在他們的面前，但是他沒有，因爲其中有一位是美麗，他詩中歌誦的女神。他們這樣毫無所知，不知死活，鎮靜緩慢地走近來，刺激得他達到狂亂的狀態，他的胸部充滿了空氣，他聽到自己的鼻息打在牆壁上，他早已把頭伸回來，僅憑聽覺去覺察。他的手緊握住那把小刀，全身有些戰抖，他聽到他們細細的語聲：

「他能了解的，甚至我可以向他解釋——」

「我希望他正如妳說的，是一個高尙的青年。」

他們經過這一個巷口，並不覺得黑暗的巷子有什麼動靜，他們的步伐依然如此緩慢。杜黑完全看到了，他把胸中的空氣向牆壁吐出，緊握小刀的拳頭鬆軟下來了。他閉起眼睛沉靜片刻。他必須沉靜片刻。

早晨

一

「假如我和妳的結合是完全處在家父的暴怒和朋友的非議之下，苦痛將要越過快樂了。」淑美對秀吉說。

午後艷陽的光輝在那筆直的鐵道眞正顯出它的猛烈的威力；兩個緊靠地漫步在高突的鐵道石子旁長著小草的小徑。因爲那閃亮的鐵軌和紅亮的石子的燙熱容易傷著穿著平底鞋的淑美的腳底。周圍熱氣蒸騰，藍色洋傘上的兩個清秀的臉容，都不斷地滴著晶亮的汗水，男的讓它流滴著，顯然他已經處在一種憂鬱的境地裡，女的從她的白衫衣袋掏出一條紅色小手帕來，擦拭臉面和細長的頸子。秀吉沉默無言，在他的心中，那平時的純潔思想這時正和現實相遇而交戰著。之後，他們兩個人熟悉地轉進一條兩旁有樹叢的小道。走不遠，樹叢沒有了，一片灰綠耀目的草地展擴著視野，這片彷彿柔軟的綠氈上有一處小丘，並且長著幾棵灌木和高大的草叢，與不遠的樹林連接，一條河順著樹林而上，河中的大石露出淺急的水面，隔岸又是一片稠密的樹林。村莊就在樹林的後面，河的下流一座吊橋，這時有一陣火車經過的響聲。兩個人在小丘的樹下坐下來，望著河中的急流。除了水聲，這無人的四周的確十分靜寂，在大山後面的谷底，近乎荒涼。淑美，這黑眼珠的少女舉頭來看著沉悶和愁煩的男友——秀吉。男的仍然注視著河水，深埋在他煩亂的痛苦裡。

「你看起來是憂鬱的，我唯一能記憶的依然是你這種特徵的表象。呀，請別再這樣，你的表情使我對剛才那句話感到慚愧，你不能轉動你的頭來看看我嗎！秀吉？」

他聽從她的要求，緩慢地轉動那垂著黑髮的頭，但是這卻令她驚訝而感動了；兩顆淚珠在他欲哭的愁容上落下，一顆滴溼在他的肩胛，一顆落在膝蓋上，他的嘴唇顫動著，他們四目交視，他向她以一種細短的低音說：

「我喜歡看看妳，更喜歡吻著妳。」

她迅速用手帕擦去他眼下的淚跡，可是竟招引起她自己的眼紅了，她移近她的臉讓他吻，隨著她哭泣了，而讓他懷抱著她。兩個人狂亂地互吻著擁抱著，完全是一種最自然和動人的鑲嵌。之後兩個人分開了。在望望那不改變樣子的河水和樹木之後，秀吉再抱住淑美。

「我不知如何來向妳祝福，以我最沉痛的心情。」男的突然苛酷地對女的說。女的脫開他的懷抱來當作一種生氣似地反抗。

「祝福？高尙的男子呀，我不祈望能得到你的祝福，像不相信我能完全地得到幸福一樣。僅僅只是，」她來捉住他的手臂，注視地對他說，「你的影子決不能從我腦中消去，爲你自己的緣故，我希望你不要忘掉你的前程，爲了我的叛逆而消沉毀滅。」

「殘忍女人口中的仁慈言詞。」秀吉感嘆地說。

「命定的今天一定要發生一場吵鬧而各自留下不歡的陰影嗎？關於你那男性的固執和不認清實際的空泛思想。」

「淑美！」男的突然怒視著女的說。——「到如今妳要如何來解釋關於我愛妳，妳愛我之間的堅定不移呢？」

「我崇敬的男子呀，要我如何來解釋呢——」女的哀憐地說。——「啊！你來殺死我吧！」

「可愛的淑美——」他畢竟軟化下來，他傾身來吻她的臉頰和輕閉著的眼睛。——「這是應該的，去聽從父親安排的幸福和恰當的親事。」

「我多麼不願意，但我不能違抗他；從小他培養我，爲了我的快樂我的慾望儘量奉薦於我，現在我不能夠令他暴怒和失望了。」

「原則上幸福只不過是一個人失去，另外的一個得到。」秀吉說。——「但是妳的父親的愛卻是多麼愚蠢和可笑呀。」

「因爲是你，秀吉，我儘量忍耐著你對我父親的嘲笑。」

「因爲妳不愧是一個孝順的女子，我能想像這事是妳在妳父親和我之間選擇了父親。」

「你越來越使我煩悶，你似乎失去了當初的純潔，而變成一個刻薄的人。」

「是嗎？那麼妳可察覺這原因的所在在那裡？」男的半嘲笑半生氣地說：「我的一切操在妳

的手中，妳卻指責我是個變壞的人。」

「那麼我們完了，我對你已失去了興趣。」女的直接地說。

「淑美，這是妳心中的眞話——最後的裁判？」

男的突然陷入狂亂的情緒裡，很粗暴地捉著女的雙肩。

「是的。」女的說。她不想懾服於他那男性的暴力。

於是一切都不可挽回了。男的迅速地站起來，心絞的決心使他離開了那塊柔美的草地，他踉蹌地從那條兩旁有著樹木的小道顚至鐵路。他的腳落在枕木上奔跑著。當他來到車站時，一部火車隨後而至，他被站長強力推開，之後他和火車同時離開這地方。正當火車開行的時候，他站立在最後一節車廂的尾部，他清楚地看到遠處筆直的鐵道上走著一個拿著藍色洋傘的少女，從頸以上的部分被傘遮蓋。這時他了解少女的善變感情，也改變他自己了；他痛苦萬分。淑美沒有看到秀吉站在那裡被火車帶走，她只看到火車轉彎和消失。她的心中毫無任何感情產生，像一種空洞的靜寂。她以一種平穩的步伐由鐵道轉到一座吊橋，她向村落走去。她過去是少女現在仍然是少女，日色漸晦。

二

第二天破曉時分，秀吉在甜睡中被搖醒過來，他翻過身來看那個與他同被睡覺搖醒他的女人，那個女人一頭散亂的頭髮，向他說：

「我要走了。」

「什麼時候了?」

「已經天亮，我要走了。」

那個女人說完就坐起來用手理一理她的零亂的頭髮，他望著她的背脊，沉默片刻；那誘人的背部觸動他的愁煩，他沒有十分去注意她的話，他從那個女人的肩膀和頸背看到腰際，他從被窩裡伸出一隻手臂來想去摸動它，但中途又縮回來。那個女人回頭看他，但她沒有看到他的舉動。

「怎麼樣?先生?我說我要走了。」

「妳一定這麼早就要走嗎?」

「你知道這裡不是家而是旅館。」

「那麼妳能稍遲一點回去嗎?」

「但不能太久。」

他用那隻已經伸出棉被外面的手去捉住那個女人的手臂，使她再躺下來。之後那個女人的頭髮又被弄散了。之後那個女人又坐起來理她的頭髮，秀吉疲乏地望著她的背脊。

「現在我必須走了。」

「請妳下床把上衣拿給我，反正妳要走了。」

那個女人先披上一件衣服然後下床，她把上衣拋在他的頭的附近，他遲緩地去拿那件上衣，他一直在找上衣的口袋，之後他找到了，拿出幾張鈔票出來，他把鈔票放在床上把衣服擱在床頭邊。他望著那個陪他睡覺的女人在一座妝檯鏡前穿衣服和撲粉。她從鏡裡知道他在看她，她並不理會他，只顧梳著她的頭髮。她在鏡裡也看到床上放著的鈔票。終於她身上的一切都打扮好了，回轉她的身體看著床上睡著的男人，再看看鈔票，又看看那個鼻息微弱的男人。

「那是你的錢。」男的說。

那個女人上前去拿那幾張鈔票，又看看他。

「謝謝。」她說。

「我喜歡妳。」秀吉在她看他時說。

「我喜歡陪夜。」

「爲什麼？」

「你想想就知道。」

他點點頭表示他知道。

「我要走了，現在已經很遲了。」

她走到門口打開了房門，他看著她走出去，然後房門又關起來。他從窗戶看到天色已經大亮，他想爬起來但身體似乎很沉重，他覺得有些頭暈。他感到憂鬱。他的眼睛愁煩地望著房門，望著妝檯，從鏡子裡看到他自己和床，他看著天花板和白色的牆壁，牆壁上有印刷拙劣的日曆，日曆上的日子還是昨天的。他想剛才應該叫那個妓女把最上面那一張撕去。但是當他想到那個剛剛走出去的妓女時，他懊悔他的喪失，他側身弓腰來想這一回事，可是什麼意識也沒有進入他的腦裡。假如現在教他心算數字，他會變成像一個白癡一樣的可憐，而回答不出來。他再望著窗戶時又一次地感到天色大亮。之後他推開棉被坐起來，但馬上又躺下去了……

賊星

一

在日沒與星升之間，有兩位礦警從局裡走出來，整齊的夏季咔嘰制服上，配帶著很齊全，腰間有銃帶，右方的臂上搖盪著繫牢的手槍。這兩位礦警很高大英挺，背著日落向水壺山的方向走去。他們走進街邊的一間理髮店，裡面議論紛紛。其中一位礦警來還昨天的理髮費，他們走進來時，議論停止了。

「漢東先生，我現在給你昨天的理髮錢。」要還理髮費的礦警很謙恭地說。——「你們剛才正在說些什麼，怕我知道嗎？」

「沒有什麼，他們只是閒談。謝謝。」那位名叫漢東的理髮師說。他正爲一位客人剃髮鬚，他把剃刀放在鏡臺上，把礦警交給他的錢丟進抽屜裡。「謝謝。」他又說。

「告訴他，漢東，他們不比街頭穿高木屐的太保學生凶惡，哈哈。」一位理髮客說，他從大壁鏡裡望兩位礦警。

「我們討論著，金礦、礦坑、還有你們礦警。」漢東說。
「無所謂，我們在局裡也常討論金礦、礦坑、還有礦賊。」
「我們只是爲了責任，但我們是礦賊的煞星。」另一個礦警說。
「當然，被捉到的不能怪你們。」剛才的那位理髮客又說。
「那麼要怪誰呢？」另一位理髮師問。
「誰要怪誰？」漢東說。
「我們要走了，」還錢的那位礦警說，另一位已經先走出門口。坐在長板凳上等著理髮的男人看看他們走出去。
「謝謝。」漢東說。他望著還錢的礦警走出去。

二

太陽落下去了，繁星在灰色的天空閃耀，月光清晰地照亮那條寂靜的山路。那兩位礦警在山路走著，發出皮鞋的壓榨聲音，遠近都有蟲鳴。在空曠斜坡的空際中，蟲鳴彷彿人類的語聲；人類的語聲彷彿蟲鳴。
「我們能捉到他們嗎？」第一個礦警說。
「我們捉不到他們。」第二個礦警說。
「捉到他們是毫無意義的。」第一個礦警說。——「他們流汗只是爲了生活。他們不能因爲礦山存礦不多而斷絕再行開掘。你知道礦工一生就是礦工。」

「警察就是警察。」第二個礦警回答他。

「捉礦賊比捉賭博還要壞幾百倍。」

「我們只是礦警，礦警是要捉礦賊的。」

「不過，這些當礦賊的礦夫比普通的礦夫要聰明而且會投機取巧得多。」

「這毋寧說他們比較有冒險的精神。」

「冒險精神，這是一件極糟糕而又令人讚頌稱道的事。」

「當他們把現在僅存的礦脈開放起來，像過去一樣，礦賊依然存在。過去沒有礦賊嗎？這完全是投機取巧。」

現在他們背著月光，這兩位礦警好像認眞地在踐踏著自己的身影。

「天上有賊星，地球上不會沒有盜賊。」第二個礦警說。

翻過一座小山頭之後，舊廢坑在遠處呈一個黑點。

「你看，洞口附近什麼東西在蠢動！」

兩個人同時停止了腳步，望著黑點附近的響動，但那響動馬上靜止了。

「是土塊落下來的聲音。」

「你要香煙嗎？」第一個礦警拿出一包香煙遞給他的同伴一支，第二個礦警從口袋裡拿出打火機，替對方點然香煙，隨著也爲自己點著。「謝謝。」第二個礦警說。

他們向黑點——舊礦坑走去，各自掏出了手電筒提在手裡。

三

兩個人坐在廢坑不遠的草地上，他們已經在洞口巡視了一次，那是當他們剛到達的時候。這個地點有助於他們談心，談一切，天氣很好，月光皎潔，他們心境也很好，彷彿有意選擇時間和地點來談話。他們不在這個時候詛咒他們的職業。第二次洞口有響動的聲音，沒有土塊落下來，好像是午寐翻身的音響，在蟲鳴聲中清晰得像石塊落在水中，它從洞裡傳出來。第一個礦警站起來，他絲毫也不緊張，他望著他的同伴，之後他緩步地向洞口走去，未到之前就開亮著手電筒。那舊廢坑被傾塌的土塊塞住了一部分，像掩一半的門口，裡面黑漆漆地，深遠得很，在感覺上是神秘而帶點恐怖。他把手電筒向裡面直照，粉黃的亮光像一股有色的煙，一直伸延，直到令你的眼睛接觸到朦朧而渺茫——一種迷醉視覺的欺騙。他沒有發現什麼，他或許應該走進去，但他馬上轉身走回來，息了手電筒的亮光，他在中途停下來小便。之後他的同伴對他發問，像例行的口令。

「看到些什麼，老何？」

「什麼也沒有，漆黑一片，像一口井，那是藏不了半個人的。」老何說，回到他原來的位置，他把手電筒放在地上。

兩個人的嘴唇銜著香煙。在這地球的表面，這時彷彿只有他們兩個人；四周風景平凡，但夜色迷人。

「有一天我們必須捉到他們，像三個月前那一次。」

「我們不能天天捉到人，那是不合道理的。」

「但我們必要再捉住他們一次。」

「但不在今天晚上。」老何說。——「朱，三個月前那一次，我感覺好像連他們的妻子、女兒、小男孩都捉到了。」

「不止那一次。」朱說。

「我們和他們的分別是捉人和被捉。世界好像他們在創造而我們在破壞。」

朱礦警笑起來，聲音很清晰，像鐮刀連續地割斷寒草。

「這是社會制度的結果，我們穿著很整齊的制服，他們的衣服則沾滿溼的泥土。」

「夜很深了，你想睏嗎？」老何說。

「我承認夜已經很深了，因爲我有那種感覺，這是別人告訴我的，他說那是一種旋轉的墜落。」

「我相信的確如此，像惡魔在牽引，不，是睡神的召喚。」

「又是那種討厭的聲音！你聽到嗎？」朱說。

「我完全聽到了，你去走一趟，它像在喚醒我們的職責。」

朱礦警站起來，稍微打一打自己的臀部部分的衣服，之後向那半掩遮的黑洞走去。

四

兩個人之中的一個突然醒來，發覺他們躺在草地上。老何打一個寒戰。

「朱，朱，你睡得像一條豬。」老何坐起來，馬上搖醒身邊鼻息大作的朱礦警。

「天亮了。」

「是的，天亮了。」

朱坐起來，望著他，望著灰白的天空，望著那廢坑，低頭望著他自己和草地。沒有蟲鳴，月亮在天空像一張慘白無光的臉，星星僅存稀疏的幾顆。他們開始吸煙。

「有些冷，」朱說。——「我們回去吧，老何。」

「你似乎睡得很熟。一種旋轉的墜落。」

兩個人站起來，伸著懶腰，哈哈笑起來。之後，他們向廢坑瞥一眼，向山下走去，眼望著西方的天空。突然——這是有意的嘲弄動作，他打他的肩胛。

「那顆賊星總是最後消失。」

當他們在小山頭消失時，舊廢坑再度發出似午寐的翻動的聲叫，但他們已聽不見了。

黃昏，再見

一

在二沙灣海濱的小屋午睡醒來，奔向沙灘，那少女已被他們——一群救生員和穿著白色制服的服務員弄得全身是溼沙，胸部朝地——想大概爲這失去知覺的少女遮羞。那軟綿綿的少女，臉白唇紫，我不惜與那肥壯的救生員爭辯所謂正確的人工呼吸；因爲最初他們阻止我的建議行動，終於我不得不用暴怒的吼聲強迫他們——醫生未來，颱風後遊客稀少，這群黑皮膚的人只是浪費時間胡亂做作（扭揉四肢與按摩洗臉）——依我的救生常識行動，把她翻身實行規律的人工呼吸。我跪下來，甚至爲了這可憐的無生息的少女所刺引我的躁急，我的嘴對著她那冰涼鬆懈的嘴和骯髒的鼻孔吸氣和呼入空氣，像我的呼吸一樣，這樣直到醫生到來——三位醫生和兩位護士。之後間歇地醫生叫我再做，但最後那可憐的少女沒有活過來。我沮喪地站起來——全身狼狽的模樣，望著那群人用熟練的動作搭了一個帳篷，眞是無可倫比的活潑和熟練，我離開了沙灘，對那情景回頭一瞥；浪潮很高，帳篷周圍的人就是整個大沙灘所有的人，那群天眞的人已把那死的少女移到帳篷下的涼蓆上，天空是一片黃昏降臨的平靜，彷彿一場景幕和人物兼備的戲劇。這時我聽到有人對我招喚，我故意不理他，轉回我的頭——像鉛重的頭顱。我悵惘地離開那裡。

二

山坡的燈光燦爛，我從海濱孤獨的歸來。回到街上我已經醉了，路上到處有人討論二沙灣死的少女的事，二沙灣距離九份並不遠，早些回來的人已經把消息傳開了。那種不休與令他們心悸的討論，是令我心煩意亂的；當他們說到一個年輕人俯身用嘴吸吮那死的少女的嘴唇時，我產生一種要嘔吐的感覺。我踉蹌地走著。這時每一個平常看熟的面孔，彷彿都變成醜惡卑鄙些，假如我能夠，我眞要在他們每人的臉上都吐一口痰，把那少女灰色的胃液經過我的嘴再噴吐在他們那驚悸扭曲的臉上。在透西家的門口，我停住腳喚他，他奔出來，我想我的喚聲一定和平時有異，他捉住我的雙肩，望著我。他說：

「醉了，你一個人，僅只一個人，醉了，怎麼搞的?」

「我心情極糟，和我再去喝一杯，透西。」

「去冰果店，我剛洗了澡，音樂家在冰果店裡。」

「你去叫音樂家，大家喝一杯。」

「你再喝只有醉倒和滋事。」透西說。

「我僅能再喝，不要離開我。」

「好，我沒有離開你，不過到冰果店去，音樂家在那裡寫他的戀歌。」

「整個臺灣沒有人要唱他的戀歌，只有他一個人獨唱。」

到了冰果店，果然音樂家在那裡。

「你醉了，武雄。」音樂家說。

「你醉了，音樂家。」我學他那極爲刺傷聽覺的聲音。

「剛才遇到了小潘，他說你吸那少女的嘴。」音樂家說。

「什麼少女的嘴，武雄？」透西困惑地問我。

「音樂家你告訴他，小潘怎麼說？」

「他說你和那肥壯的救生員爭吵，後來他看到你跪在沙灘上俯身吸那女屍的嘴，從你口中吐出灰色的液體。」

「好了，夠了，不要再說。」我大聲地說。

「他還說當你這樣做時，旁邊有人竟嘔吐起來。」

「唱你的戀歌！」

「我知道你喝酒的原因了，武雄。」透西望著我說。

「我只是爲了那少女沒有活過來，於是一切都變成醜惡，印象惡劣。」

音樂家注意地望著我，以爲我能多說些。透西爲我叫一盤西瓜，我說我要鳳梨。他自己要了一盤紅豆冰。後來透西說去找阿薩幾，一同到路尾去，音樂家說他希望我們能夠聽聽他的曲子的旋律，然後給他一些忠告。我說這一切都極爲無聊，不要離開這裡。之後我們看到小潘走進冰果店。

「武雄，幾個救生員在路尾，他們要找你，他們說你傍晚時在沙灘侮辱了他們。他們要找你算帳。」小潘說。

我沉默不語，音樂家和透西和小潘看著我。

「他們很生氣，他們說他們要找你。」小潘說。

「就因爲那少女沒有活，假如那少女後來活起來了，事情就不是這個樣子？」我說。

「幾歲那少女？」音樂家問。

「二十歲。」

「美麗嗎？」

「白色的皮膚，沒有面疱，普通。」

「無聊！」我說。自吃了鳳梨之後，醉意稍退了，現在我並不覺得很狼狽。酒意全消了。我心裡想著，他們——那幾個救生員爲了尊嚴來找我是對的，但假如那少女活過來，事情不會那麼糟糕。這時我憶起那已無脈搏的少女的冰涼嘴唇，它鬆懈得當你一靠上去就上下滑開碰到牙齒。母親常吸吃飯不小心的孩子的鼻孔，直到飯粒被吸出來，但沒有比去吸一個女屍的鼻孔的阻塞物更糟些。當我感覺疲乏之時，我抬頭說誰願意幫忙依照我的樣子做，圍住的人瞪著眼望著我，又看著那屍體，顯著恐懼的表情，於是我把頭再埋下去。

「最令我痛心的是少女沒有活過來，」我說，我看看小潘——「他們來找我有他們的理由，我們也知道那理由是什麼，因爲少女沒有活，於是他們想到他們的尊嚴被侵犯和侮辱了。但小潘你看得很清楚，你把少女拖上岸後交給他們是什麼樣子，他們把她弄成什麼樣子。不過不知和不會的人無罪，像你小潘。但他們又是什麼呢？救生員，救生員不只是身體好能游泳能夠把一個溺水的人拖上岸就了事。」

「他們要依正確的方法救生，像醫生一樣用正確的方法，雖然後來沒有救活，但活與不活就不是太重要的問題了。」透西說。——「他們在路尾嗎？小潘？」

「他們在路尾，他們也在那裡討論著，他們託人去找，他們在路尾等著。」

「小潘，你去告訴他們，我會去，但不是現在，十一點我會去，叫他們等。」我對小潘說。

「回來時到阿薩幾那裡去，就說我們在冰果店等她。」透西說。

「告訴他們，我十一點會去，但不是現在。」我再對小潘說。

「不要忘記到阿薩幾那裡去。」音樂家抬頭說。

「告訴阿薩幾，音樂家要請她吃任何她想吃的東西。」透西說。

三

全街市瘋狂地把死的少女的事談論著，像討論夏季臺灣的霍亂症；他們討論她的家庭，她的年齡，死之前的事與死之後的事，連我知道的也不比他們多。當我們路過街道向路尾走去時，他們像忘記了他們平時睡眠的時間，還在延長飯後的乘涼，爲了把這事情說到滿足才肯罷休，像我們有時對飲食的不肯節制一樣。

阿薩幾走在我的旁邊，臉色慘白。她不斷地在勸阻我，音樂家和透西不再浪費時間對我說不要去的話了。小潘說他們選出其中最肥壯的一位要把我揍一頓，但我說，他們絕對不敢動我，可是我準備接受他們的挑戰。這不是壞事——打架對男孩子來說不是太壞的事。現在到處都是爲了尊嚴的緣故而殘殺，爲了尊嚴否認眞理的存在力量，而當大多數人承認這社會只能容有和鼓勵勇氣——男子氣概的狹窄意義的存在時，少數人就不得不戒備了。他們說他們非要回面子不可，人類的眞理不關他們的事，他們只要他們的面子——一張像石灰塑造的面孔。

那些坐在門口，一直被二沙灣所纏繞的人們，望著我們經過，他們不知道我們去是爲了什麼事，以爲我們去實行慣例的散步。阿薩幾在我的身旁，我望著她，她對我微笑，我用我的手去摸觸她的手，她再給我一個微笑。我們繼續前進。突然透西回頭望我，停止他的腳步等著我上前，他說：

「街市有人說，這是水鬼捉替身。」

「誰是水鬼？」

「去年也在那裡淹死的一位青年，他們說同時間同地點。」

「去年我也在場，他是在清晨，常我到達時，已經被遮蓋等待運走。今天的事，在午後。他們總有他們怪誕的說法。」我說，之後看看阿薩幾。

「我想他們或許只是來接受你的道歉。」音樂家說。

「我向他們道歉什麼?我的行爲只是爲了要盡到『人』的責任和人性。」

「但那少女沒有活，武雄。」小潘說。

「是的，我知道，但我沒有比這一刻更加明瞭我爲什麼活著。你不常覺得我們死後那冷靜的白骨對著現在活著的思想作最恐怖絕望的威脅嗎?音樂家，阿薩幾，我能向他們道歉嗎?當你向大衆宣佈國校學生的家長要教師惡性補習，之後，回頭向他們道歉嗎?於是再也不必去計較所受的報復的深淺，雖然現在社會風行著人事關係，家長和議員買通教育科，但那只是他們的事，而這些事正可證明他們在這世界的舞臺扮演的角色。他們所受的教育不比我們低，但他們要追隨和模仿醜惡的魔鬼，這是他們生命的自由。」

「但這樣的教育已不像教育了。」音樂家說。

「他們就不得不消滅你了，爲了猖行他們的慾望。」透西說。

「但也唯有如此，戲臺上的戲劇才能完整，世界才能燦爛而豐富，這種抗衡是必須的，但我們不能不忠實自己所演的角色。我不做孤僻的詩人誰來當詩人?我的姐妹不做娼妓誰來當娼妓?」我發覺我有些激動和戰抖——生命的戰抖。我想我一定迸出幾顆淚珠，阿薩幾望著我，交給我一條手帕。——「只是那少女沒有活。阿薩幾，那少女沒有活。」

轉過一條街道，遠遠路尾的空地在那突然斷切的房屋後面展開。下弦月剛升不久，照得比平常明亮。我清楚地看到幾個碩大的身影，站立在那稍微高起的土堆上，之後我們默默前進，誰也沒有再說什麼話。並且，這時才清晰地聽到無數尾隨的男性腳步聲，顯然是一些高大身軀的男人，我不想回望他們，深怕他們因我的瞥視而散失。一首深沉的、遙遠的、男性的，帶有感傷的老歌曲，由一所不知名的屋宇徐徐傳出，我抬頭直望，已經快走出那斷切的房子走進明亮的路尾空地，我輕輕用力地叫著阿薩幾的名字，然後放開我握住的冰冷顫抖的小手，踏入明亮的稍高的土地……

阿里鎊的連金發

暮色在西邊海洋上慘淡地展開，天氣不好，我在金山與小基隆（又名三芝）之間的汽車上。假如不是由於我那隻輕的小皮箱從汽車的欄架上，因搖動不定而滾下來正打在他的剪短黑髮的好看的頭頂上的話，我想我要到很久以後也許永遠沒有機會來了解我現在定居的萬里鄉的被廢去的舊地名「瑪索」代表著什麼意義；還有這位受到十分意外打驚的鄰客老頭所住的「阿里鎊」，這些令我迷惑的奇異地名。但令我感到有趣的是我和他在上車之前都喝了些酒，並且他出奇地善談。

「老伯，抱歉！」我說。我怒視著我那隻打在這位老伯頭頂上的黃棕色小皮箱，我馬上站立起來向這位半閉眼睛顯得靜定而無所謂的鄰座道歉，之後我粗暴地把這不敬的惹禍的四方形死物推放在無人坐的後座。當我轉身再一次向他道歉的時候，正好看到他那完全睜開的黑色眼睛死盯著我——他的眼睛的視線透過我的有色眼鏡找到我的疑懼眼睛。我迅速地退縮我的身體，但他微笑了——並不是那種隱藏陰謀和報復的笑容，在他瘦萎的面容和端莊的五官上，我看出他不是一個對於較他年紀小很多的人容易發出驚人的暴怒。

「無所謂，」他說。他馬上出乎我意料之外地用一隻手捉住我那隻握在前座欄杆的左手，並且用他的壓力令我的左手離開了欄杆，我以爲我對他的估量錯誤了。他繼續說，以一種闡述道理的耿直態度和神氣的表情。——「不要緊，像這種無意的侵犯和打擊，即使你的皮箱打昏了我的頭，我也不會生氣。我一生之中，凡是認識我的人，認識我這個阿里鎊的連金發的人，都會對待我很和氣，因爲他們了解我的脾氣像清楚我唯有喜歡喝米酒一樣。關於一椿有意的侵擾，僅僅只在我的身體的任何地方用指頭輕輕動一下（他一面說一面捉住我的左手去動弄他的肩胛、胸脯），那麼我便不會放他甘休。（他幾時放開我的左手）你看（他讓我看他的瘦乾但有肌肉條紋的手臂），我太瘦了吧，又是一個老頭子，但是（他重新握住我那隻左手，我感到疼痛的壓力）我要你的整條手臂的這個地方斷就這個地方斷（他用他另一隻手非全力地僅只擺出一種打擊的姿勢打過來），要這個地方斷就這個地方斷（他再打另一個手肘的位置），要這個地方就這個地方……」

「當然！」我迅速地點頭打斷他的話說；假如他再這樣演下去，我擔心他會突然拿出他的眞功夫打斷我的手臂。

「我不能放過一個輕微的有意侵擾，但我能原諒一件無意的嚴重打擊。」他終於放開了我的可憐的左手，這位自稱阿里鎊的連金發的老頭子說。

「我十分贊同你的意思，我再替我那隻皮箱抱歉。」

「我過去姓廖（他很笨拙地在他的手心上寫廖字），叫廖金發，但我給姓連的過戶，現在叫連金發，和我做朋友不壞。我也不是一個喜歡有一說十有十說百的人，我今年六十四歲，這種年齡說謊已經過時了。我無論和那一種人都可以相處得很好，和我做朋友不壞，我不必騙你，我早年拜師學過武術，雖然並沒有學多少，但我卻認眞地學過藥方。」

「你的年齡雖然算多，但你和我一樣年輕。」

「這是眞的。整個阿里鎊找不到和我相等快樂的人；一杯米酒下肚，我能唱歌，我亦能說故事。」

「那麼我想你一定知道你住的地方爲什麼叫阿里鎊了。」

「爲什麼會不知道呢？關於這類故事我也能說。」

「我剛在萬里定居，對這一帶的奇怪地名不勝迷惑之至。」

「萬里過去叫瑪索……」

「爲什麼叫瑪索？」

「你覺得這個名字好聽嗎？」

「異常迷人。」

「大凡一個領導人物的名字都是很動人的。」我的鄰座說。——「瑪索是凱達格蘭族酋長的名字。」

「那麼現在的萬里過去就是番社了。」

「不止是瑪索這個地方，整個這一條海岸都住滿了番人，譬如金山過去是金包里，還有阿里鎊亦是番社名呢。」

「原來如此。」我點點頭說。

「但我不是番人後裔，雖然到處可指出有番人血統的人。」這位早年曾學過武術的老頭兒說。——「早年阿里鎊有福州人來時，又叫『染布』，這一帶附近的人都拿布來染。」

我點頭來稱是他所說的。車到噴水，暮色更沉。

「噴水又怎麼說呢，老伯？」

「這是因岩壁的一處小瀑布受十二月北風的吹動作噴灑姿樣而得名。」連金發說，隨即他叫我看出窗外，我看到岩壁的一條小水條，汽車閃過，他匆忙用手指著它——「就是這麼一條小線條。」

「今天有你說了這許多我不知道的事，我感到很愉快，當我在上車之前我是異常憂鬱的，爲的是我被派到一個極爲陌生的地方當小學教員。」我說。

「陌生。」連金發用一種較高年紀的責備眼光看著我。他微笑地說：「我到處替人家做木工，建築房屋，從小就如此，我從來就沒有感到陌生是什麼滋味。我對人家好，人家對我好。當我一碗米酒下肚，他們就叫我唱歌。」

「老伯，你眞是一個有趣的人。」

「即使他們不叫我唱，我也會自唱的。」阿里鎊的連金發說。——「在上車之前，他們強灌我兩碗米酒，我唱了一首思鄉曲。」

我略微沉默片刻，汽車在石子路上跳動飛駛，海面一片沉鬱的灰藍色，天空像一張嫠婦的面孔。

「我現在絕不穿得很好，像我僅喝便宜的米酒，這種酒喝過之後會令人搖頭。」鄰座的連金發老頭子說。他突然轉身來捉住我的肩膀，用一種誠樸的態度經捷地說。——「你一定得在阿里鎊下車，我請你喝『搖頭』。」

「我的朋友在小基隆等著我，爲了我的苦悶，他請我去、謝謝你，老伯。」我坦白地說。

「我告訴你更多的故事，還有那些秘方，我要找一個人傳給他。」這位高尙的老人說。

「請你允許我在另一個時候來拜訪你，但今夜我不能叫我的朋友爲我擔心。」

「那麼我知道了，年輕人去和你的女朋友會面。」

「事情正相反呢，老伯。」我要坦白地說。——「我正爲了一個女人的緣故，不得不離開那個我熟悉和曾快樂過的地方，轉來這個陌生的地方，現在我的朋友完全知道了我的事情和處境，他請我去小住。他是很懂得我的人。」

「可是你能保證你會來嗎？」阿里鎊的連金發說。

「當我從小基隆轉回來時，一定在阿里鎊下車拜訪你。」

「我以爲今夜最佳，阿里鎊今夜海聲一定奇異。」

「我讚賞你的風趣，並且深信，前面海洋出現一片藍紫。」

「那裡就是阿里鎊，你聽我的話嗎？」

「抱歉，老伯，今夜我深信做不好一位極佳而快樂的客人，除了另一天，我準備承受的時候。」

「那麼你會自己在阿里鎊下車探問過去是廖金發現在是連金發而踏進我的家門嗎？」

「我能做到的。」我說。

車停止了前進，在一排紅磚屋前停住，我幫他拿著裝工具的包袋送到車門；阿里鎊站唯有他一個人下車，我們互說再見。

我回到我的座位，我對我那隻安穩地靠在座上的黃棕色小皮箱注視，之後我想這些事，想我的等待著我的朋友，看海看天，看迎面撲來的道路和樹木，想我的悲哀！

囂浮

一

金芳他那缺少陽光照射而在地底經常爲冷溼的水氣所侵蝕的慘白大臉孔上，嵌著二隻狗眼，顯出一種倦怠、邪惡、假意的表情。清晨他從床上懶散地起來，對著吊掛在石壁上沾滿泥土的綠色入坑工作服注視片刻，那一套衣服還在滴著水珠，它由衣服各處會集到衣角然後飽滿落下，接著一顆水珠又形成，這樣不斷地竟把地上染成一大片溼的痕跡。之後，由於他是獨身的中年男人，於是他儘快地把自己打扮整齊到外面去吃一頓早餐，早餐之後他必須去看看他們到底把昨夜由坑裡取出的金沙煉成黃金了沒有；今天那沉重骯髒的工作服對他並不重要，他爲他自己那穿什麼樣的衣服都難看的畸形身體穿上一件夏季的白短襯衫，嘴上銜著一根香煙走出去，而離開了這不舒適零亂並且有著氣味的石頭屋子。

他在飲食攤吃完早餐。一種便利的早晨食物，二碗豆漿二根油條和二個麵包，這是他志願得意的選擇。

現在他匆匆地向一條傾斜的小巷走去，兩排的房屋異常簡陋。全個山區的房子大部分都是如此地醜陋，顯示出建築的笨拙和原始。假如說這些簡單的房屋只是礦夫們簡單的家庭，倒不如說是他們安放工具和出坑後片刻暫息之所。當他們在地層的表面時，他們知道所需欲的是什麼，像在地層裡時，他們僅能做著特殊的勞役一樣。於是他們會拋棄那些像畜棚般形式笨拙低矮有氣味的玉石的建築物，或者由於孤單而僅爲了需要嘈雜，或者爲了性的需要。他們把勞役運動的報償交給那裡經常準備著爲他們服務，滿足他們人類需欲的胖子或穿尼龍露著不應該袒露的肉體的女人。人類用兩腳走路實在是個奇妙的動物。他在石級的巷路不斷地走著，想著凡是人類都會想到的事物，一種生活領域的事物。這種事物在極廣大的人群中佔著極重要的地位；像他不會爲不能做個詩人而憂傷。他想著這一次有多少金子，在六個人中每人能分得多少。他有這樣的想法，或者說他僅有這樣的一個想法在現在。他有這樣的爲極少數人所鄙視的想法，絕不是他的錯。他不是個詩人，他是個掘金的礦夫。

金芳走進一座用石頭圍牆環抱著的院子，那些人坐在石屋門前的晨光的陰影裡，赤著上身靠坐在椅背上談話，還有二個人在熱氣沸騰的屋裡面工作，雖然那屋裡面架設一隻坐地電風扇，但仍不能十分有效地壓低由炭爐發出的可怕的高熱。煉金爐伸出的活躍火舌吞噬了插放在爐中央的小杯，那隻杯子已經變得要和火一樣地通紅，好像要燒熔焚化一般。屋裡面的二個礦夫汗流浹背，正用著一根長細的鐵條在杯中探攪一番那青色帶赤的熔液，之後走出屋外恰好金芳踏進了院子。

「怎麼樣，你們，粗條怎麼樣？」金芳笑著問他們。

未煉成黃金之前，他們稱那硬的礦物爲粗條。他們告訴他粗條是極佳的，但他們又詛咒地說煉成黃金之後可不會像早先預料的一樣有三兩可得；他們說剛剛發生了落爐，於是影響了所得的成績。他們前後又咒罵一番。

金芳聽了這些話之後走進石屋，把他身上的白短襯衫脫下來放在一張已經放滿了許多衣服的木板床上，接著門外的男人都進來了，那些人是阿順、牛仔、阿合、朝基和綽號新流氓。現在他們一面工作著一面埋怨租給場地煉金的主人妻子。主人的客廳和睡房都在石屋的頂上一層，由於地勢的關係，房門的出入又設在另一個方向。那位極重裝飾，把自己扮成彷彿是一位女戲子的妻子，時常從一個狹小的木造樓梯走下來，嘮叨著井水用得太多。當她傲慢地在石屋後面井邊走一圈回到樓上去時，他們在她的背後裝鬼臉，搖著頭鄙視她，替聲譽蜚著的金工匠木水先生惋惜。一位如此看重義氣和信譽的男人竟有一位如此毫無肚量氣的自私妻子。他們爲木水先生嘆息，他們不斷地搖頭。

「這樣的女人送給我，我不要！」新流氓說。

「我們在這裡租他的場地，完全看到木水先生的面子。」牛仔說。

「當然我們更看到了爐中那小杯的東西。」金芳說。

火鉗夾起那隻小杯，迅速地杯中的液體倒在清澈的水盆中，之後一隻手臂伸進水盆裡把凝固的東西拿出來，它在許多睜大的眼睛中呈著黃色光亮的顏色。一個人把這剛煉成的小塊黃金用一張紙把它包紮起來，放在一個角落的椅子上，然後他們去清理爐底，把落爐流入炭堆中的少許黃金揀拾乾淨。麻煩的揀拾工作令他們咒罵；煤炭用鐵錘打碎，再碾成粉末，最後用水漂洗。那些黃金珠粒像粗沙一樣混在炭粉末中。現在那位女人又下樓來了，吩咐漂洗用的水必須節省一些；她的最大理由當然不外是夏天稀少的井水僅僅夠小孩子們洗澡用。

直到晌午時分，工作完全結束了。他們輪流著在井邊把熱汗滿身的身體擦洗一番。之後穿妥衣服，準備到街上把煉出來的黃金和木水先生換成現鈔。當所有的人——六個人——都穿著整齊，那包紮起來的黃金不在那張椅子上了，每一個人都暴跳起來，說著很凶狠的話語，他們追究那個放著的人，但剛才是經過了一頓清掃呀。那位包紮安放的人說他清楚地記得放在椅子上，可是椅子被移開了，紙包不見了。他們張大瞳孔互相怒視咒罵和埋怨，在熱氣還未完全消散的屋裡瘋狂地尋找，每一張紙都被動過，但找不到，於是怨言隨口沫飛濺出來。

「沒有人離開過！檢查衣袋！」

突然一聲鬆氣的叫聲把他們那種加速長成的可怕氣氛解散了，他們注視著角落裡站起來的新流氓，他露出一種慘淡的微笑，眼望著狗眼金芳。

「它在這裡。」他說，把一隻手臂舉起來。——「沒有人離開過，它也不會離開。」

二

木水先生的店舖設在熱鬧的一條街道上，他的店面並不堂皇美麗，唯有玻璃窗櫥內排列整齊的眞珠鍊和大小各異的手戒指，當你近前觀看時，會微微地受它們的吸引。玻璃窗櫥後面，經常有一位年輕店員坐在那裡，而木水先生則躲在一間分隔起來的密室裡。那間用三夾板遮成的所謂密室，亮著一盞大燈泡，他用著像破碎珠子的眼睛鑑別著各類黃金。他是一位瘦骨如柴的中年男人，背有些彎曲。這時那些礦夫圍繞著他，靜默地看著木水先生把那塊黃金在一個黑色的菱形的板面上刻著，顯出黃色的線條。他轉頭來看看他們，他的聲音並不宏亮，彷彿從遙遠的地方傳來。

「很好的黃金，九八成。」他說。——「就這樣決定，我算九八成的價錢，而這些（從炭粉末中揀拾的小珠子）我可以算高些，你們的意思怎樣？」

「算九九，那些小珠子可以降低些。」其中一人說。

「這塊金子要算九九實在還不夠——」他說。然後猶疑一下，用著稍微用力的聲音說——「好，成交了。」

但木水先生的聲音仍彷彿從遙遠處傳來。

木水先生交給他們幾束現鈔。之後有人提議去喝一杯，有人說每人出二十元到木松料理店去吃一餐，其中有人說二十元喝酒都不夠，假如酒錢另外算，那麼可以吃得較痛快些。

「三十塊錢，木水先生和我們一同去。」

「我買五瓶紅露酒，我算你們之中的客人。」木水說。

「慷慨！」朝基說。

「四十塊錢，大家吃豐富些。」

「吃多少算多少。」金芳說。

「但當我們後天再入坑時，不要連米錢都沒有。」

「那是以後的事。」

「單身漢多拿出一些，有家眷的出四十塊錢，其餘單身漢負擔。」牛仔說。

「我贊同這個意見。」阿順說。

「我也贊同。」阿合說。

「他媽的！」新流氓說。

「不要在這裡這樣討論，到木松料理店我們就知道我們要怎麼樣做。」朝基說。

「到財富料理店去，那裡價錢比較公道，豬肚湯這樣大碗才算二十九塊錢。到財富料理店去。」

「到木松料理店去，他不敢對我不公道。」新流氓說。

「什麼地方都是一樣，但木松料理店離這裡比較近。」木水先生說。

「當我們在這裡這樣爭論時，這個時間足夠我們走到財富料理店的兩倍路程。」

「現在我們不要再說，到木松料理店去。」

當他們在街道走著前進時，還是不斷地爭論著。

三

當五瓶紅露喝完之後，他們叫木松再拿五瓶來，當他們把冷拼盤吃完時，他們叫廚師把冰箱櫥裡那兩條紅赤鯮魚燒一道紅燒魚，之後新流氓叫廚師煮一碗豬肚湯。他們說，礦區景氣不好，他們不快樂。他們不甘願去挖煤炭把自己變成一個黑人。他們說他們是開礦的祖先們最好的繼承者，他們才懂得如何去挖礦，如何煉金。但他們運氣並不好。豬肚湯端來時，新流氓望著其他人微笑。

「我們沒有在坑裡被壓死，已經算很幸運。」

「好運氣不會臨到一個怕死的人身上。我們憧憬過去。」

「我們的前輩都是些不怕死的好漢，但他們都死了。」

「他們來時沒有帶女人來，他們娶妓女爲妻。」

「好妻子不必去計較她是幹什麼的。」

「他們和她們睡覺時才把她們當作妻子。」

「胡說。」

「他們把黃金投資在她們身上。」

「男人的一切全都爲了女人。」

「木水先生，你也是把黃金投資在你妻子的身上嗎？」

「不要談到她，誰能夠贏我的拳呢？」

「一個人娶了一個壞妻子這不是他的錯，木水，我們是你的好朋友，但你的妻子對待我們很吝嗇。」

「不要說，木水是個好人，我們要看他的面子。」

「我不在乎她對你們怎樣，但她對我體貼。」木水說。

「女人就是女人。」

「當然了，她是個女人，木水把黃金投資在她身上。」

「一個妻子好與壞都無所謂，只要是個妻子。」

「好運道來臨時，我會遇到一個好女人。」朝基說。

「我們有足夠的黃金，我們都會遇到好的女人。」

說話聲和炒菜時鍋的響亮聲音相呼應著。屋子裡很嘈雜，充滿了酒、食物和汗的氣味，還有煙的味道。說話聲高於所有的聲音。白牆壁上吊掛著的日曆封面女郎向他們微笑，當他們發覺有她的存在時，他們對著那照片凝視。這時店舖裡的一個男人爲了遮住午後斜射入屋的陽光，拿一隻椅子到外面的街道墊腳，把一塊大遮陽布在屋簷處展開，又有一個人去幫忙他打結緣子。太陽光線被擋阻在帆布上，像擋阻時間，門前街道呈一塊灰黑顏色，那叫做陰涼的影子。到處都有陰涼，像到處都有悲傷的人。圍繞在大桌子飲酒的礦夫也有悲傷，但他們在一起那悲傷暫時被喧囂掩蓋了；被酒，被家裡所沒有的好料理，被說話聲所掩沒，他們在一起除了黃金外還有一個更重要但無形的目的。平時一個人心緒無常，一會兒有邪念，一會兒慈悲，但許多人在一起飲酒，唯有被發洩的感情所籠罩，像變了另外一種人似地，什麼地方看起來都不對勁。看起來似乎開朗許多，但內心更沉重了，像掉入泥沼裡愈來愈深。他們再叫酒，再叫菜。時間在遮陽布上飛馳。有的人到屋後去小便，新流氓望著日曆上的封面女郎，嘴巴唱著歌，去小便的人回來時說，新流氓唱歌像山瘠的小牛呼叫著牠的母牛。大家都笑起來，他卻把聲音提高，他們又說這是小琉球訓練營發出的求救聲。當一道菜又放在桌子上時，他們要求侍者給他們冷溼的毛巾。侍者把手巾遞給他們，新流氓說：

「我被解送抵達那個小島時，他們告訴我，我是四個月之中第一個被解送來的人，於是他們稱我爲新流氓。」

「你願意回到那群穿灰藍色衣服的男人中，我知道你一定清楚用什麼方法可以到那小島去小住一兩年。我們也清楚，是嗎？新流氓。」金芳對他說。

「那裡沒有酒，沒有女人，我不想再去，因爲我在那裡會發胖。」

「當這裡沒有金子可挖掘時，我們都到小琉球去拖車穿灰藍色衣服。」

黃昏來臨，又迅速地退去。店裡有人出來把遮陽帆布解下來。之後，木水先生被他的店員扶著回家，四個人到牌局場碰運氣，二個人到十八洞去。

四

「新流氓，那女人是我的。」金芳故意放慢聲音說。

「是嗎？我換一個，反正是衆人的妻子。」

「新流氓，那個女人也是我的。」這一次聲音更慢了。

「爲什麼，難道今晚你是——」

「今晚我會給你一頓好看。」

「這應該責怪我嗎？你知道我們不能這樣做，礦區景氣不好，你不能使他們白做工作。」新流氓說。他的眼睛四下望著，然後盯著金芳，——「那是不公道的，而且我不能早一刻把它送到屋外去。」

「你答應做到的。現在問題不在是否得到它。」他仍是一派鎮靜的模樣，令人想到他畸形的身體的難看醜惡。他說——「今晚這裡沒有你的女人。」

「爲什麼？你想找麻煩嗎？我們還要活下去，我說這是出賣善良的勾當，假如你要變得更畸形的話。」

「那是極有興味的，但今晚這裡沒有你的女人。」

「你的錢大於我的錢嗎？或者你看來較英俊一些。」

「我就坐在這裡，但你絕不能走進房間爬到女人的身上。」

「是這樣嗎？我可沒有遇到曾阻止我這樣做的人，除了女人她本身自己。」

說完他挽著一個女人向裡面走去。

附記：十八洞是過去傳流下來的舊名稱，當時有十八個房間住著十八個女人。

狄克、平凡的女人、漁夫

高個子老狄有個頂好的桃心木唱片櫃，他用白布寫著狄克俱樂部釘在上面；在產金的金瓜石他有位女友名叫喜代，聖誕節夜狄克帶我去參加她父親的白色屋宇的舞會，我對她一見鍾情……一進那裝飾著花彩的青色玻璃門，一位平凡紅棕色的瘦削小姐向我們走來，她看來聰慧極具性格，狄克咧著他的厚唇大嘴對她說：

「我把我常向妳談起的游泳冠軍帶來了，冠軍（狄克打我的肩膀），這位就是喜代。」

我堅定地注視她。這對她那顯露的性格的愛慕注視，使她那微笑的親切的臉孔緊隨著招呼之後顯出意外的驚奇。她並沒有不安。當她在前面領著狄克和我穿過正舞著的人群，一同坐在最裡面所放的一張小方桌時，我們都沒有說些什麼，除了狄克。原因的一半是一對中年夫婦的絕妙舞姿吸引著我，另一半我想喜代的模樣令我墜入最深的深思。

這時，那位胖男子和他的妻子沉默地隨輕飄酣醉的音樂，從花盆的飾樹邊踏著探戈舞特殊的步伐，順著舞程進行到掛置藍燈的牆角，再回到盆樹旁。那婦人的紅長裙張開轉動，彷彿被旋律所牽飄向前膝又回盪到臀後，她用沉靜、美麗、信賴和愛情的眼光凝視著丈夫，挺出裹著白衫的胸脯，被放在動人腰上的大手指揮著，一會另貼住，一會兒後仰。而那幸福沉醉的男子堅實正確的腳步，彷彿用著看不見的細繩所纏著的二隻美麗均勻的腳，不差分毫地在玉石的光滑地面上旋轉前進……

「冠軍，你不想跳探戈舞嗎？」狄克說。我以為有一天將有人不能忍耐他拍痛別人肩膀的習慣。他笑著，當我從楞住的欣賞轉頭望著他時，我並沒有馬上實行那話裡的意思。

「還不到年紀，我不能像那兩個人一樣跳起來諧調動人。」

狄克顯著失望的臉色。喜代在注意著我，我感覺到頸脖子和頭部迅速地充血。

「冠軍，」喜代微笑著說。當我移身向著她時，我發覺棕色的臉上那雙眼睛顯得多麼渴望了解的神情，無疑這傾慕的銳利注視給我觸電一般的感覺。——「你在那裡得到這個頭銜呢？」

「狄克，你告訴她，這事太平凡由你解釋較適當些。」

「在去年的二沙灣環灣競賽中得到的；冠軍游起來像條有手臂的沙魚。從此我們只叫他冠軍，省掉他的名字。」

當狄克說完離開去和喜代的有錢父親還有一些朋友說話時，我望著他瘦弱的背部心裡想著——狄克你這個傢伙實在平庸之極。他常說喜代是個平凡的女子，不比一個高中女學生強。狄克，王八蛋。我們常常能夠在女人的面前品評男人的價值，我雖如此說，我也許在別的女人看來不比狄克強。我再轉頭看喜代時，她嘴唇緊閉，眼睛對著我微笑。我說她假如能夠當一位女軍官一定有好成績，或者在一隻漁船裡有她一定很夠派頭（我想狄克不會告訴她我是個漁夫。）我再說她穿軍服一定比一個英俊的年輕少校所給人的感覺要愉快振作些。她默默地看我不發一言。突然她面向舞池大笑起來，原來狄克很高興地跳著他自己發明的三十八種怪樣的卻卻舞步。跟他跳的那位穿高跟鞋的矮女人笑得很厲害，舞步都亂了，全場的人都在看狄克，爲他喝采。當狄克伸高兩手向我們招呼時，我請喜代走到舞池。

「告訴我，你當時在二沙灣的感覺如何？」喜代問著我，我伴著她感到無比的快慰。

「不比現在強。」我說。

「你有妻子嗎？」

「沒有。」

她抬看黑髮下的激銳雙眼審視著我。

「愛人呢？」

「我願意永遠這樣看著妳。當然，過去大家都曾愛過人；不過提起過去我以爲這是很傻的。」我自以爲是的說。

「在你的面前我感到奇異和榮耀。」她抬高眉毛微笑說，但馬上又低下頭顱，連眉毛都看不到。

「我異常快樂。愛有時僅只是短暫的注視。」

「我喜歡運動的男人帶有詩人的氣質。」她說。

「我喜歡一點在粉白中貧乏的棕色。」

她突然驚異地又抬起頭來。

「說下去，」喜代哀求地說。

「瘦削裡吸吮的淺笑，不遲疑的原始注視；平安夜白色的蠟燭，屋宇中俏皮的鼓聲震盪我的心……」

回到座位上，狄克不斷地吐氣擦汗。當狄克再和喜代插在一群旋轉的舞蹈人們中，我默坐位子上喝著啤酒，眼睛緊跟著她……

遠道的朋友都被招待住在這富裕寬敞的家庭裡。第二天我醒來沒有看到狄克也沒有見到喜代。我回到南部打漁住的茅屋……

聖誕節這外國人的節日中國人的時髦嚼蠟日子帶給我微微的傷感——一種神秘愛情的刺戟。第二年中元節後我來瑞芳找狄克，一見面他就罵我不純的種子，愛情的竊盜。我微笑著。他說反正這事都過去了，喜代和一個當地的小白臉訂了婚。我驚異而震動。他說冠軍你不傻，也不必太認眞，喜代是平凡的女子。

「你爲什麼和她鬧翻，狄克，這事你給我一個解釋。」

「什麼？我要解釋？不要傻，冠軍你現在似乎又瘦又暴戾……」

「這不關你的事；你告訴我爲什麼？」

「爲什麼？我說你不要認眞，我本來和她也僅是朋友，我已告訴你她是平凡的女人。」

「王八蛋！狄克，你是十足的王八蛋！」

狄克困惑著，這位天生的笑匠緊張得像籠中的老鼠。

「冠軍，我不明白，你爲什麼這樣罵我，當你在二沙灣打架時也沒有這樣罵過人，爲什麼？」

「當你一提起喜代是平凡的女人我必須這樣罵你。」

「爲什麼你必須這樣呢？」

「她不是平凡的女人。」

「好的！」他憤憤地說。——「即使她不是平凡的女人，你現在能做什麼？你說她不是平凡女人她就能嫁給你是不是？」

「結婚與愛情有時是不相連結的，狄克。」我大吼著。

「那麼你現在需要什麼？冠軍？」狄克伸長頸子說。

「我要見她，我要你再帶我去見她。」

「不可能了，我已不再去了。你要見她，你自己去，還是那間大白房子。」

「那麼我問你，狄克，聖誕節第二天早晨你到那裡去？」

「我約她在工具房說話，但是她頻頻地問我關於你的事，我才知道你這個不仁的朋友誘惑了她。當我回到臥室，你已不在了。」

「你告訴她些什麼？」我有點憤怒地說。

「我說你是個漁夫——一個與衆不同的漁夫。」

「還說些什麼？」

「那就是我把你怎樣當漁夫詳細說明了。」

「後來爲什麼她要和小白臉訂婚？」

「我知道我再和她交往是沒有意思了，她和小白臉訂婚是她父親的事。」

「狄克，」我說。——「現在替我準備晚餐，二瓶啤酒，畫一張白房子的平面連花園在內，註明她的房間在那裡，隔壁是誰，汽車時間表，一隻小電筒，一副手套，一件我能穿的毛線衣……」

「我們不再是朋友了，冠軍。」他扭曲他的臉說。

「去你的，我只不過想秘密地見她一面。關於我們是不是還是朋友，我第二天回來再談。」

下弦月把佔地頗廣的花園果樹和柔軟的草地映得像一張靜止的圖案畫，黑暗的特別黑暗，明亮的特別清晰。白房屋有灰裡帶黃的直壁與單純如切的窗戶，在周圍樹木環繞中，它靜坐的模樣彷彿特製的紙盒。當她在半夜被一個男子送回來時，我已在花園暗處等了二個鐘頭。沒有人看見我。我從敞開的窗戶進入她的房間一次，再出來，現在我再爬進去等她。隔壁住著是一位聾子洗衣婦，另一邊則是女客房，現在空著。我知道當她開門進來時不免要驚跳；她的確用手來壓住她的嘴巴，靠在門板一直驚奇楞住地望著我。

「妳好，喜代。」我說。

「你瘦了很多，冠軍。」她說。

她在我的懷裡哭泣，我突然祈望我不曾來過。我相信她，像相信馬林魚在我的鈎中，我也流淚，這是很重要的證據。保持最初的感覺對於愛情是很重要的，我說。喜代，妳可以記住這些，不必太多，而我會永遠把它當作一樁最高傲的事；每當想起時會產生微笑和微微的低泣。在你的面前我多麼軟弱，你爲什麼再來？她說。女人不能禁止男人來愛她，妳不希望我來看妳嗎？我愛妳。我日月的想到你，她說。我愛妳，我說。我愛你，她說我愛妳……

隱遁的小角色

一

拉格：

敬愛的朋友，我要請您寬恕我，每一次因爲我的行爲和言語使您的慈悲仁愛的關懷受到打擊。我深信您眞心愛我，才在背後比別人更加倍地誹謗我。我已經不再相信，我即使單獨活在這個世界就能獲得完全的安寧。我並不十分理會日常生活的艱辛。還故意任個人的名譽隨意腐臭，因爲我的靈魂已經脫離軀殼而去，安頓在一處祕密的住處。

我要將我的行爲精縮成最起碼的活動（唯一的活動），完全把瑣碎的生活丟棄。一個隱遁者角色是不會再理會友愛的孤獨者；把我遺忘去罷，否則我不能獲得完全的孤獨。我不再理睬您對我的諫言。

假如您還要追問，這是我最後的幾句話；我恐懼死亡又卑視生命：渴望愛慾，卻又因害怕而遠離它。

二

「亞茲別！」拉格說：「今晚到那裡去呢？」

亞茲別站在一口窗的附近，他懷著困惑的神情注視拉格許久。

「晚餐前你不是先約定在晚飯後去看紅毛埤的月色嗎？」

「緣於那晚餐太令人失望了。」

「我們還有其他不去紅毛埤看月色以外的消遣嗎？」

「我想你的心不太急切要看那女孩子，假如你並不是我這樣想像的話，我們就到她的店去喝杯咖啡。」

「你不要以爲那女孩子對我是那麼重要，我認爲我和她的距離太遙遠了。但是她在燈下是太蒼白了，深厚的雪花膏，還有發散著玫瑰的香氣。」

拉格微笑起來，寬蔓的額頭閃著一片一片位置不一的亮光，他完全繼承了他父親那種要成爲一個事業家的頭顱，黝黑的臉孔上面，頭頂尖已經有脫髮的現象。他異常活潑、快活和爽朗。

亞茲別憂鬱地看著拉格；他望穿拉格那副晶潔的近視鏡片，探尋著那顆亮星的閃光。

「她太美麗了。」拉格說。

「她太瘦弱了。」亞茲別補充說。

亞茲別轉身望者窗外。那棵脫葉的乾樹被一片漆黑所圍繞著。亞茲別沒有想到天色這麼黑，他臉上顯示對這黑漆的夜色不好感。想像中今晚是有月光的。他在疑惑地思索，他記憶了昨夜那明亮的滿月，午夜的月亮被雲層遮掩埋沒了嗎？他貼近玻璃抬眼仰望一番，天上只有暗淡的薄明，尋不到月的蹤跡；他想它在這窗框的空間以外的空間藏匿著。

亞茲別回轉身發現拉格在角落裡檢選唱片。亞茲別是拉格邀請同住一起的客人。亞茲別想解開同居的束縛獨自走出去，單獨去逛一圈市街。那種能預料到的令他厭煩的音樂，這時突破房間的靜寂，他於是轉動門把，卻又被拉格叫住了：

「你不是去南國嗎？」

「我沒有主意。」

「還早呢。」

「我不知道。」

「這音樂播完我們一同出去。」

亞茲別停在門邊，他不能獨斷離開，就走到房子的中央。

「不如關掉那音樂現在走。」

「這是月亮呀！」

亞茲別裝著一個深怕得罪了拉格的勉強笑容。

「誰的月亮？」

「杜保西的。」

「我不懂。」

拉格對他笑著，表示他完全能夠忍受不曾對這種學問領會和探討的自暴的愚蠢。

「拉格！」

亞茲別認眞地對著拉格說：

「原諒我！」

這樣頗使亞茲別的朋友感到異常詫驚。拉格一直在那激動、憂戚的蒼白臉上尋找解答；這種使他的朋友突然變化的主因，他意會到是房屋的不和諧和沉悶。有著心臟病的亞茲別一直顯得不快活和僵直。亞茲別一向過度的敏感。拉格終於以爲他播的音樂會令亞茲別感到煩躁，就毅然把電流扭斷。亞茲別自從說了原諒我之後就僵直在一張沙發旁倚立著，但音樂停止使他抬起頭來，他對拉格搖搖頭以示那音樂不全是觸犯了他的精神。

他像要哭泣似地說。他的眼光是想獲得對方的寬恕。「不是的，我感到悲悽呀！朋友。」

「爲什麼呢？」

「我可以說是因爲天氣漆黑的緣故嗎？我不知道那緣由是爲了什麼。」

「你剛才是想出去？」

蓬髮和蒼白的頭被眼皮牽動地點了一下。

「那麼我去問父親今晚是否還需要摩托車。」

拉格從剛才亞茲別扭轉門把的那個門出去。亞茲別聽到他下樓的腳步聲音，他開始在房間內緩慢懶散地踱著。那同樣的聲音走上來了，門被打開。

「我的父親今晚不用它了。」

之後，亞茲別挺直地坐在摩托車後座，像一座被急速載走而沒有感覺的塑像。勁風吹直了他那往後梳的蓬髮。

他們在市街打轉看，瀏覽沉厚遲鈍的冬季市街，有時穿進深暗的市巷，就有三兩一群的女人倚門望著他們瘋狂得如一股風過去。豪華閃耀的街道看來像遊樂園的世界。不久亞茲別就厭倦一會兒光亮一會兒淡暗的穿梭，和冷氣流像箭矢的迎刺。亞茲別的心緒就如閃電一樣不安寧，他把臉貼在拉格的背部想用聲音敲響他的脊骨神經：

「朋友，別老是在閃目的街道競馳呀！」

經過南檀橋後，右側的一排高大樹木擋去了街坊的污穢和嘈雜，並且感到郊外的氣流更像一條冰柱。車燈的亮光永遠在前面不斷地渲染著那條車道。亞茲別偶爾抬頭瞻望天空，顯出憂戚痛苦的表情。天空似乎在另一個室間展著美好的晴朗，也許是屬於金星或其他幸福的星球所有，而他頂上的卻像煙囪的罩帽，亂雲俯得極低，跳躍就可伸手摸到。亞茲別漠漠地承受著自己的憂傷。拉格已屬於和斯庫打（那摩托車）同樣不理世態只顧前進了。

車漸漸慢下來，終於先於衛兵而發出言語：

「我們要到紅毛埤去經過這裡。」

「爲什麼不走其他的路呢？」

「這條路優美呀！」

「你不知這裡是軍區嗎？」

「我甚至知道這裡過去是跑馬場。我也在另一個地方當兵，現在休假回來。」

「那麼你有證明你身分的證件嗎？」

「有的。」

亞茲別看到拉格掏出一個皮夾打開給那個衛兵看，之後那衛兵就讓開退到石柱旁去站好，微笑地把綠旗指向右方。軍區很寧靜。一會兒又在一條彎曲的窄道馳騁著。道路一旁是竹林，一旁是坟丘，芒草夾插著扁平直豎的墓碑，有一座坟墓被人工修飾得很寬敞光潔美麗，漆黑的郊野看不清基石的紅字，但無論如何都顯得荒涼和可怕。亞茲別正在幻想著有人躲在一處最黑的地方窺視著他。

彎曲的窄道和另一條柏油道會合後，就往上爬去。紅毛埤在幾株喬木的幹間，憂戚地縮在地平面下——一張扁平的長黑臉孔。

車棄於路旁，一盞路燈指向一條優雅的綠氈寬道。亞茲別和拉格就在湖岸道上走著。

「太黑了。」

拉格從湖那面轉頭來對亞茲別說。

「你要下到那伸進湖面的長島去走走嗎？」

「不！」

亞茲別堅決地說。

「沒有人願意選擇這種天氣來這裡散步。」

拉格以爲是地說。

突然亞茲別停住，手放在拉格的肩，先望一回拉格再抖抖地說：

「我要請你答應我一個請求。」

「你知道我會答應的，只要你說出來。」

「今晚我想單獨地用那車。」

「那麼讓我回去聽月光曲。」

在回去的路上拉格問亞茲別：

「你想到那裡去？」

亞茲別羞慚似地輕輕回答他：

「同樣是去找尋月光。」

摩托車馳得比風快，越過冷流，因爲拉格沒有絲毫懷疑亞茲別所要做的這件事。

亞茲別單獨地來到南國咖啡室，他把車停在門口走進去，他面對著那女孩子，他和她之間隔著一張高及胸部的紅色櫃台。亞茲別意識到跟前像一尊少女的半胸塑像；那女孩子穿一件淺紫高領的毛線衫，緊裹著頸和胸部，異常顯著地突出二隻頸下的橫胸骨和瘦小的乳房。長袖看不出她極細的手臂，很優雅自然地垂下。瘦長蒼白的臉孔顯得那簇後挽的頭髮又黑又蓬多，卻結實得不致垂散下來。屋內暗綠和淺紅的小亮光效果很好地變成水晶宮一角的幽暗和寧靜，那不重要的被視爲增加氣氛的音樂，從尋不到的神祕角落傳來，寧可說像水波一樣搖蕩過來。種植在花盆土地上不會再長高的椰樹把暗影投給躲在裡面的人，使他們成爲不實在。亞茲別沒有笑容地注視眼前的少女塑像。首先她也一樣沉靜地注視他，可是不久她就感覺不安而搖動起來，她把眼睛移開又回來，看看亞茲別的癡神是不是已經改變了。亞茲別沒有動彈也不說話，只是聚精會神地凝視著她。亞茲別痛苦的眼光逐漸使她恐懼起來，嘴唇顫抖著，她怯怯地問他是不是要些飲料，亞茲別搖頭。她要哭泣起來了，這時亞茲別才把一隻手放在櫃台上，這引得她去注視這隻顫抖蒼白的手。亞茲別低沉痛苦的聲音這樣對那女孩子說：

「妳能陪伴我一些時候嗎？」

「不能，我是被束縛的，我要照顧生意。」

亞茲別把那隻手緩緩地抽來，憂傷地轉身離去。

「喂！」她喚著他。

亞茲別回轉來。那女孩子問他：

「你是什麼意思？」

「沒有。」

「爲什麼你要我那樣做？」

「我或許有點神經錯亂。」

「什麼時候開始？」

「一星期前。」

「一星期前是什麼時候？」

「妳說：『先生你是第一次來這裡嗎？』的時候。」

亞茲別又像剛進來的神情注視著她。

「你叫亞茲別嗎？」

「或許是，妳記得比我更清楚。」

「爲什麼呢？」

「有時我不認識我自己，並且把名字忘記了。」

「亞茲別，不要那樣看我。」

「不容我用眼光佔有妳嗎？」

那女孩子困惑起來。

「我傷害妳是不是？」

「不是，但你的表情使我難過。」

「我還是離去的好。」

「等一等，亞茲別。」

「我不願浪費時間。」

「你不是要我陪伴你嗎？」

「我已經收回這冒昧的請求了。」

「我已經改變主意了。」

「我不願站在這裡，當有人走進來時誤認我爲男侍應生。」

「隨你要去那裡，我去向另一個女人告假一聲。」

那女孩子把櫃台的一面板掀起來，櫃台變成殘缺的二段，她走出來，亞茲別這時看到她穿一襲較深色的紫裙，高跟的黑皮鞋。她從邊門消失，出來時一個胖女人跟她出來，那胖女人一直惡意地審視著亞茲別。亞茲別領她走出來，一到外面那女孩子又折回去，再出來時她穿一件灰色的大衣。亞茲別發動馬達，一會兒就在市街消失了。

三

翌日亞茲別和拉格離開嘉義回軍營去了。昨夜和亞茲別同坐一輛摩托車出遊的南國咖啡室的女侍應生心兒黃昏時照常去工作。心兒在那星期內收到一封亞茲別給她的信，不久在接近元月時她又接到亞茲別給她的一張優美的賀年卡。以後就沒有音訊消息了。

清明節前拉格回到嘉義他父親的別墅裡；他是退伍了。他到南國去找心兒，那女孩子的身上沒有高領的紫毛衫，櫃台後面的她穿著無領的淡黃春衣。她的胸前永遠是那種標誌：顯出她是極瘦弱的二隻突出的胸骨和細小的乳房。拉格是那種紈袴的華美，那副眼鏡增加了他的英俊斯文的氣派。他一走進去時頗使那女孩子驚訝，她朝望著拉格的身後，好像知道後面還有一個人似地，可是那被期待的人沒有跟進來。

「嗨！心兒。」

「你退伍了，拉格！」

「我回來繼承我父親的事業。」

「你要一杯咖啡？」

「好的。」

那女孩因有點紊亂的心緒以致把咖啡濺在白瓷的盤子裡。她發出顫抖的聲音請他原諒，他說這沒有關係；咖啡不是菜湯給人喝飽的。那女孩子坐下來和他對著面。她沒有說話只是望著那戴眼鏡十分漂亮的面孔。拉格清楚她的心境。許久她終於問起亞茲別的事。拉格說：

「亞茲別回到礁鎮去了，他的父親在一個月前去世，他們破產了。亞茲別很落魄頹喪。」

那女孩子靜靜地，眼睛含著淚。

「你要幫助他嗎？拉格。」

「我請求他到我的地方來，可是亞茲別的個性很怪僻，不容人的憐憫和幫助。」

「那晚我就知道他是這個樣的人。」

「亞茲別叫我回來就來看你。」

「他應該寫信給我。」

「亞茲別在他有生的日子都太不安寧了，他求你原諒他。」

「他太柔弱而需要人的援助。」

「可是亞茲別是高貴靈魂的不幸肉軀。」

「他準備去做什麼事業？」

「他不願吐露他要什麼，即使是他極好的朋友。」

拉格從上衣的口袋掏出一條手帕很輕柔地拭去心兒頰上的淚水。然後那女孩子站起來去照顧其他的客人。

第二晚拉格再去南國。

「昨夜我不曾入眠，在思索著一件事。」

「你爲他憂傷並不能改善亞茲別的處境。」

「我們寫信去欺騙他——」

「他不會相信的。」

「只要他來了，他會原諒我。」

「或許我能這樣做。」

「拉格，我請求你爲了我一定要辦這件事。」

第三晚拉格去南國時，那女孩子問起亞茲別過去的一些事情。

「我和他認識是我去臺北讀書的時候，我與他同一科，他功課好，尤其喜愛寫詩。」

「他曾告訴我，他要做個詩人。」

那女孩子的淚水破壞了她完整的化妝。

第四晚拉格贈給心兒一個小藍盒的東西，她打開來看時頗爲驚訝。

「我不要你爲我耗費金錢，我們要做個極好的朋友才是。」

「這樣對我並非是耗費，也不傷友誼。」

那是個寶石胸針，拉格親自把它結在她的胸前，在左邊胸骨的下面，小乳房的上邊。

「有亞茲別的消息嗎？」

「今天郵差把信退回來了。」

「他不在礁鎮？」

「他或許已離開礁鎮他往。」

那女孩子倚在桌子沉思，淚水滴落在閃亮的胸針上，又因它的光滑而滑落了。

第五晚明月皎潔，拉格騎摩托車來南國。

「你眞美，曾先生。」

「妳也是。」

「我總以爲我沒有那種女性的肉感。」

「對妳來說，那種東西妳是不必要的。」

「約女朋友出遊嗎？」

「到目前我還未結識其他的女人。」

「你或許要一杯咖啡。」

「當然，但是妳願接受我的邀請嗎？到外面去兜風。」

那女孩子躊躇著，她心中想拒絕他，可是又抵抗不住要去呼吸新鮮的空氣。

「我得去和另一個女人說一聲。」

拉格坐下喝咖啡的時候，那女孩子去找一個代理她的人。

第六晚拉格和前一天晚上一樣來南國，心兒陪他坐在檯子上。拉格這樣對她說：

「明天是我父親的生日，妳能以我的好友的身分來招待一些朋友嗎？」

第七晚拉格和心兒在別墅的花園散步。他們又不由自主地談起亞茲別。

「亞茲別是太怪僻了。」

「別去思想亞茲別，讓他自己去承擔那份特殊的憂患。」

「無情的亞茲別給我的印象很深刻。」

「他或許已經忘掉了妳和他的朋友。」

「會嗎？你是缺乏同情心罷？」

「我也時常想到他或想幫助他，可是目前他一點消息都沒有。」

「我不知不覺對我的工作顯得很懈怠，昨天老闆很客氣地提醒我。」

「妳可以辭掉它。」

「我能到那裡去呢？」

「妳願意到我家來嗎？」

「不！」

那女孩子堅決地說。

第八晚拉格去南國看她，並且贈給她一件禮物。

「這是我父親答謝妳昨天的勤勞的一點微薄的意思。」

那是一隻金錶。

「我不能接受它，它太昂貴了。」

「這是一個慈愛的老人的意思。」

「拉格，我實在還不能忘懷亞茲別。」

「亞茲別即使知道也不會責怪妳的。」

「你不怕他責怪你嗎？」

「他更不會了，他了解的。」

第九晚——

「他寫信來了。」

「亞茲別親自嗎？」

「是的。」

「他說些什麼？」

「一首詩——」

那女孩子靜靜地坐在拉格的對面，聽著他用低沉的聲音念著亞茲別的詩，她聽來卻像是亞茲別顫抖的低語：

我心的世界
有一輪月光，
爲黑巾包紮
棄于一旁。

走進殘秋的樹林，
自言自語地
成爲孤獨的角色。
我向自然模仿，
扮成一隻山鳥；
只在山間盤旋，

爲愛墮落犧牲。

再見，月光。

我的生命，

一片黑暗。

那女孩子從拉格手中拿到詩稿，她注意到那日期的錯誤，開始嗚咽啜泣著。

「妳緣何顯得如此感動？」

「現在我知道了，最最不能去接觸那種孤獨憂鬱像亞茲別的男人。受他的一盼顧就得心碎腑裂。」

「妳不能稍稍自制嗎？」

「從今起會的了，但願你也不談亞茲別。」

「亞茲別只是一個憂傷可憐的小角色。」

「如他詩中說的。」

「那是不可能改變的命運。」

四

到了仲夏的夜晚，那別墅的樓上經常坐著一個安詳的女人，她靜靜地在聆聽那首散佈銀瀉般月色的曲子。

實際上，那個叫亞茲別的男子在拉格回來之前已經就不存在了。

讚賞

我知道雷不會按我註明的那一天寄錢給我；這使我在信尾落筆要附加這個要求時，曾做相當久時間的遲疑，可是那時我正當是異常窮困並且已經負了幾個對我不很放心的人的債了。他們雖不開口向我討回他們的錢，並沒有許多，可是我卻看到他們眼睛的疑惑之色。我對雷的要求並不苛酷，僅僅叫他寄夠還債的百元錢，並且我坦白的說，要想從那萬一能夠如期寄到的微小的數目裡，奢望地能空出一瓶啤酒的錢，予滿足許久以來如焦渴望的慾望，那是萬萬不可能實現的事；我從來就沒有這種把別人痛苦地分割一部分來救濟我的寶貴的金錢用在一種不可寬恕的奢望裡的習慣。但我知道，雷不是個無情的人，可是我畢竟三個多月沒有看見過他，或許他變得不是我那最後印象的溫柔懂事有道義的男子了；現代的社會不比往昔的單純和敦厚；今日的朋友馬上可變成明日的敵人；假如不是這樣就不是今日世界的潮流了。

在那封信尾我這樣寫著：我已一個月又二十三天沒有得到任何從外面寄來給我的款項，而你是我可以隨便這樣要求的唯一的朋友，因為我凡是能夠寄出去的小說稿，編輯都盡可能地不遺落地寄還給我。我相信你一定能夠同情於我這一時期的不幸，當我有小小幾筆合起來將近百元的債務時……當那天我沒有接到雷的慷慨的施給的金錢，我就不必做明天或後天能接到的期望；雷是個很守時守信的人，我歸納幾個假想的情況來證明他不能寄錢給我，因此我儘快結束這幾日——將近一星期，期待的苦惱和自信的喜悅。雷是我學生時代的要好的同學，可是我不曾向他像這一次一樣要求他寄錢給我，可是有一次，我卻曾向他借過一百五十元，我自信我可以短期內還給他，所以他掏出來借給我。想起來那次爲何要向他借錢，實在是很有趣的，事後和事前雷都帶一種譏諷的勸告似的神態對我說：你總是太感情衝動。可是這一次他既不寄錢來，我可不願意接到任何像這一類似的批評的口吻的信：他也知道沒有錢文字也不會發生任何的效用了；可是他的緘默我卻有些感到孤寂。

那是個依照我們古有的不朽的曆法來說已經是秋末冬至的時候。我和雷（雷與我同年齡）正値是學校剛畢業幸運能獲得一個小職位可是又是任何事情都沒有果斷能力的年齡。我一直相信我沒有掠獲任何女孩子的能力，可是我竟在那時節被一個女孩子掠獲了。但是我並沒有十分相信她；僅僅幾次很笨拙和貧乏的見面談話，而在那個月下的山腰處學校的環境，她總是無端地令人困惑地使出含情的凝視和笑容，而她的話語則彷彿在企圖欺騙一個不明瞭她的身世的異鄉孩子。這個豔遇是中秋夜她和她的妹妹走進學校的辦公室向我討一杯開水開其端，以後她就知道了來和一個孤寂的異鄉孩子談談友誼和各種不是正題的瑣事。雖然她的眼睛在夜晚（我只有在晚上才看到她的出現）那麼美麗，笑容在月光下像一朵花，可是我還是比較熱中於跑到兩哩外的瑞鎭和雷敘晤的快樂。我和雷都有一種共同的抱負，準備將來獻身於一種我們的智慧能夠達到的藝術，而那時我和雷在一起時則做打羽毛球和游泳的運動，做研讀外國小說和廣告絹印的學問。雷是一個富於機智，富有啓發性和創造力的罕有的男子，這些就是使一個同性崇拜他，喜歡他甚於愛一個富刺激的女子的緣故了。

我沒有將我的私事（除了一個女子允諾了某一些事否則實在是微不足道）告訴雷，可是他的行爲倒令我感到震驚；他有意把我帶到一間面向菜市場能夠清楚地看到一列大樓的後院的冰果室，指給我看一個在後院樓廊間晾衣服的女人。於是我的內心這樣響著：唷，原來是她啊。我的表情沒有驚動雷，我讓他先發洩他對這個女人的喜愛的慾望；他讚美她的美麗，也批評她的放蕩；雷說：她的丈夫服役於某處，卻曾與一個照像館的攝影師私奔到宜蘭，現在似乎規矩了些，卻常常回到金鎮（我做事的小鎮）的娘家去。最後我說我從中秋夜以來就相識了她。雷疑惑地注視著我，我一一照實全盤托出。最後我再解釋我並沒有十分認眞，雷才稍微寬慰了些。

以後的一段時間——已經是第二年中秋之後了，我沒有再看到那個女人，我性情上的沉默竟連問她的名字叫什麼都沒有，我幾乎忘掉了她。這時爲了加緊絹印的一些試驗作品提交給一個顏料商人，我常常在瑞鎭過夜，雷和我形影不離。突然在一個夜闌人靜的深秋之夜，我和雷在瑞鎭從一間飲食店喫了入睡前的點心回來，從樓房的走廊經過，當路過一個小巷時，一個女人突然從巷中走出來擋住了我，雷一看到是她，把我拋下逕自先走了，我還在驚訝而不知所措的時候，她就把我拉進了巷裡，馬上告訴了我她剛乘夜車從臺北回來，她又不敢走進丈夫的家裡，而到金鎭的汽車已在一個小時前收班了，她說她還是再回到臺北去較好，可是她說她確實遇到了困難，而希望我一定要相信她。

我想她那時一定在言語態度上給予了我做爲一個男子的寶貴尊嚴，並且在那個無人的夜下，面對著一個向我訴苦的美麗女子，我自己一定也感覺出自己地位的重要了；我的心懷的情感一定類似一個英雄正在想法解救一個多難的美女；我的機智緊隨著恢復的鎭靜而來。我自己正用一種關心憐憫的眼光注視著她那焦急的慘白的臉容，而任何女人在這樣的情況下在男人的眼中都要比她平靜微笑時的姿色更加動人百倍。我隨即說：「妳的困難是什麼呢？」

「那是回去的車資呀——」她再添加一句：「我只要幾十元就夠了，那麼我就可以搭清晨四點鐘的快車。我實在不希望被其他任何人看到我。」我沒有顯出我身上沒錢的慌亂。

這時巷的那一端有個身影向我們走過來，我輕聲地對她說：

「我們到學校去？」

「穿過街道恐怕要爲人看見呢。」

「我先走，在圍牆缺口的地方等著妳。」

我從學校的大門進去，然後在圍牆缺口陰暗的樹下看著她東張西望地穿過街道向我的地方走過來，一到圍牆邊就迅速地跳進來，我帶著她到一列教室後面的草坪坐下，一條寬淺的溪流在我們的眼前潺潺地流著，而河的對岸則是瑞鎭風化區房子的後院，這時候，那個地方顯得寧靜了，除了偶爾一扇門突然打開，一個穿睡衣的女人端著臉盆走出來。我告訴她，一切都將替她解決，一定使她在清晨四點鐘瑞鎭未醒來前讓她能夠乘那班快車離開。

「妳就在這裡稍微等一下，我跑到街上去買吃的東西，並且去帶一張毛氈來。」

她點點頭，並且在我離開時深情地凝視著我。

我用一種熱忱的小跑步到學校另一端雷的房間，正適雷從房裡走出來，帶著惘亂的神情，我開口就先向他借錢。

他默默地望著我，彷彿對我的問題做一番考慮。我則對著他露出笑容。他和我走進房內，他從抽屜裡拿出一個厚厚的信封袋遞給我，那信封裝裡整整裝著他一個月原封未動的薪水，我將一爾鈔票拿出來數了十五張（那時臺灣銀行還未印行百元鈔票），又將其餘的放進袋內遞還給他。

「我還要一張毛氈，她四點鐘才能走。」

「反正我今晚也不會在這張床上睡覺。」

雷冷淡地回答我，然後當我要走出來時他說了他那句著名的讚賞的譏諷話——你太感情衝動了。

時間對我是太寶貴了，而我的心懷著一種帶有神聖任務的喜悅，即使雷指責我或毆打我一拳，我也會不在乎的。我說我回頭再來拿氈子，我得先到街上買些吃的東西。雷一直站在一旁保持冷淡的沉默觀看我那可笑的忙亂。

我再轉回來，雷留一張條子在桌子上，我從條子裡簡潔扼要的幾個字中看出他的偉大的寬懷和協助；他允許我帶那個女子到房間裡來，可是我卻不願這樣做，我帶著氈子回到那個女子身旁。

我推給她從雷薪水袋拿出來的那十五張新挺的鈔票（票額當然是十元的了），她一看就知道超過了她要求的數目，她不敢接受我的餽贈，只答應能接受五十元，我說妳到台北還需要做別的許多事情，一個女人總不能身無分文在一個城市裡，萬一發生了意外事故；她說她在臺北原已有個裁縫的工作，於是我不得不去追問她的一切了。

「爲什麼妳要離開妳丈夫的家呢？」

「婆婆太苛酷了，所有一切雜事都得要我去做，而我是做不慣那麼許多瑣雜的工作的。」

「妳丈夫全不知道這些事嗎？」

「他卻認爲天經地義的女人的工作，並且這門婚姻我原是不答應的。」

「而妳爲什麼終於答應了呢？」

「這是父母之命呀，而我的父親認爲家裡的女人總是太多了，這就是把我早早地送出去的緣故。」

「妳有多少姐妹呢？」

「不是這個，而是他有幾個太太。」

我再這樣追問下去，覺得是一種過分的無聊。並且我有一種感覺，認爲還是不要和這個女人纏成一種關係要好得多，但是我一直堅持要她完完整整地收下這一筆錢。

「這是一種朋友的贈給，妳還是不要推拒。」

她終於很感激而稍帶羞澀地把鈔票包在她的手帕裡，然後我勸她到教室裡睡一會兒。我把幾張桌子靠合在一起，就雙雙蓋著氈子躺下，而我的心這樣以爲：假如因爲給一個女人一些錢就可以去侵犯她的肉體的話，那是異常卑鄙的事；我僅僅在側睡時輕輕依靠在她的溫暖的身體旁，而我的一隻手因爲不能在其他地方安放妥當，所以也就輕輕環抱住她的腰。她大概異常的睏倦，一會兒就沉入夢鄉。

她先醒來，天還未亮，我送她到那個圍牆缺口，我說找一個機會和丈夫妥協好，不要像這個樣子，她點點頭就去了。

雖然我的心有些空虛和悵惘，可是我這樣想著：以後千萬不要再遇到她，那實在太危險了。

我帶氈子回到雷的房子，雷沒有回來，這時我才開始想雷到底到那裡去了；在那樣的心情之下他可能幹些什麼事呢？他在瑞鎭沒有其他更好的朋友，而他可能去和妓女睡一夜嗎？我躺在床上等待天亮。雷回來了，帶著一夜縱慾之下慘白的臉容踱進來。自從她走了，我已經相當的寧靜，我看著他而不說一句話，他也靠在牆上歪斜著他的高身材，一派泛漠的注視，這樣許久之後，他說：既然如此，也不能忘掉我們的絹印啊。

不久，我們住進臺北市，我們異常地匆忙，可是所得的結果都證明任何一件成品也只不過是個試驗中微不足道的拙作，雖然顏料商人一直在驚異我們的天才。他的欣喜卻是給予我們最大的鼓勵。而一切的功勞都應歸給雷的智慧的意念。他眞是個不可思議的青年，思想永遠在改變創新像騎在一支飛往任何星際的箭矢一樣。和他相處使你有一種安全感，他永遠不會令你在行程路上跌倒。他不自私，他能很自然地把你引到一種特殊的生活而不會使你感到不習慣，雖然有一段時期我們都變得異常的瘦弱而感到頭暈，可是我並不感到不愉快。他和他的朋友相處有一種訣竅，而他在這大城市的朋友都是思想很前進很特殊的人，他的訣竅就是維持一種永恆的互信。這種人間已經漸漸稀少的關係，我想那是因爲雷是個秉性相當誠摯，而態度則十分的謙遜的緣故。他給人不可磨滅的印象是一種男人們很少有的含蓄的坦白；當他說到男女之間的秘密或類似的事物時，你從他的美妙的措辭裡絕不會覺得有不充分的理由的地方，他談起來不令你嘔心或帶有敗德的氣氛。他的技巧就是他天才的表現。

雷處世的方法是先傾聽別人的意見，然後將那意見用自己的意思修改。許多人都自動地來請教他，拿畫稿請他批評，拿小說稿請他修辭，請他聆聽鋼琴演奏，請他爲事情出主意。最後他很自然的控制了別人的經濟，但並不爲私有，他僅用在一種可解釋爲對大家都有好處的用途上。而現在的青年男子誰願意偏狹而不講道義呢？似乎任何能表現一種才能的人都把自己納入豁達寬闊的軌道，像很少在事業發達或在學術界被譽爲天才的人不靠關係走著這一條擁擠的捷徑。但雷卑鄙這種人間的不公平制度，他深深以爲人類已經漸漸走者一條墮落的暗道，而他把這些現象來證明人類愛情的畸形。他曾說過一段自己的經歷，受到包圍他的人的讚賞，他說他和一位陳小姐——一位女教師，有相當的友誼，他的年齡小於她，一次他們到溫泉去洗澡，對方突然要求他做那一件事，但他冷靜地躺在水中凝望著她，直到對方那種渴求自然消失了之後才和她說話。說完大家都默默地在心中讚美他的堅忍和高貴的節操。但他不談往昔和他有關係的同性朋友而使得現在的朋友感到不快。自從我和他雙雙入伍，他在臺北我在新竹的時候，已經有三個多月了，我相信他一定又重新交了無數的知己朋友。自從他當兵我知道他那當律師的父親每一個月按照一定的日期給他五百元的零用錢。我給他的信他不會沒有接到，我想他太忙於交際，他不會和他的新朋友談起我，他們還有無數的眼前問題談不完呢。我想現在的人不學學現實是要吃虧的，要舒服地活著就得認識現實。

我在新竹城內頹喪地做我例假日應出來的散步，我這樣的苦悶心情，這世界上大概僅有少數人能夠了解。現在的人類身上無錢的極多，可是他們會堅持待在他們能夠閑躺著等待的地方。但是我不能，我必須去看那些大工廠的高大煙囪，看看他們佔據著的廣大的地面。工廠在它附近所構成的畫幅，是現代水彩畫家們最喜愛的食糧；都是縱縱橫橫的直線條，正是使他們應用貧拙的技巧就能產生令人驚嘆炫目的效果。可是我一直遺憾地對水彩沒有如期的產生很大的興趣，我一開始學習繪水彩馬上就和它告別。我曾提到絹印的事，雖然它和繪畫的關係是異常的親密，但我坦白的說：我是雷的滾筒手，我的右手臂因爲這特殊的工作變得和左手臂的粗細懸殊很大，因此在夏天我仍必須穿長袖的襯衫。我是爲了看天才去接近那些大工廠，我一直認爲突然地抬頭望天是一件不可思議而毫無理由的事，我們必須因爲看山才看天，看黃昏的海才看那輝煌的天，而我必須去看大煙囪才看天的，或者看大高樓才看天的。我把它認爲是一種比較的問題，因爲有這些景物才有天空的。試想：當我們浮游在空際像星辰一樣時，看不到像地球上的這一些物體，那麼我們那時的天空在那裡呢？在腳下呢？成從腰臍以上呢？

我走近肥料工廠，從許多不同的角度和遠近來看那些大煙囪，天空像是它們後面的一張襯紙。然後我看到在圍牆上的一個告示牌，那告示牌上告訴我他們那最高的通氣囪需要一個爬上去裝燈泡的有膽量的人，僅僅上去裝一個燈泡，它的酬勞是三百元。我的心臟馬上加速的跳動，因爲我想，我必須去撈獲這短時間就能得到的報酬。我的腦中馬上浮出晚上喝啤酒的痛快情形，並且用三分之一就可以還清那些令人不高興的小債務。我可以一天喝一瓶，連續喝十天。我走向這肥料工廠的傳達室，雖然我原已有心悸亢進的惡劣趨向和懼高心理。我有一點膽寒和一陣一陣的恐懼，但是我現在逃跑已經來不及了，這有失去一個穿軍服的人的尊嚴，工廠的一個主任已經帶我走向那支又細又長的煙囪。我的說話聲突然變得有點沙啞和不流暢。

「工廠內的許多工人中就沒有人敢上去的嗎？」

「這就是我們爲什麼還要花三百塊錢請人去裝的緣故了。」

那位主任瞪著我，使我幾乎腳軟跪在地上。

「我沒有攀高經驗，但我可以試試。」

「不要緊，已經有許多人爬到一半再下來，但我想這一次，就是最後一次把一瓶米酒澆在煙囪腳了。」

他們給我一條寬皮帶繫在腰上，一個大燈泡在我的臂上套著，另外還有一條粗繩可以在頂上裝燈泡時把身體繫在煙囪上。走近煙囪我深吸一口氣。一個人馬上打開一瓶米酒在煙囪腳周圍的地上澆一圈，我突然大聲說：

「把它留一點！」

那個人遞給我剩下的五分之一米酒，我一口喝乾。於是我一階一階攀上去，而我的感覺也彷彿漸漸的昏暈似的。我仰望頂高的地方，看來像是一短距離，但是那距離永遠不變。之後我的感覺好像要仰臥下來，我絲毫不能去聽清楚在我腳下許多人的交談，而我的心似乎並不在我的心原來的位置，它在橫隔膜以下，我相信我的臉一定十分的慘白。

現在恐懼把一切都驅出我的記憶，只容許恐懼本身在時光中留存，而我一直脅迫自己別存有想下來的念頭。終於到了頂點，我的手摸到那個鐵皮的蓋帽，然後我再上去一點把自己用繩索繫住，我的手在發抖，而我一時忘掉應該打什麼結了。這時，我什麼都不敢注視，除盲視眼前的東西，然後我把那壞燈泡拆下裝上新的燈泡。突然它亮了。而我下來時一定費了我上去的時間的兩倍。當我還在用腳探試著慢慢下來時，我聽到了他們的談話聲。

「勇敢！」

「他竟是個阿兵哥呢。」

「一個軍人才配有這樣的膽量。」

「這對他是太簡單了。」

「你們到那裡去請到他呢？」

「什麼？自告奮勇！」

「現在的軍事教育總算成功了。」

而我在一個樓房高的地方，就因不能忍受自己的膽寒而跳下，我的腿麻痺起來，但我強行站立，像要上去時一樣地深吸一口氣。這時我才注意到圍了多少人，他們盯著我，有的人顯出笑容。那位主任請我到會客室去休息一會兒，我說我沒有時間了。這樣我就提步離開，忘記了我一心一意的三百元報酬。那個主任追過來說要給我那筆應得的酬金，而我竟毫不考慮地拒絕接受，無論如何我都沒有接受。我是有點傲慢的。

綢絲綠巾

這個費木奴私設的畫室、舞蹈研究所擠滿了許多知名的畫家、攝影師、記者和朋友，他們似乎忘記了她的死一般地讚嘆著跟前費木奴本身所未有的絕佳的姿勢；無數高級攝影機鏡頭對準著費木奴垂俯的姿態，她已經氣絕了，就是現在這種被畫被拍攝的型姿死去。彎曲著那雙舞蹈家修長而結實的腿的費木奴一絲不掛的豐美軀身坐在地氈上，軀體整個重量依附在一個褐色方形的木箱，右手臂就在木箱的上面位置，像一個歇息者或疲乏的工作者一樣地把頭靠在那右手臂上，埋著臉部的正面而只能夠顯露一條好看的側臉線條在光亮中。另一隻手臂無力地垂放在大腿之間，把她性感的肉體勻適地含蓄而美好地遮住了一部分。

在那時，勇敢的費木奴曾帶給苦悶的藝術家們一個很大的希望和欣喜；在荒漠的同時存在著兩個對峙觀念的城市裡，她是僅一的職業女性模特兒。從此，不知要到何時才再有一個像她一樣的人，能供給星期日畫會起藝術學校有眞實的人體來闡發色彩與形的慾望。同時，她亦努力跟隨幾個回國的名家練習古典芭蕾，隨後她自己開設了一個研究班，租了一間大樓房的第四層做爲畫家的畫室兼練習生的舞蹈場。費木奴的生命中從未滿意地擺出這樣令人讚賞的姿態——一個疲乏的休息者，直到她的死竟變成了她一生模特兒事業的高巋。

費木奴死得像謎一般的奇妙；各種會損傷其優美膚體的凶殺和自己服藥的自殺都不是。那群對藝術熱心的人來的時候，是那樣匆忙地上著樓梯，一看見了她，卻忘掉了對她死的致哀，拚命地畫呀、速寫呀、拍照呀，把她這時的成爲其最後的形姿看得那麼重要和貪婪，心中恐怕會被趕到的刑警、法官、醫生迅速的搬走或移動，他們的動作表現在搶奪和無秩序的緊張中。可是，這些不會忘恩的人中，在這個不幸的夜晚之後，馬上傳出有人要爲費木奴塑造她那最後的休息者形像，爲了讓她對大衆的貢獻可以永恆地銘記心中和眼中，他們積極地籌備了，而一個攝影師已經把他當夜拍攝的七十四張不同角度的費木奴的姿態提供了。

費木奴被無數的人們傳言著他殺和自殺這兩種說法。這與一條綠色絲綢的領巾有關。那晚，熟悉她的人們由房東劉太太帶領著走上狹窄的樓梯，劉太太的臉上顯出對死者敬重的表情；那是悲哀透過一層平時對費木奴親愛的情感。她是那麼開通和明瞭死的意義的軟弱的老太婆，以致保持著一種嚴謹的哀傷的緘默。她希望那些前來觀看費木奴的人對她的死產生一種景仰的情緒，不要因爲失去了生活中的一個不可少的朋友而悲哀。費木奴因她創造的事業從此永銘在人們的心中。劉太太輕輕地打開那通費木奴畫室的門，像費木奴在家的時候一樣避免去驚擾那群集中精神和目力在她身上的畫家。她那麼小心地把門開推一半，於是大家的視線看到角落裡一個頹喪並且流淚的面孔；謝勒夫看見了一群人在門口，於是把他的頭顱羞恥而傷心地垂下。那些人再從謝勒夫未低頭前眼睛的視線看到室中央木箱旁費木奴的姿態，彷彿謝勒夫正在畫著他的愛人。大家沒有被先有觀念的死而驚訝，甚至更相信和讚嘆費木奴是在木箱旁疲乏的睡去。他們似乎在疑問她的姿態是曾經爲誰做了模特兒？爲了角落的謝勒夫嗎？不，決不是。謝勒夫大家所知他不是畫家，也不是攝影師；他僅僅是被認爲會寫一些短篇小說的青年，他甚至連長篇都不會寫，而且那些發表了的短作也不很成功。費木奴長長的黑髮縛成一種婦人的模樣，在燈光下是灰色的，好像她的頂上棲息著類似斑鳩樣的鳥。她的身軀光潔而呈著黃褐色，一個中日混血的可愛而成熟的臉孔，於是大家注意到那個觸目的圍縛在頸子上的絲巾，它整個破壞了肌膚的美而成爲礙眼和討厭的東西。圍有費木奴的人互相交換困惑疑慮的目光；她是被人勒死或自己勒死，永遠是個熱烈的爭論。

她最後被移開時竟造成了一致爆炸似地惋惜的哀嘆，大家終於垂頭喪氣地像打了一個慘痛的敗仗一般地無趣地紛紛離開那單調的畫室。可是，在走出那道門之前，都不約而同地對那不知何時站在角落的艾湛注視一眼；艾湛毫無所懼地對注視他的那些人顯露一個嘲諷和憤怒的表情；他似乎在反抗人們對他本來是費木奴的舊情人的侮辱般的懷疑；他的臉上的可怕的眼光正在大聲吼叫「卑鄙」。

費木奴的葬禮簡單而嚴肅，她的棺木抬出來之後，那畫室研究所就永遠地關閉了。神父祝頌她進入天堂。藝術學校的學生和各畫社的畫家，以及她生前的朋友組成了一個很莊嚴而罕有的送葬行列。她的智慧和生命的苦衷化成的藝術情感因回到天父的身旁而變得不朽。葬禮的行列沒有驚擾忙亂的市民，由一條靜僻的道路蜿蜒到郊外，從那裡孤單的棺木向一個小山丘推行，人們在橋頭招手或目送她匆匆而去。可是，汝拉像失去意識的控制從人群中走出，緊跟著那多腳的棺木的後踵；汝拉的臉哭成一團縐縮的棉花，他在費木奴死前一刻曾遭到她的斥罵而氣憤離開。

房東劉太太向誰都敢於發誓費木奴的死與任何人都沒有法律刑事的麻煩；但是她一直在搖頭抗辯費木奴不會傻得自己勒死自己。於是熟悉費木奴的人對她失去知覺的駭人的一刻沒有什麼可說的了；那種想要確切分別他殺和自殺的說法是誰也不會明瞭，這個問題很快像颱風狂激了一下就消失。但是，關係到前後扮演費木奴情人的三個男子，永遠掛在被刺激的藝術圈人們的口中，尤其費木奴死時的姿態被人神秘地猜疑不已。

她坎坷的歷史被人翻開、搜集、整理。具有一種前進開朗的性格的費木奴有別于保守和矜持的女性，她的堅強和魄力使一個男人望塵莫及，她自創自己的事業始終令人讚美不絕。現在追溯到那一年春天，費木奴剛長成一個豐滿的女人的時候，由於她崇愛著藝術，已經和許多藝術家成為極好的朋友，當她和她的老師發表芭蕾表演會時十分令人激賞。有一天，他（她）們在類似一個俱樂部的集會中，互相討論著藝術和哲學，尤其美術一項被激烈地爭論和產生頹喪的嘆息；他（她）們把自己和世界各大都市的畫家比較；環境和環境……。經過這樣的檢討，馬上領悟到他（她）們沒有創作的眞實性——沒有獲得社會應有的鼓勵和保護，以致造成作品上的可憐、僞善、掙扎、貧血的面目。大家都盯著費木奴，意味著一個穿裙子的少女可能會變爲他（她）們藝術天國的救星。首先費木奴顯得臉紅而莫名其妙，但很快地領悟了那是什麼，而且爲了什麼；她想到自己的身世是那麼合適那種身分。一個良家女子會被父母限制和容易被這落伍和捉牢傳統的社會批評和責難，甚至引起社會不安，婦女們的恐懼。室內保持著一種窒息般的沉默，那是當一個無法解決的問題經過激烈辯論後的現象。他（她）們像在等候奇蹟的出現；而終於奇蹟出現了；費木奴臉上轉成一個可愛的笑容，大家帶著窒息的喜悅望著她，就在這個時候，費木奴宣佈要爲藝術犧牲的決心。

艾湛在角落的沙發裡站起來，走向她。那時他是她最要好的朋友。艾湛捉住她的雙手，也宣佈了他要爲她當一個負責任的保護人。艾湛就是這樣把自己是費木奴朋友的地位躍進爲情人的地位。

許多畫社擁有她，藝術學校聘請她每週去兩個下午。她的經濟可以自立的時候，她偕同艾湛住進劉太太樓房的第四層樓全部。不久的時間，她似乎與劉太太天生一般地融洽，好像是小姐和保姆的關係。她在那裡住了五年，開設了畫室、舞蹈研究所，劉太太親眼看到艾湛的離去，汝拉的糾纏，最後是謝勒夫的癡情。

費木奴把劉太太看成一個可信任的母親；正如劉太太把費木奴看成一個寶貝那麼受她疼愛的女兒。劉太大曾對鄰居談起：假如費小姐願意拜她爲母親，那麼她會即刻起不再收她的房租錢了。但是她永遠是失去了機會，她一直遺憾沒有來得及向她親自提起。可是往後的日子，她一提起費木奴時卻像提起了親生女兒一樣地傷心和惋惜。

艾湛的性情古怪暴躁，他早已是成名的鋼琴家。他離去時，那樣子像是把費木奴拋棄了；其實艾湛是氣憤而走的；他的暴吼是那麼驚嚇人，猶如他的演奏是那麼感動人。他大概這樣對費木奴說：「妳愛我就得請保留孩子，否則……」費木奴轉身過去，背著他，掩藏著一份痛苦。從這時起，艾湛永沒有再回到這所屋子。費木奴有一段時間很顯著地削瘦了下去。

從此，艾湛不再住在這所屋子之後，費木奴吩咐過房東劉太太，她已經成為她的知己了，凡是要單獨見她的人都由劉太太親自帶領上樓，這種手續雖然麻煩卻是非要不可的。客人要回去了，她按鈴叫劉太太帶出去。由於這種人所共知的習慣，人們才相信劉太太將費木奴的死，肯定的發誓保證那幾個應該會有關係的人終於免去了法律的麻煩。

那一夜，汝拉又來糾纏著費木奴，要見費小姐就得經過劉太太領他上樓這個不能馬虎的步驟。劉太太打開通畫室的門，看到費木奴已在鏡子面前梳她的長髮，那樣子她是想把她自己打扮成一個婦人的模樣。她的頸子上圍著一條綠色綢絲質的領巾，免得梳落的髮絲掉進由領口敞開的頸背，而那條絲巾其實還有抵禦冬季寒流的用處。顯然她在化妝準備在一個小時之後和謝勒夫出去。劉太太還是不能讓汝拉走進來，她在門口對費木奴說：「費小姐，您現在要見司徒汝拉先生嗎？」費木奴聽到是汝拉，坐在鏡前遲疑了一下，未等她回答，汝拉迫不及待地伸進他的頭開始說：「木奴，我有要事要見您，您不要那麼固執……」劉太太一個敏捷的動作，把汝拉推回到他原來門後的位置。之後，費木奴的聲音說：「劉太太，妳讓他進來好了。」

謝勒夫當晚在艾湛的房子裡。艾湛知道謝勒夫飯後會來，他向他說他要去看九點那一場的電影，艾湛請他到客廳的沙發坐下，打開錄音機，音樂是艾湛自己的演奏錄音。謝勒夫問這個錄音有多少時間，艾湛說不會超過半點鐘。艾湛嘲弄地望著謝勒夫，竟因為謝勒夫表明在九點鐘時去看費木奴。

其實謝勒夫並沒有寧靜心情聽那個演奏錄音，但他那樣子卻像是在仔細的聽。偶爾他們談著話，謝勒夫很同情艾湛過去是費木奴的好朋友，艾湛說：

「費木奴怎樣？」

這是他常問的一句話，彷彿能藉著謝勒夫的描述，之後可以了解費木奴的現狀。

「她向我說汝拉很厚顏地纏著她。」

謝勒夫是個很年輕而沒有多少經歷的好看青年，他僅僅是個大學文學系的畢業生，不免常常不小心地露著那令人寵愛的得意外貌。相反地，他很崇拜艾湛，羨慕艾湛的成就，心中很迫切地希望有一天像艾湛一樣因什麼而出名。

「你不是也認識那個汝拉嗎？」謝勒夫說。

「我未認識你之前就知道他了。」艾湛淡淡地說。

他們不說話的時候，那樣子就極像注意在聽音樂時所表露的沉默。謝勒夫時時低頭凝望著手錶，艾湛對謝勒夫的舉動感到好笑地呈露出嘲諷樣子。

「不要那樣焦急，謝勒夫。」

謝勒夫抬頭望艾湛，艾湛故意裝出給謝勒夫看到他是很輕視他們的那種戀愛。與其說是嘲諷他，毋甯逆說他在自我表明他是個已經嚐到那滋味的過來人。

「我最忌我會在這事上誤時，請原諒。」謝勒夫馬上矯正了自己，並且對艾湛微笑了一下。

「費木奴最能夠寬恕她所寵愛的人。」

艾湛故意站起來走過客廳的中央去扭動電鈕，把錄音機的聲音轉弱了些。他好像很輕易就說出了這句話，極力在表明自己的權威地位。

「她對我一點也不會這樣。」謝勒夫反抗地說。

「那麼我是個過時的人了，我不應該還有這個記憶。」

「可是，她對我說的話大部分是對你的回憶。」

謝勒夫他本人是毫無選擇地推崇艾湛，很重視艾湛與費木奴消褪了的那一段時光。

「那麼她在這方面是個最尖刻的女人；對我批評。」

艾湛是那麼肯定的說，彷彿他在這方面曾受到很大的打擊和損失。

「不。」謝勒夫否認的說。「她對你的性格咬嚼出味道。」

突然艾湛暴跳起來，臉孔生氣而鼓脹得通紅。

「她是一隻母狐狸，她以為她能憑她的一套虛偽的讚美阻住了我對她的暴怒（報復）嗎？」

艾湛凶狠的目光使謝勒夫膽怯了起來，但是謝勒夫又看到艾湛平息了下去，臉上掛著笑容。這個轉變的時間是那樣的短促。他又說：

「謝勒夫，我親愛的朋友，我深能瞭解和實踐時代精神和人類行為的標準，我完全看得開，我知道我已經是過時的人。」

高昂的氣氛平息了之後，室內像無人似地緘默，在這個時候，音樂有一個時辰是被人注意地聽著。

謝勒夫又看了一下他的錶，由他的表情能知道時間過得很慢。

「我斷定汝拉現在是在費木奴的寓所。」

艾湛說了這話打破相互之間的沉默，並且專注地注意謝勒夫的反應。

「這可能是他最後的一次了。」謝勒夫很自然地說著，他抬頭看艾湛。「你知道最近人們怎樣批評司徒嗎？」

「我不知道。」艾湛說。

「甚至他愚蠢的卑鄙行爲也牽連著把費木奴的名譽損壞了。」謝勒夫又說。

「那是當然的，費木奴也不能全部責怪司徒先生。」

「這事你或許不知道，才那麼說。」

「我以爲無論任何什麼事都不能全歸罪單獨一方來負責；即使搶劫商店，也不能全怪那個膽大的強盜，誰叫他們把所有的錢都積疊在星期五這一天呢。」

「我不知道你是不是完全不清楚費木奴對汝拉完全沒有這個意思。」

「這是誰都知道的，但是有她的存在自然能吸引司徒這樣的男人。」

「起先費木奴還沒有那麼生氣，她把他當做一個贊助者和朋友，可是汝拉是太過分了，竟把他的妻子無故地趕到鄉下的老家去，以致引起了許多的議論和關於費木奴不正確的謠言。」

謝勒夫說完了，很希望艾湛對這事有所了解，他甚至要艾湛承認他和費木奴正常的關係，來滿足驕傲的自負。但艾湛不表示什麼，他站起來去截斷了音樂，他說他要早一點走，免得誤了電影。

艾湛和謝勒夫一同走出房子，謝勒夫的摩托車停在走廊的一角。

「謝勒夫，你把我送到電影院會影響你去看費木奴的時間嗎？」

雖然謝勒夫沒有主動提議要送艾湛，但是艾湛卻是這樣說使他不能拒絕。

「即使我送你到電影院之後，仍然還是太早，我有生以來感到今晚的時間過得最慢。」

謝勒夫跨上了摩托車發動了它。艾湛不像一個女人一樣而像一個男人一樣地坐在後墊上，之後那摩托車就急駛而去。一會兒就到了艾湛所要進去的電影院門口，謝勒夫把車子停在那裡，走到對街去買一包香煙，回來時他親眼看到艾湛買完票走進戲院裡去，艾湛回頭向他招了一下手。當謝勒夫一個人站立在摩托車旁發楞的時候，他正在苦惱為何不能早一點去而必須遵照約定時刻準時呢。

八點半鐘劉太太聽到費木奴叫她的鈴聲，她到了四樓打開門，費木奴還是原來的打扮，汝拉坐在一張沙發裡喪頭垂氣。

「劉太太請您把司徒先生帶出去。」費木奴說。

汝位從沙發站起來走向門口，顯然不願那個討厭的老太婆來帶領他，這時劉太太還在聽費木奴對她的吩咐。

「謝勒夫假如早一點來，妳就領他上來，我現在要換衣服了，妳領司徒先生下去吧！」

劉太太出去時隨手把門關上，她跟在汝拉後面，直到門口大道，並且看他乘一部計程車而去。她還站在那裡，好像在諦聽謝勒夫的摩托車聲音從遙遠處漸漸駛近，但是今晚謝勒夫不會早到，他不是沒有早到過，只是今晚他必須特別遵照時間。

八點五十五分時劉太太終於聽到那熟悉而震耳的摩托車響聲，她在門口迎著謝勒夫，她特別看到謝勒夫這個年輕的孩子因過度喜悅的顫抖，謝勒夫禮貌地先向她說好。

「你們年輕人就是那麼沒有經驗，費木奴早就在等著你能早一刻到來。」

「我在街上遇到汝拉……」

「他二十分鐘以前離開這裡，其實費木奴早應該叫他不要再來了，他是那麼沒有良心，把自己的妻子趕到鄉下去。」

「汝拉衷心地爲我祝福……」

劉太太又打斷了他的話：

「費木奴一定換好了衣服焦急等著你了。」

劉太太好像年輕了許多似地在前面飛跑地領著謝勒夫，使謝勒夫有些趕不上。

「木奴——」

未到門口劉太太就叫喚著，不能隱藏那份興奮的喜悅，但是沒有聽到裡面有回答，她打開門又叫了一聲，畫室裡還是那麼靜寂，然後看到那姿態，首先她和謝勒夫還以爲費木奴在耍什麼花樣呢。

獵槍

一、斑鳩

童年時，他是個沉靜纖弱夢幻般的可愛男孩。他十分令人喜愛，因爲他有一雙烏黑的大眼，和一簇烏黑的披垂的頭髮；現在他變成了一個十足的獵人了，因爲他有一枝光潔烏黑的雙筒管獵槍，和一隻伶俐敏捷如他本人一般馴良的狗莫利，其餘他具備著一個獵人應有的智慧。除了已經長得很高外，依然是那種瘦弱式的身材，細長的頸上，猶保存著孩提時的模樣：高高的鼻子，美麗而憂鬱的眼睛，詩般的黑色的垂髮。

秋季的一個早晨，灰霧瀰漫著河底，李德民背著他心愛的雙筒獵槍，帶著那隻灰色的皮毛印有黑點的莫利，從土地祠旁那條小徑來到這趟近乾枯的沙河，沿著那細流的水邊向一個更深更荒野的山林走去。他的手指對著走在前面的莫利指劃著，那馴良的獵狗就折回到他的身後；因爲他怕莫利衝動的情緒會先驚擾了沉睡的斑鳩，又怕他自己的叫聲被熟悉他的斑鳩們聽到。

「德民，德民。」

他停在那裡注視我許久，我看到他表情的疑惑顏色。最後他認得我了，臉上露著欣喜和吃驚的動人微笑。

「我以爲你是康家的兄弟，你離開通霄很久了吧？」

「我已算是異鄉人了。」

他羞怯地低下頭來沉思片刻，突然說：

「我必須走了……」

「現在有什麼獵物呢？」我追問他。

「斑鳩，我的白娥……」

他轉身移步離去。我驚異著，他的白娥？哦，他的愛人吧。他漸漸走遠了，在這寬闊的平坦的沙河像個十分小的人，他常常停下來注視著竹林樹梢，那隻像他一樣沉靜的獵狗總是在後面跟隨著。

這靜謐和鮮美的沙河，原是我童年喜愛的樂園；我曾在這裡完成無數的圖畫，黃昏我曾在它的樹蔭下讀書；夏季我和同伴在下游的跳水谷游泳；秋季的早晨我在此散步和誦讀詩篇。遇到德民這個早晨使我追憶許多往事。

他穿霧而去，他的默然的外表以及那種沉迷夢幻的談吐，使我對他懷著一股不解的神秘。還有他的白娥，我感到一陣欣喜，這可愛的人竟然有了一個所愛的女人。

除了童年那些回憶，我不知他在我長遠地離開故鄉之後的一切故事。當我看見他完全消失在灰霧中之後，才結束了這清晨的運動和呼吸。我再也讀不下任何一首詩篇了，我被他完全迷住了；對於別人的愛情故事我總有一股特殊的關心的熱情。

斑鳩，白娥，一隻灰色的鳥和一個少女的形象在我終於獲知了這故事之後，常常像鬼魂一般眼前旋轉著，然後是他那雙善良美麗而憂鬱的眼睛。他的整個瘦削的形象佔有了我的影幕，隨著，一聲槍鳴震盪著宇宙和時間，那枝烏黑的雙筒獵槍的槍口冒著一縷灰煙。事情是這樣的：

那年春天，鎮上搬來了異鄉的一家人——皮鞋匠夫婦和他們的女兒。這皮鞋匠一家的簡陋行李中卻有一架可愛的少女的風琴。他們起先找不到適合的房子，但是他們看上了一個果園，這果園和八九間房屋座落在一條街道的盡頭，他們就住進了林家龐多的房子的幾間側房，分享果園的幽靜和空氣。

皮鞋匠的女兒白娥，年紀十七歲，纖弱而沉靜，兩顆深邃的眼睛，彷彿什麼事都能令她驚嚇起來，秀麗的頭上蓄著光亮的長髮。那種少女又加點兒婦人的氣概，使第一眼見她的人都會被她的神態迷住。

她常在清晨或夜晚把房中的窗戶打開，面對著那些靜立的果樹彈琴。據說她從小就跟一位音樂家學習彈奏，並且這架琴亦在那時富裕的時候買進來的。她的父親老白也曾進過很高的學府，能夠作詩和寫一手好字，但爲什麼選擇幹皮鞋匠就沒有人知道緣由了。小白娥因爲身體不好，沒有進過學校，但她的學識卻由她的父親在晚間親自教授給她；她常讀些由父親選擇給她的小說，這樣她竟比一個同年紀的人要聰明和懂得許多的道理。

當白娥第一次在這個新家彈琴的那個清晨，那琴音招來了一隻灰黑的獵狗，這隻好奇的狗對著她的窗口吠叫著，使白娥驚嚇得雙手壓在琴鍵上，要哭泣起來，但是這獵狗的主人從花園的一端奔跑過來了。

「莫利，莫利，不要無禮貌。」

年輕的主人在獵狗的頭上輕拍了一下，那隻懂人意的畜牲就不再吠了，垂著頭顯得難爲情的沮喪樣兒。

「對不起。」狗的主人對白娥道歉說。

白娥的母親聽到狗吠聲和女兒的驚叫迅速地奔到房裡來，看到一個俊秀的青年站在樹幹間馴服那隻好奇的狗，便這樣對他說：

「請進來坐吧。」

青年不敢走近窗口，但卻向她們道謝，並且說：

「我叫德民，我叫莫利認識妳們，妳們以後在果園散步牠就會親近妳們了。」

「莫利！」白娥的媽對那馴良的狗親善地呼叫一聲。

德民又說：「請小姐也對牠叫一聲吧？」

白娥這時才恢復鎮靜微笑地輕叫了一聲：「莫利。」

「莫利，別再對小姐太太無禮貌了，回去。」

這十分窘狀的狗遲疑了一會兒，又對那窗框裡的白娥看了幾眼，才不願意地垂頭轉身輕步離去。

「你的狗眞乖，像人一樣的懂事。」白娥的媽讚許地說。

「莫利實在可愛。」白娥也對著德民誇獎那隻狗。

「請你晚上來坐，阿娥沒有伴，況且阿娥的爺會對你們朗讀詩篇的。」那位母親說。

「我也很喜愛音樂。」德民說。

「你也會彈琴嗎？」白娥驚喜地問。

「不，但我能唱歌。」

「那好極了。」

「我自己有許多冊歌本。」

這時白娥的媽好奇地說：「少爺，你白天都做什麼事呢？」

「我同哥哥學做生意，但我大部分時間去打獵。」

「打獵？」白娥驚訝起來。

「是的，我有一枝好獵槍，我自己做子彈。」

「和莫利一起去？」

「非帶牠不可的，牠會把獵物銜回來。」

「你能打到什麼？」

「兔子和鳥禽。」

「牠們流許多血而死嗎？」

「當然，我的槍很少落空的。」

突然白娥因爲想到了小動物的血而嗚咽起來。

白娥的媽說：「不要傻，阿娥。」

德民走到窗口內疚地說：「對不起，我不應該談起這些。」

於是小白娥想到原是自己好奇問他的，就把自己眼下的淚水拭掉，抬起頭來。

「打獵，一定很有趣，是嗎？」她勇敢地說。

德民說：「打獵的樂趣是世間少有的，很少人能有那種感覺。」

白娥又問：「那是怎樣的感覺呢？」

「我說不出來，我學問不好，但我知道那是什麼，而且我不能沒有它。」

小白娥自己思索了一下。

德民說：「妳現在喜歡了？」

「喜歡，但是我怕槍。」

「我的槍是用我從小儲蓄起來的錢去買的。」

「很貴嗎？」

「獵槍中最貴的一種。」

「能借給我看嗎？但是你先不要嚇唬我。」

德民穿過果園，從自己房間裡把心愛的潔亮的獵槍帶出來，莫利雀躍地跟著奔出來，以爲主人又要去打獵了。

德民對著白娥說：「這是槍，雙管的。」

「好漂亮啊——」白娥叫了起來。

「它很重。」德民說。

白娥喜歡但又有點害怕接近它，德民遞給她，她雙手接住後因它的重量而喘了一口氣。

「好冷的槍啊——」白娥顯得又喜歡又驚奇。

「這是我自己做的子彈。」

「子彈買不到嗎？」

「此地沒有賣子彈的，到港口和都市去買要很昂貴的價錢。」

白娥和她的母親看完了德民心愛的獵槍之後，送還給他。

白娥的媽說：「晚上你一定來，少爺。」

白娥也對他說：「來吧，你說你會唱歌。」

德民害羞地說：「好——」點頭之後，攜槍和莫利回到果園的那一端去了。

春天過去了，夏天也過去了，秋天的亂雲佈滿著高高的晴天，颱風常常橫掃著大地，有時果園的硬老的殘幹總會遭到斷折的命運。在小白娥和少爺李德民相處的許多夜晚中，白娥的爺已經把整本的布納克詩集朗讀完畢；德民唱了許多歌，尤其關於海島的民謠，在小白娥的伴奏下再度在這和藹的家庭中掀起一陣熱烈的高潮。他的歌聲像一種遙遠的呼喚，深深獲得小白娥的沉迷和白夫婦的讚美。

可是，一朵陰雲突然降臨這果園的側房；一天早晨，美麗的小白娥不能起床了；她的窗戶沒有打開，也沒有琴音流到果園的那一端。她得了一種奇怪的病症。德民跑來看她的時候，她沉靜地躺在床上，眼睛沒有痛苦，可愛的臉孔在黑髮的襯托下顯得十分的蒼白。

皮鞋匠白請來了當地的醫生，醫生也不知其所以然。許多名醫從遙遠的地方被請來診治小白娥，他們大惑不解，仍然尋不出任何可疑的毛病，只有一個結論：詢問小白娥意願著什麼事物。

皮鞋匠對著躺在床上的女兒說：「我心愛的女兒啊，妳可希望要什麼東西嗎？」

白娥啓口說：「爺，我只喜歡喝斑鳩湯。」

皮鞋匠驚異：「妳從來不曾喜愛過斑鳩啊？爲什麼現在突然喜愛飲牠的湯呢？」

「昨天夜晚，我在夢中一個仙人這樣告訴我的。」

「仙人？這多麼神奇啊！妳身上一點也沒有病苦？」

「爺，沒有。」

站立在旁邊的德民聽了小白娥這樣說，不禁由憂愁轉爲喜悅，他心中因興奮而心臟跳得很厲害，他知道他自己可以爲她效勞，供給熬湯的斑鳩，只要帶著莫利，背帶著獵槍出去。就在這天黃昏將盡的時候，他已經攜了一隻肥壯的斑鳩回來了。

從此，爲了小白娥的心願，德民每天黎明就帶著莫利攜著槍從果園的後門出去了，到晌午的時刻他總能夠帶回來一隻斑鳩。

冬天來的時候，小白娥像一朵玫瑰花在草中出現；她已經恢復了以前可愛美麗的模樣了，已經從一種死灰中甦生，並且比往日更加令人憐愛。她的窗戶在清晨時刻再度打開，琴音在果樹間飄流傳送。

整個冬天，在這個溫暖和藹的家處中，小白娥和德民以及爺媽度著一種靜穆美麗的日子。並且她將她的終身許配給溫良高尚的德民。

時光又循環到一年開始的季節，德民不能日夜伴在小白娥身邊了；爲了他們將來組織一個小家庭，他忍痛地分別了她，和哥哥到港口去經商了。

起先，他不能完全控制住自己分別的痛苦，常偷偷地折回來看望小白娥，再趕回去；而小白娥一生中僅有這第一次的戀愛，異常愛著他，也不能忍受這種分離的痛苦，十分喜悅他的降臨。由於這種習慣，她常常夢著他回來，或預感他會在明天回來。但是她一方面又了解這樣的繾綣會阻斷一個男人的毅力，會折傷他的勇氣，使他一事無成，於是就對他說：

「德民，請你不要再回來了。」

「爲什麼？」他驚異地說。

「我要你一心一意去做生意，季節過了就回來。」

德民說：「但是我不能沒有妳，妳對於我比一切更重要。我已經打消了去海外辦貨的主意了，雖然我的哥哥很生氣，但妳知道這將整整去一個季節，整個季節不能見到妳，離妳那麼遠，我十分受不住。」

白娥哀怨地說：「不要爲了我。」

德民焦急起來：「難道妳不愛我？」

白娥驚嚇地說：「不，不，我只是不喜歡因我而令你半途而廢。」

德民憤怒地說：「啊！我知道妳不愛我了，才願意讓我去整個季節。」

白娥啜泣地說：「不是的，德民，我不是這樣的。」

德民懷恨地說：「好，假如妳要我這樣，再見，我也就從此去了。」

白娥傷心的哭泣起來，德民就在她這種飲痛的時刻離開她而去。

他自從這一次離開，連一封信也沒有寫回來。不久犧牲自己的白娥，像去年一樣不能起床了，她那奇怪的病症又復發了起來。因她日夜思戀著她的愛人，臉容一天一天消瘦下去。

莫利沒有看到窗戶打開和聽到琴音，就在窗下垂著頭徘徊，顯得十分焦急。有一天牠勇氣地走進來，看到小白娥獨自躺在床上流淚。

聰明的莫利獨自到荒野去追獵斑鳩，但那些鳥總是在牠到達的一刻飛開了，牠徒勞無功地跑來跑去，一無所獲，反而把花生園糟蹋了一陣。當牠對銜獵斑鳩感到絕望的時候，就每天到車站去，希望看到主人回來。

雖然皮鞋匠夫婦傾囊爲白娥買斑鳩，但不是德民親自狩獵的，一點效果也沒有。

後來他們只有期盼著德民早一日回來。

整個夏季小白娥就在這種憂煩期待和思念中過去，皮鞋匠夫婦眼看自己的女兒已經瀕臨絕望了，也憂煩得消瘦了下去。

這時，去海外經商的德民終於回來了。他看見了小白娥像往前一樣躺在床上，並且變得瀕臨死亡的模樣，不禁懺悔萬分。於是那比誰都更加消瘦的莫利看到主人回來，就撲上前去對主人咬了責備的幾口。德民馬上和莫利出發去，那畜牲是那麼焦急地在前面奔跑。

第一天德民和莫利在沙河奔走了整日，竟那麼古怪地沒有看到任何有斑鳩棲息的跡象。他喪氣地回來。

第二天他越過沙河在南勢嶺的農園埋伏和等待，並且囑莫利去追尋，可是仍然沒有獲得，使他十分埋怨天庭的殘酷的作弄。

這晚他去看小白娥，她只剩奄奄一息了；並且握著他的手，但是她的模樣像一朵枯萎的殘花，在那裡散發最後的一點水份。

第三天黎明，他順沙河而上，爬過虎山嶺，在一帶叢林中奔走尋覓，突然莫利的耳朵豎立了起來，他聽到拍翅的聲音從草叢中升起，原來一隻美麗的天雞在清晨中醒來向南方飛去。他和莫利追奔過去，腦中迅速決定要把它打下來，因為他的小白娥已經再也等不及斑鳩了。他對空中放了一槍，驚醒了整個清晨的大地，那隻天雞斜斜地飛下來了。敏捷的莫利在牠著地的一刻啣獲了牠，跑回到主人的面前，露著無上喜悅的表情，並且自己逕自地往回家的路徑跑去，在途中時時回頭看看落在後面奔跑喘氣的主人。

當他一進果園奔進小白娥的房間，一個情景懾住了他；皮鞋匠夫婦坐在床邊，手握著心愛女兒的纖白的手，臉上充滿了淚水。皮鞋匠告訴德民說小白娥在一陣驚嚇中離開了人間，好像被什麼打了一下失了魂似地。那隻帶回來的天雞從德民手中滑落下來。莫利走出去。

從此，德民帶著莫利，背著他心愛的雙筒獵槍，除了斑鳩不再打任何鳥禽，並且他不再去經商，經年累月沒有斷絕地在每一個風雨或晴朗的黎明，都會從土地祠旁那條小徑來到沙河，向更深遠更荒野的山林獵取斑鳩。

二、復仇

子彈塞進槍膛，卡噠地一聲。

板門外有人叩門，他把獵槍藏在木櫃的陰影裡。

柔軟疲憊的昏陽光色投進灰暗的斗室，一個人影在那地上的光中。

他和那個人一起離去，在日暮的街階走著。

看到了前街賴家的四兄弟在風中鼓起弧形的背，像四個彪形的大物排向不敵的空間。

他避開了，另走一條小巷。

（這個鄉城奇異地座落在一片嶺坡，形成迷樣錯綜的交通。）

他擠在人群中等候著：

（汽車噗噗上山。）

汽車來了；

許多人從擁擠的車下來，他和許多人擠進了車廂。

汽車走動了，迂迴地又到另一個鄉城。

從汽車上下來的人群像一股洪流衝下石階。

人群分散，他隨那個人走著。

走進一個人家，席上已有四五人就座，無數的語聲都未曾打動他的沉悶。

賴家的四兄弟的影子纏繞著他，他顫抖著，默默地與人喝了三、四小杯的酒。

（今天：農曆十月十五日，一個古老的節日，有一個曖昧的故事，紛紛地傳言著關於那神。古昔因一個意義開創的節日卻變成現世人們逃避現實苦痛的藉口。神似乎正賜他的恩物讓我們飲醉罷事。）

離去那屋子，痛苦漸漸襲向他。低頭走路，不能忘懷木櫃背後的槍枝。

（從童子的時代，賴家的四兄弟就淩辱著他；老賴、二賴、還有那對凶殘的孿生子。他們生有彎鉤的鷹鼻，高大魁梧。）

這一念間，他偷偷地抬頭望他的伴。

他的伴拉他進入另一房屋，軟快的笑聲迎著他。

（室內豐盛的菜肴、酒、人們說著類似的話語。）

他喝了三、四小杯。然後

沿著一條靜寂的山道走，明月在薄雲後如一個藏躲在帳幔的臉孔。

散座於這山道的人家，必拉著他進去坐坐。

他沉默地走著，一言不發。

(他迎著凜冽的冷風，自覺散點的孤燈是大地這黝黑的鬼魅的眼睛。)

強風帶著的枯葉打在他的臉上。

他回到出發的鄉城的地域；他正立於高點。

從牆邊路過，一個老婆強拉著他進去。

矮屋樑上懸一盞小燈發著有煙的光芒，老婆打他的手，要他飲酒。

(那孿生子坐在他的課桌後面，老師問他一個關於貓的問題，孿生子用鉛筆尖刺穿他的褲布痛煞了臀。)

他敏感地從坐凳上站起來。

來到屋外，他的同伴追出來，幾乎把整個身體投在他的背上。

(在那個貓的問題上，他後面的一個聲音說：「打死一隻蚱蜢。」在放學的途中，孿生子撕碎了他的筆記簿。)

他自言自語著：「不要搥打我的背。」

他的伴依在他背後，踉蹌地走著。

他走進一個院落，一個酒席緊臨著一個酒席，在夜空下，沒有一個人罔視物質。
他的伴醉了，他扶他時，他狂言亂語，像在地獄中掙扎。
他拋棄他的伴，獨自逃離院落。
他漸漸離遠了院落，感兒孤寂和寒冷。
(他還不能見到自己的屋，但他見到那冰冷的槍。)
他有一個垂頭的背影。
(二顆的笑聲在他腦中迴蕩不已，他極力避去這回憶；他想到他的爺，想到爺就想到那笑聲，想到笑聲的冷酷，就想到看不到屍體的爺，想到了爺死在礦洞中，就記憶著二顆的笑語。)
他遙望那屋一眼，
他走過了那屋，
來到牆邊卻低頭不敢望進裡面。
他走快了些要過去，
一個人把他拉住，推他進去。
在席上他低頭，知道她從裡面出來。
他不能忍耐著，逃奔出去。
他躲在一個紀念碑的影子裡，
他的背靠在冰冷的大理石。

（不知她在後面追趕撲捉他）

一個溫熱的觸撫驚動著他。

他在黑暗中居然能抬起一個溫柔的臉孔。

他緊緊地摟著她，把嘴巴大張著，喚著「啊——」吐出大量的氣體。

（賴家四兄弟在他的對面競賣著魚丸。）

他看她的眼中有著無言的勸慰。

（雙筒的獵槍在他腦際的一角靜靜地靠著。）

他推開她；

對她顯出一個痛苦而凶惡的臉孔。

他不理她的喚叫；任憑兩隻無理性的腳奔逃。

他回頭看，霧包繞著紀念碑。

他自言自語著：「抬起頭來！」

他的頭顱沉重地低垂。

他迷失在鄉城的幽黑街階中，

雙手插進褲裝裡，他抬起肩頭走路。

隨著一陣笑語，他被拖進一滿房的娘子群中，

被推進一個單房，門迅速地鎖上。

他坐在床沿不語，
她挑逗著他。
他看她一眼（他感覺她多陌生而又多美啊！）
他被剝得精光，
（從小賴家的四兄弟就凌辱了他，魚丸買賣多久沒幹了？）
被她摟著，
被她注視著他的臉，
他看到她的笑容。
（那槍枝在木櫃陰影裡靠著。）
這時他摟著她，一同倒下。
突然他靜止了
（賴家四兄弟家把他的鼻子打出血來，滿口是血的泡沫。他記得了，從此沒有做買賣的日子。）
他任她去擺佈和玩弄。
（他記得清楚，他去城市把獵槍帶回來。）
他對她冷笑一下，猛吻著她，
她從胸前推開他。

（一個灰冷、漂亮的時刻，他打到第一隻鳥。）

他面向牆壁弓身睡著。

他翻身看她離去，

一會兒，她回來，端著一杯茶。

他在街上冷靜地走著。

他重回到紀念碑，看到到處是淚的痕跡。

他用手撫摸大理石，

背靠在冰石上，斜頭凝思她。

然後回到節日的街道。

他走進一個人家，

看見他的伴在席上用暈迷的眼看他。

聽他的伴在說話；賴家的四兄弟在大竿林。（槍枝的影回到了他的腦際。）

他見他的伴又醉到在地上。

他在一道牆邊走著，

蹲下來吐胃中酸苦的食物。

他顛簸著，在幽暗的巷口消失。

回到他的屋，看見槍枝靜靠在木櫃的陰影裡。

他抱著槍睡在床上。
他在一個布幕上見到老賴死在血泊中，二賴逃奔了，那對孿生子死了一個，另一個受傷。
他從床上起來。
他打開門，月光投進來。
他走出去，街階一片死灰。
這個灰冷、漂亮的時刻，他提著獵槍緩行，
他貼牆而走，
他消失了。

三、不同的凝視

你在我的右眼裡
只有一個半側面；
在我的左眼中
你的影像
被槍枝的褐木遮掩。

林洛甫

一部公共汽車在街道上漸漸慢下來，然後停止，再緩慢地走著；一位帶頭盔的警察站在道路中央指揮著來往車輛避開那個車禍的地點。

車廂裡一位登山打扮的婦人從窗口看見三輛小汽車碰連在一起；那似乎是先有兩部相碰的時刻，後面又撞來一部的結果。另外的二位警察正在測量和登記。汽車繞道後駛回快車道，馬上加速前進。

這位婦人後來在雪山腳下行走，在一棵梧桐樹下歇息。苦惱的眼睛仰望那座眼前的高山，雪白的山谷處零散地凸出褐色的岩石，她看不見有任何能觸引她驚喜的動靜。午後這一帶山嶺已經沒有陽光，這更使她感覺到心悸和惱怒。

然後她的視線突然注意到一個從樹林向她走過來的男人，登山的裝備，年輕且不懷好意。婦人想到是她本身吸引著他。她那中年的豐滿的身軀震動了一下站起來，背起囊裝朝山走去，她又回頭去注意那個男人的行徑；那個男人走到她剛才休息的梧桐樹下後，就朝她在後面緊跟著，依樣踩踏著她的登山鞋的寬大的足印。

「喂——。」

婦人繼續前走沒有理會他。

「喂，女人——。」

她繼續前走沒有理會後面的他。

「女人，妳不要再走。」

婦人回頭猛然看見他的面孔，他已經追上來和她走在一起。

「不要再走。」他說。

「你要什麼？」

「我告訴妳，不要走向那座山。」

婦人注視著那個男人那張她似乎很熟悉的臉，思慮且躊躇一下。

「假如我並不考慮你的勸告？」

「這表示妳很倔強。」

婦人不停地往前走，他仍然和她走在一起。

「單想告訴我這件事？」婦人說。

「爲什麼妳會單獨一個人？」

「你驚奇，認爲一個女人……」

「是的。」

「我的丈夫在前面。」

「在那裡？」

「可能在山腰的某一處休息著。」

「爲什麼他不等妳？」

「不知道。他把我單獨留在旅館裡，雖然那是個很優雅的旅館。」

「那麼他不知道妳要來？」

「現在他可能看見了我們。」

「我相信妳的丈夫看到妳跟著來會很不高興。」

「我也曾這樣想過。」

「他生氣的時候可能在山腰的一處殺害妳。」

「他身邊帶著有一個本地的嚮導。」

「嚮導是不干預事情的。」

「啊，我確信他看到了，山腰的地方有一個黑點慢慢移動下來。」

那個男人抬頭，看見婦人的眼睛所看到的。

「那麼再會。」那個男人說著離開她。

「這樣好一點。」婦人點著頭說。

婦人看著他離去。

婦人在山腰踩踏了一處不堅實的雪地之後，身體隨著雪崩滑落，那兩隻不能捉牢東西的手臂在頭顱上面伸直著，之後，一隻有力的手掌捉住她的手，阻止那無情且不能停止的滑落。顯明地，一個男人幫助她站來，並且乘機迅速擁抱著她，開始時她有些慌張恐懼，後來她緊緊地像蟹腳般抱住男人的頸脖。

之後，那個男人的手想放在她的胸前時，她堅決地婉拒著；她推開了他，整理頭上的亂髮，拂去身上的雪，臉上羞紅著望他。

「爲什麼你會在這裡救我?」

「妳需要有人保護妳。」

「我說過我有丈夫。」

「他還在上面很遠的地方。」

「當然，我不在乎需要援手時，他是何人。」

「現在妳可以順利地上去，會見妳的丈夫。」

當這個男人轉身離開時，上面有一陣雪落的響聲以及滑落在他們身邊的碎雪，他們驚奇地抬頭，正看見從上面走下來一個高瘦的男人。他先看到婦人，對她發出積怒的叫聲：

「羅花——」

「呵，太郎，那人剛才救了我。」

他站定後看到離去幾步的男人。

「喂，男人，等一下。」

那個男人轉身回答：

「沒有事我得走了。」

「喂，你是誰？」

他追上去喚住他，他轉身回答：

「你的妻子知道我是誰。」

「羅花，他是誰？」

「我不知道。」

「我的妻子不知道你是誰。」

「這很奇怪。」

「羅花，到底怎麼一回事？」

「我也不知道。」

「你住在這附近村落？是嚮導？」

「我和你一樣，從一個有地名的市鎮來登這座山。」

「一個人？」

「這算是探悉我是誰的問題嗎？」

「羅花，妳怎樣和他碰頭的？」

「在山腳下他向我走來，當我卸裝休息的時候。」

「他和妳同一條路？」

「並不是。」

「再會，我要走了。」

那個男人說。

婦人跟隨著他的丈夫往上爬著，男人懷著疑慮沉默不語，婦人和他走了一段路後，對她的丈夫說：

「我必須告訴你一件事。」

「妳什麼也不必說罷。」

「關於那個男人，你不想知道嗎？」

「什麼事？」

「他救了我後抱住我。」

「妳是想告訴我這是妳第一次對我的不貞嗎？」

「我無法拒絕，我那時站不穩。」

「爲什麼妳要跟上來？」

「你把我單獨地寂寞地留在旅館裡。」

「這不是第一次。」

「我感到寂寞，單獨在旅館的套房裡，整整一天沒有人可以和我談談。」

「我從望遠鏡裡看見他離去，爲什麼他又回來？」

「我不清楚爲什麼，可是我自己無法不隨著雪崩滑落，他及時捉住我的手才免於墜崖。」

他們遠遠看見岩石旁的兩個顯目的背囊，嚮導不見了，遺下兩個很龐大且沉重的登山囊袋，附近還散著吃完的罐頭。走到那裡，男人舉目四望，婦人解下背上的囊袋，坐下來背脊靠在岩石上休息著。男人看見走去的腳印。

「我的嚮導會去那裡？」

婦人舉目望他躁急的目光，視線交接，然後各自又移開。

「他去那裡？」

「坐下來罷，他會回來。」

「我去找他，我們不能在此耽擱。」

「我需要多休息一會兒。」

「妳在這裡不要離開。」

「那邊走來一個老頭，是他嗎？」

她的丈夫大聲喚著：

「喂，我們要走了。」

嚮導走近來，他老得有些滑稽，站在他的面前。

「我看見那個人。」

「你認識他？」

「從來沒有見面過，他說他叫約翰。」

「他現在那裡？」

「在岩壁溝一帶。」

婦人的丈夫很惱怒地轉頭對她叫著：

「起來，我們要啓程了。」

「我還有點兒疲乏。」婦人說。

「正是走的時候，我們停留在這裡已經很長久了。」嚮導說。

「羅花，起來罷。」

「我們在嶺口的休息處會遇見那個人。」嚮導又說。

「快背起囊袋。」

婦人的丈夫終於咆哮起來。

他們沉默地爬行，嚮導在前面，婦人常回頭望著惱怒的丈夫。

「還在生氣嗎？」

婦人的丈夫沒有理會她，敵意地舉目注視她一眼。

「爲什麼你會如此氣憤？」

「妳知道，當同一座山的另一處還有另一個登山者，妳知道，我是怎麼地感覺。」

這時，前頭的嚮導回過來。

「喂，他已經在那裡等著我們了。」

婦人抬頭看去，看見那個男人高高站著。

「林洛甫——」婦人對他喚著說。

「妳呼叫誰？」他的丈夫說。

「那個人我叫他林洛甫。」婦人說。

「喂，那裡還容易罷。」嚮導對那個男人說。

「好，老嚮導？」那個男人謙虛地說，他的視線注意著後面的婦人。

會合之後。

「林洛甫。」那個婦人朝向那男人發出微笑。

「妳叫誰？」那個男人驚奇地說。

「你——」

「我不是這個名字。」

「這有什麼分別？」

「為什麼妳會叫起這個名字的？」

「你總要有一個名字的。」

「那麼我眞的是林洛甫了。」那個男人笑著。

「這很適合。」婦人同樣笑起來。

星下的雪地上，幾個人圍繞著一堆柴火徜徉休息著，那個人抱著六弦琴唱歌。嚮導用著無齒的口腔模糊且詼諧地複述歌者的詞句。

銀波的地面
叢生著慾望
能自一個幻想中
走來他

往後聲音變成一種音波和沉沉的琴音交織著，嚮導半閉著眼陶醉般地自語著：

「多麼好。歌者的優秀，起碼是個可愛的變形體。」

嚮導打開眼睛，他的視線移到距離不遠的婦人臉上，那婦人正專注地看著那個玩琴的男人。

「他多麼好，神奇。」嚮導說。

「你知道他？」婦人說。

「我知道所有的登山者。」

婦人遂站起來，從火堆旁走過，火光映著他憂鬱且生氣的臉，她走到彈琴者身旁坐下。玩琴的男人似乎更加得意地舞奏著。

「不要唱。」

婦人說。他繼續哼著，毫不驚訝，聲音微弱了些。

「停止，我求你。」

那個人搖頭，臉上得意地看她。

「爲什麼妳要走過來？」

男人發出微笑，重複這句話。

「爲什麼妳要走過來？」

婦人哀怨地。

「不要煽動我。」

「我知道妳爲什麼走過來。」

「不。我來告訴你不要唱那條歌。」

「爲什麼？」

「人人都知道那是一條什麼樣的歌。」

「我高興唱它。」

「假如你不停止，我還有什麼顏面？我還是去散步。」

「不要走。」

婦人站起來。

「妳本不願意走的。」

婦人經過人堆，但不回到她原來的座位。她的丈夫已經沉睡了，她在雪地上散步而去。歌聲停止。寂靜似乎使嚮導的意識產生不慣，他那沉厚的酸酸的眼皮再度睜開。

「唱下去，那老歌兒很甜美啊！」

「弦斷了，抱歉。」

「可惜，眞好。」

「那個女人離去了你知道嗎？」

「什麼時候？」

「還能看見一點影子。」

「她的丈夫竟睡著了。」

「假如這是最後一晚，你的感覺如何？」

「我是嚮導，我沒有感覺；我從沒有做過登山者奢華的姿態，所以我沒有那種幻想。」

「你到過其他地方嗎？」

「除了這座山，我不知道別的。」

「你一定看過許多登山者的最後一晚。」

「那是很令人同情的，山不是他們的，他們會顯得很虛無可憐。」

「婦人回來了。」

「幹嗎她要那樣走一趟？」

「她大概無法找到安靜。」

「她的丈夫卻睡得很甜。」

婦人回到自己的舖位躺臥下來。

婦人無聲地掀開毛氈起身，立在睡熟了丈夫的身旁，注視著他在映照的雪光中靜靜的面孔。當她從火堆的灰燼走過，也瞥視一下那嚮導蜷曲的身軀藏匿在破舊的厚氈裡。她走向那片眼前的斜傾的幽暗的雪地。當她冷靜地離去時，她的丈夫在她身後睜開了眼睛，望著她繞過山背而去。

她走向他；那個男人躲在樹旁的陰影裡，靜靜地溫和地擁她入懷裡。那一刻，突然他的眼睛固定地注視她髮上的前方，彷彿無視於她的渴求。

他輕輕推開她，她感到疑惑，抬頭注視那冷靜熟悉的面孔，然後從他的臉上她了解他在注視一個靠近過來的目標，她轉身看見她的丈夫立在面前光亮的雪地上，手中握著輕巧的爬山鎬。

「太郎，你瘋了！」

她的聲音並不高昂，卻充滿著恐懼。她被她身後的男人推開一旁。

「林洛甫——」婦人驚呼起來。

那個人走前一步，讓他舉起武器對著頭頂打下來。那支爬山鎬猛烈地拋出那塊雪泥的戰地，落在婦人的身旁。她懷著無比的痛苦注視這場生死的戰鬥。

這兩個男人都有無窮的體力來償付這場必要的決鬥；昔日鍛鍊與儲備著的力量和技能就是爲了一日要實行這種生命的戰爭。那些爲雪光映照閃耀的迅捷的動作，那些交閃變幻的影子，像實體與魂魄的撕扭畫像。

婦人驚嚇著，內心掙扎撕扭的痛苦顯露於蒼白的臉上。漸漸那些跟前的殘酷地揮動的拳頭柔軟下來，倒下的身軀從地上爬起來後就伸不直了。拳頭就猶如拖著千斤般沉重地伸出來，搖晃著腳步，靜穆中開始響著疲乏辛苦的氣喘。

男人們的眼光在交視時，再度露出凶殺和不可饒恕對方的決心，隨著身軀又躍動振作起來。在那一刻，一個騎在另一個之上，下面的身軀做著垂危的掙扎。

婦人抬起腳下的登山鎬，靠近男人，且在那個勝利者扼死對方之前，重重地致命地猛擊那個堅硬地凸出且傲慢的漂亮的頭顱。

婦人的丈夫從地上站起來，又不支倒下去，然後像一隻四腳猛獸般立在雪地上喘氣和哀號，喪失了體力後的痛苦的目光注視那個靜靜無息地臥睡的男人，當他抬頭注視婦人時，她已靜靜地離去。

翌日，陽光普照這座山，三個人起身後準備出發，那嚮導快快地說：

「一小時後，我們登達最高巅，那裡是這座山最不好玩且乏味的所在，我們會很快下山，昨夜算是最後的一夜。」

婦人最後背起囊袋，面對那個改變了的丈夫。

「林洛甫——」婦人說。

「妳叫誰？」

她的丈夫疑惑地說。

「你——」婦人說。

「我是妳的丈夫，那是那傢伙。」

「那傢伙自己說是約翰。」嚮導含糊地說。

回鄉的人

一

黑皮膚顫抖地從迴廊的一端走出來，手中平托著瓷盤，腰圍的方巾表面顯明地有那從瓷盤裡滴落下來的油漬。他的眼光呆視的那個乾瘦的臉孔上像被什麼驚駭了；眼眶下的地方有一些青的色彩。他的手還在顫抖不已。那雙赤裸的腳發出木棍敲打木板的聲音，當他聽到房子裡傳出來的人聲時，他變得稍稍的冷靜。他進有人聲的那個門；幾個人坐在榻榻米席上看到他走進來，並且已經注意到方巾上的油漬。

房子裡有一個身材肥壯的青年，有二個瘦的和一個矮的。他們對黑皮膚總是顯出不高興的神情，對他投出詢問和嘲笑的目光。黑皮膚把瓷盤放在桌上。那個肥壯的青年的邪惡的眼睛盯著他，注視他許久，停在那縮小臉孔的害怕的眼睛上。其他人似乎要笑了，臉孔脹紅起來，閉住著嘴唇。

黑皮膚看到那個盯著他的青年是要說話了；當他的眼光和他的眼光交視時，他的感覺是他要對他發脾氣。黑皮膚平板而無表情的臉孔僵呆地朝著等待著他，但是那個胖子只是要令他難受地盯著他。其中的一個笑了起來。

他轉身離去，但他停在門口，遲疑了片刻，彷彿怕走出這扇門，即使室內是個屈辱他的世界，也不願踏入那外面的恐怖的世界。

他腳步機械式的敲打聲震盪著這一長列木質屋宇，似乎那腳步的音響反應著緊張的神經。從廚房傳來瓷盤落地的聲音之後，黑皮膚又從那裡走出來，他的臉縮成彷彿一個晒乾的魚頭，眼光呆癡地望著前力。他再走進那幾個消防隊員吃飯的房子時，他將手中的東西掉落在地板上；那個壯大的漢子坐在正中央正眼看著他進來，就在黑皮膚的眼光和他交視的一刻，黑皮膚把手中的東西丟棄。那條懸掛著要潰碎的魂魄的絲髮已經觸斷了。那個消防隊員顯出得意的笑容，在他還未清楚黑皮膚是遭遇到一件特殊的事的原因失去常態之前，他正浸淫在施給同類威脅力的劣根性的驕橫自滿中。「黑人！」

他呵責著喚他。

「你病了？」

另一個消防隊員移動了一下短拙的身軀，把臉孔從頸脖上抬高，對黑皮膚問道。

「我看到一隻手臂……」

黑皮膚的嘴唇頭抖著。

「一隻手臂是什麼意思？」

那個肥壯的青年有點興奮和譏諷地說。

「對他說話要客氣些。」

那個肥壯的消防隊員的身旁的一個這樣對他說。

「謝里。」黑皮膚微弱的聲音。

說著，望著那個叫謝里的青年，想對他說什麼。

「他不是這裡的人，他很可憐，大家都要同情他。」

被稱爲謝里的青年又說。

「你不要插嘴，謝里。」

「好吧！你要對他說什麼呢？」

「我問他一隻手臂是什麼意思，黑皮膚？」

「像這樣……」

黑皮膚晃動著他自己的手臂，當他這樣做時，他又陷進了原有的恐懼中。

「那是什麼？」

「我看見的就是這樣子，」黑皮膚做著手勢。

那些人有一陣子好笑的舉動。

「人的手臂？」

「是的，長著無數粗長的毛。」

「毛茸茸的。」謝里威嚇著他身旁的人說。

「只有毛茸茸的手臂，沒有其他的東西？」

「就是這樣在空中抓鍋裡的東西。」

他又做著手勢。

「那是什麼，謝里？」

驕橫的胖子向他身旁的謝里說。

「我知道了，黑皮膚看到那東西。」謝里說。

「但是爲什麼只有手臂？」

「眞的，首先一隻，後來有許多隻手臂。」

黑皮膚說，雙手晃來晃去做著手勢。

「你做了虧心事，黑人！」

那個消防隊員厲聲對他吼叫。

「但它們不是攻擊我，它們去抓你們現在要吃的東西。」

他低頭看地板上碎散的一片菜餚。

「謝里，你跟他去看看。」

「它們不見了。」黑皮膚抬頭說。

「你的腦中有幻覺，黑人。」

謝里對他說。

「什麼叫幻覺，那東西就是一種幻覺嗎？」

「你想像著那東西，結果那東西變成了眞實。」

「不、不、不，我是清白的，我沒有想過那東西。」

「那麼就是你在撒謊！」

那個大塊頭高聲說。

「我？……」

黑皮膚顫慄著，眼光瞪視著他。

「好，你去吧，但是你確實看到那些手臂嗎？」

「是的，謝里。」

黑皮膚走出去時，看到那個大塊頭對他威脅的嘴，他走到門口重又折回來，把地板的碎片撿拾在手腕中。他內心在思索著什麼，臉上就顯露著那是什麼。他的腳步聲就是代表和傾洩著一種莫名的苦衷和恐懼，那聲音像琴弦拉得很緊。一陣嘩啦的響聲時，是那些碎片被投進垃圾桶的碎裂聲。

二

五月的雲彩飄過鄉村，向著北力。隨著身軀移動著的一支黑色的傘像一朵遮陽的陰雲，母親帶著這紀念物，是父親出征時送給她的一把婦人式黑色傘，在午後的燦陽下單獨地離開鄉村的街道，順著紅水槽去的那座沙河短橋走去。

從橋上看那斜傾的紅泥土路，被陽光的熱力燒成一層粉末的塵埃，散在車跡的兩側，路邊的青草為霧般的沙塵覆蓋而窒息了。

母親的腳穿著藍布鞋，交疊地前進。她的臉和前胸都在傘的藍色陰影中，只有擺邊的長裙反射著刺目的光芒。左手提一個包袱，因什麼目的走過短橋。

接著那條赤土路被她揚起一小陣蓬勃的塵埃。在我們的眼前豎立著山和方形煙囪，這條路轉彎時，我們能看到一個很大的種植在路右側草地的坟墓，墓碑後面築成的形狀象徵著一隻吉祥和善的龜。龜坟過去了，路穿進繁密的樹木。母親把傘柄靠在肩上，露出一張憂淒冷酷的臉，看著前方，而在一列整齊陰鬱的樹木中間好像有著代表什麼的藍色和白石的東西呈露它的一小部分。

我們來到廟前，所見到的一切都為樹木的陰影籠罩著；冷漠和陰沉正說明著是一些精靈居住之所。但我們不為這種陰森的氣氛餒服，因為母親正為著什麼而來。當她把傘葉合攏了之後，顯露出母親是一個高大而強壯的婦人，屬於那種不美但幹練的女人。側房的黑暗中坐著幾個衣服不整的男人，其他地方沒有看到了。談話中的人有一個探出頭來時，我們正要走進去。那個男人望著母親，她掃視房裡的男人，彷彿她要找一個人，那人不在此地，她對全體問那個人在那裡。

「銅叔，他在嗎？」她說了這話。

「在的。」有一個人回答她。

「在那裡？」她望著回答她的人再問。
「有什麼事？」那人又說。
「我要問他關於我的丈夫。」
這時從外面走進一個男人。
「瑞菊。」那人呼母親的名。
「我來找銅叔。」
「我去叫他。」
房屋裡的男人繼續他們的談話，他們所談的問題似乎已談論許久了，母親和我注意地傾聽著。
「整天都在埋掩那些害病死去的人。」
「戰爭是怎樣的呢？」
「慘烈的，要怎麼說呢？」
「但是她們很親切。」
「卻沒有好看的女人。」
「有，屬於通譯員和日本軍官的。」
「當我們上了海南島。沒有人曾想有希望回來。」
「爲什麼？」

「就是這樣的感覺。」
「後來紛紛逃走了，那是我們不再感到戰爭有希望的時候。」
「逃去那裡？」
「深山，後來我們又回來了。」
「爲什麼？」
「有一個消息傳來，日本投降了。」
「那時你在那裡？」
「港口。」
一陣沉默。
「你爲什麼回來的？」
「因爲我幸運。」
「那些骨灰裝進木蓋時是分配的。」
「那是怎麼樣的一種情形？」
「決不會是只有一個人單獨焚燒時那麼完整，來進木盒的骨灰也許都是頭，或都是手臂。」
二個人走進屋裡來，其中一個是剛才出去的，另一個高大而英俊，露著尙尙的目光。他們走進來時，母親站起來，那些男人談話停止了。
「這位女士有事找你。」房中的一個人當那個高大的男人進來時這樣說。

「我認爲沒有希望了。」母親直對著他說。

「沒有希望？」

「我的丈夫可能死了。」

「你們認識她的丈夫嗎？」那個叫銅叔的男人說。

「什麼樣？和我們同一批？」

「他有大鼻梁和高顴骨。」

「在海岸時曾看見這樣一個人，我正聽人說他是從臺灣來的，可是後來我們到山區去再沒有看見他。」

「妳要怎麼樣？」銅叔問母親。

「我要清楚這件事，到底他眞死了沒有。」

「喂，女士，我告訴妳，活的人都回來了，沒有回來的都死了。」

「你不以爲他可能招贅嗎？」銅叔說。

「唷，是的，可能，但我不知道。」

「妳跟我來。」銅叔說。

「追松，你去準備吧。」

他又對那個認識母親而去叫喚他來的那個男人說。

我們跟著在他的後面，從房子的一道石門走進一條黑暗的走廊，然後來到一間四方形石壁的幽暗房間，他著手點燃桌上的二支蠟燭。這時那微明的火光照看方形桌上的幾個坐立的神像，中央的一尊長看黑粗的長鬚，面目醜惡而莊嚴，手中緊握著一支細小金色的寶劍，怒視著任何一個想著他的人。然後那叫追松的男人也走進來了。

最後，銅叔說：

「他在這裡。」

「他死了？」母親說。

「是的。」銅叔說。

「怎麼樣？」

「回來了。」

「回到我們這裡？」

「是的。」

「我們怎麼會知道呢？」

「妳聽著，他還未定居下來。」

「呵，我的心肝。」

「神說：『他游離不定，隨處擇食。』」

「妳辦些東西來。」銅叔又說。

「他還有許多朋友。」

「這和我的感覺相同，我一直相信我的感覺。」

「是的。」

「當我等那麼久了，我就開始有這種感覺。」

「不必傷心，生死自然。」

「當然，死無居所，這令人傷心。」

「他會好的，亡魂也會回陽轉世。」

「陽間和陰間一樣嗎？唷，不久會好的，像他們說，生活會慢慢好起來，而他們卻沒有看到生活卻是漸漸壞下去。」

「妳什麼時候帶些東西來，我請神帶他們回歸。」

「初九，我會辦些東西來。」

母親從牆角拿起那支黑傘，追松領著她通過長廊。那幾個男人還坐在那裡談論不休，但似乎已經換了一個驚心的論題。

三

幾個人隨著鄉長走進消防隊員的宿舍房間，有兩雙眼睛看到鄉長和一些人走進來，鄉長看到幾個男人穿著潔白的短褲躺臥在榻榻米席上，折斷的家具和木棍散在碎裂的紙門的一隅。鄉長眼神很焦急和憂鬱，額頭冒著冷汗。躺臥的人中，一個有一邊的眼睛包紮起來，露著另一個很輕蔑的眼光看鄉長，隨著來的人有一個去扶他肥壯的滯重的軀體，而在他身體的其他部分也有包紮的地方，他的皮膚上各處散佈著藍藥水的顏色，他整個看起來像個奇異的動物。然後他們見到最角隅處躺著一個奄奄一息的人，他的黑皮膚變成了褐黃乾枯的色彩，他斜視了走過來的人，之後閉著眼睛把臉朝著牆壁。

「那不是黑人嗎？」

鄉長看到黑皮膚朝牆壁睡著。

「他要死了，鄉長。」一個隨鄉長來的人回答他。

「他傷在何處？」

「不必去理會那個呆癡的傢伙。」

那個被人談到的黑皮膚的眼睛潮濕了，掉下來的淚水滑進耳朵裡。

「喂，你感覺怎麼樣？」

鄉長問那個壯胖的奇怪的消防隊員，他被人扶起來勉強坐在那裡。

「什麼感覺，鄉長，什麼感覺，你何不來感覺看看。」

他說話時聳肩頭，後來他感覺那個地方疼痛，就不再聳肩頭了。

「啊，昨夜才可怕呢，比前幾夜更加駭人。」

說話的是一個面貌良善微露笑容的青年。

「謝里，你怎樣對付他們。」

「謝里，告訴鄉長。」

「好，我告訴你們。」

大家的眼光都投到那個善良的青年臉上，他的頸脖有一些紅色轉青的斑痕。

「鄉長阻不了他們來扼死謝里。」大塊頭突然插嘴。

「謝里你說吧。」

「謝里你可以那樣說，他們沒有頭顱。」

「黑皮膚在那個中午，」謝里開始說。——「他指手劃腳形容有一些手臂，他的確表演得很酷似，但是他嚇呆了，我們當時不相信他，大塊頭以為他撒謊。」

黑皮膚突然在角隅處呻吟了一聲。

「他會死嗎？」鄉長說。

「他大概心魂不定。」

「你們怎麼對付他們？」

「大塊頭把木棍拿在手裡。」

「你打他們嗎？大塊頭？」

「為什麼不？」

「大塊頭在我的臂上打了一下。」

「謝里你怎麼對付他們？」

「我讓他們靠近來，但我不明瞭他們爲什麼要扼我的喉嚨。可是我知道他們決不扼死我們，好像只是一種憤怒和警惕我們。」

「謝里你說他們什麼形狀？」

「首先從走廊傳來一陣急風，」謝里說：「黑皮膚躲在蚊帳內呻吟著，那是害怕，遠遠的無頭的身軀移近來，兩隻毛茸茸的手臂吊掛在殘缺不全的軀體上搖晃著，像這樣，不止一個，有幾個陸續地來了，大塊頭爬起來，手中搖著木棍，他揮過去，大概打在猴子臂上，於是大家混亂起來，和那些手臂、軀體纏在一起。」

「不是這樣的，」大塊頭說。他的表情怒氣衝動地望著鄉長，露出憤怒的獨眼，把視線移到一個瘦小的青年的一隻吊在胸前的手臂上。——「我不是打猴子，我對準著那兩隻討厭的東西揮去。」

「但是你確實在我的手臂膀打了很重的一下。」

那個有一隻手臂用三角巾吊在胸前的瘦削青年說。

「那時的情形可能是我們打了我們自己。」謝里說。

「那時黑人在那裡？」

「他早已躺在蚊帳中呻吟。」

「他沒有起來嗎？」

「自從那個中午之後，他就這樣躺著。」

「開始時是什麼樣？」

「那天中午黑皮膚先看到手臂抓鍋裡的東西。」

「你們沒有看見嗎？」

「我們不相信有那一回事。」

「誰去相信呢？」

「當天晚上我們聽到黑人在角隅突然呻吟起來。」

「你們那時看見了什麼？」

「就是手臂搖向黑皮膚的蚊帳裡。」

「你們沒有人起來嗎？」

「大塊頭說不要去理會他，第二天晚上他們就搖晃著過來，那兩隻手臂是褐紅色的，但不粗大。」

「好了，我不再願意聽下去。」鄉長生氣且憂鬱地說。

「當然，你不知道厲害，你應該去和他們見識一下。」

「我們正在安頓他們。」鄉長說。

鄉長和那些人想走出去，可是又爲了什麼而停頓了。當他看見角隅裡的黑皮膚那朝牆壁的睡姿時，他想說什麼卻又沒有說出；他停在紙門的檻上顯得不能出任何主意。他有一種感覺，他對大塊頭感到生氣；當他的眼光和那隻獨眼交視時，他的臉上就毫不隱藏地對他不滿。

「喂，謝里，你們可以休息一段時間。」鄉長終於回過頭來說。

「我們不願再見到那些無頭鬼。」大塊頭憤然地說。

「勸勸黑皮府吃些東西，我派人送牛乳來。」

「鄉長，你看起來年經有爲，尤其當你仁慈的時候。」大塊頭說。

「你們會有一個新司機來開救火車。」

鄉長說完和一些人走出去，大塊頭在他的背後恨恨地把一些口沫吐向門口。

鄉長從一輛停放在庫房的救火車旁經過，隔壁傳來鈴聲的節奏。那些人停在那裡看了一下就走了。祭壇前面一個穿黑長袍的老頭用他天生的斜眼看轉身走開的鄉長，他手中握著一個銅鈴，另一手握一根銅條小棒敲打銅鈴。那一根小棒像雕了什麼意義的花紋，呈黑褐的色彩，那裡一張桌上供奉著果品，祭壇上放著木盒。另一個青年蹲在角隅裡的一口廢鍋旁焚燒大量的紙金。走遠的鄉長問身旁的一個人說：

「請張天師用了多少錢？」

「一百塊錢。」

「你們對這事有什麼意見？」

「啊，還有什麼意見呢。」

「你們想想那消防隊員怎麼樣。」

「他就是這種性格的男人。」

「我要換一個替代他開那部救火車。」

「那他怎麼辦？」

「讓他嚐嚐失業的滋味。」

「其實我在想，鄉長，那些回來的當初去當日本兵的人應該召集一下宴請他們。」

「日本人沒有留下這筆錢，況且我們不能讓政府的錢去犒賞那些日本兵。」

「當初我們還不是和他們一樣……」

「我們？你說話要小心，」

「喂，你們看那邊。」

那個穿黑紗長袍的老頭顯著一種冷漠的表情走在前頭，走了幾步就用右手的小棒打在左手的銅鈴，一個青年孩子跟在他的後面，他的肩上挑著一擔木箱。他們朝一個方向走去，漸漸地很冷落地離開這個市鎮街道。

「過橋了，你說，對那些好兄弟說過橋了。」

那個老頭回頭對青年說。

「好兄弟過橋了。」青年朝木箱說。

在冷寂無人的道路上，那個老頭兒垂著疲憊的頭顱，光潔的木箱反映著夏日的暮色，他軟弱的腳步慢下來了，而青年的身軀挨近了他，當他回看木箱時也看了一下青年的沉悶無趣的臉孔。

「一個人死了並不是終了。」

老頭兒說，青年困惑地望著他。

「我一生中曾遇到一個最頑強的鬼魂。」

青年的臉孔突然激動得興奮起來，兩眼瞪大地看著那張老皺而神秘的臉。在那張暗淡無光呈顯黃色的多皺紋的臉上有兩個空虛的眼，那個青年敏感地顫抖起來。

「怎樣，師父？」

「他是個屠夫，報復般守候在隘口，高舉著屠刀。」

四

初九，一個沒有什麼變化的日子，雲彩飄過鄉村，向著北方。隨著身軀移動著一隻黑色的傘像一朵遮陽的陰雲：母親帶著那紀念物，這是父親出征時送給她的一把婦人式黑色傘，在午後的燦陽下單獨地離開鄉村的街道，順著紅水槽去的那座沙河短橋走去。

從橋上看那斜傾的紅泥土路，被陽光的熱力燒成一層粉末的塵埃，散在車跡的兩側，路邊的青草爲霧般的沙塵覆蓋而窒息了。

她的腳穿著藍布鞋，交疊地前進。她的臉和前胸都在傘的藍色陰影中，只有擺盪的長裙反射看刺目的光芒。左手提著一個竹籃，因什麼目的走過短橋。

然後是那條赤土路被她揚起一小陣蓬勃的塵埃。在我們跟前豎立著山和方形煙囪，這路轉彎時，她能看到一個很大的種植在路右側草地的坟墓，墓碑後面築成的形狀象徵著一隻吉祥和善的龜。龜坟過去了，路穿過繁密的樹林。這時，在一列整齊陰鬱的樹木中間好像有著代表什麼藍色和白石的東西呈露它的一小部分。

一個高大的男人從廟堂內走出來，對著母親說。

「我正等著妳來，現在跟我進來。」

她收縮了黑傘，提著竹籃跟著他。

蠟燭的明光照亮看那斗室和神像的臉孔。

母親固定著悲哀的臉孔，一直看著那個垂頭默念和思索中的男人。那個男人最後抬起頭來，眼望著期待的母親，他說：

「妳要放心才好。」

「爲什麼？」

「妳的丈夫和他的朋友已經定居在後山了。」

九月孩子們的帽子

一　不便的世界

我對工業社會的一切深植著一股憎惡感覺，我不以爲隨著科學的進步會帶來較多的幸福。玩具賦於理智後也會體嘗痛苦。我對他們說我們緣何不再追隨蝴蝶作夢而卻躍進河中隨波追浪？他們回答我說我心裡存著一層障礙，否則他們相信我不是像現在一樣不是一個不折不扣的快樂的人。

我還是不以爲然。但是我從此自覺欠給他們兩人一筆曖昧不清的債物；正如那個金波閃耀的早晨，我要從基隆醫院回到木柵溝子口，他們像陪著我一同環繞了整個世界。

九點鐘時我站在醫院門口等著他們兩人來接我，我看到他們瘦小的身影在橡樹下出現。我身旁有三件行李——一綑棉被和兩隻皮箱，可是我才施過盲腸炎手術一星期，肚皮上一條未癒的縫合傷口，一點兒重物也不能攜提，醫生那麼說過，我也那麼以爲，他們兩人也那樣勸阻著。

我對他們兩人這樣說：

「打個電話叫部車子，」

簡對著我說出一個號碼：

「打二八零八。」

車子來了；一部頹舊的黑色出租轎車，我們連帶行李擠進去，我告訴司機我們到火車站。從信二路繞過運河，從港東街轉到火車站，不到五分鐘就到達了。司機拉開門讓我們出來，並且對我開價道：

「二十塊錢，先生。」

簡在後面表示不滿。

「基隆車都是如此的。」

他解釋理由，我掏錢放在他伸過來的粗掌上。

走進候車室，看牆上的時刻表，才知九點二十分的快車剛離站不久。繼著來的是二次開往八堵的普通車，在八堵接蘇澳開往臺北的快車。

「太麻煩了，」我對他們說。

「無所謂。」胡說。

「行李太重了。」我說。

「還要等許多時候才有一班直達車，」簡說。

「就乘十點半對號車或者搭汽車。」我說。

「你不能乘汽車，」

「我能。」

「你的盲腸炎手術。」

「他們在補修麥克阿瑟公路。」

「決定乘對號車。」

「去吃早飯，」

「這樣也好。」

「票價十塊錢，」

「多一塊錢而已。」

我付三十塊錢買了三張票。

「行李怎麼辦？」

「托運怎樣？」

「好。」

「到行李房去。」

欄柵後面坐著一個凶惡的服務員，他的態度很傲慢，對我們說每件行李寫兩張票條子。

「皮箱上鎖嗎？」他坐在那裡對我們喚著。

「沒有。」我說。

「不行。」

「只寄棉被好了。」

我把一張車票遞給他，一切手續辦好後，我們對他並不太理會他那種令人作嘔的可憎的態度。突然簡問他：

「行李可同時到達嗎？」

「對號車不掛行李車。」

「那麼什麼時候？」

「十一點起運。」

「這怎麼行?!」我對他們說。

「退運它好了。」我轉向那個傢伙。

「退運要付四塊半。」他獰笑著說。我們覺得很難堪。

「爲什麼？」

「就是這樣。」他像在嘲弄我們三個人。

「托運不要錢，退運要錢，爲何？」

「這是這樣呀。」

「好了，退運自己帶。」

「大宗行李不能上車的。」

他的態度使我們離開那個可怕的地方，行李也沒有退。

「這怎麼行?!」我說。

「我可以在臺北車站等行李到達。」簡這樣說。

「不能爲那件行李等幾個鐘頭。」

大家開始沉默，沒有解決辦法。

「被單一定弄髒，」我說。

「不會的，」

「定會沾染污水。」

「車子進站前退了它，」

「把車票一起退了去乘汽車，」

「退票還要扣錢呢。」

「你們爲什麼要阻止我乘汽車呢蚵」

「你的肚皮會顚裂和難受。」

「我自信不會，」

「坐下來等著罷。」

「不要。」

我站在牆壁面前，怒視看眼前的一張招貼紙，心中感到一股不能消沉的冤屈。

我想他們對我這樣的脾氣一定感到很吃驚；他們從未睹過我這種難看的面孔。他們不再說話了，他們是好意來搬我的行李的，他們也很束手無策。

一會兒我軟化下來，對他們說：

「去吃早飯罷，」

他們一個人提一只皮箱，走過廣場回視鐘樓的時候，正是十時。走進一家餐館。裡面的人都坐在桌子上。

「有稀飯嗎？」

「沒有。」

「乾飯？」

「要等一下。」

我們又走出來，我對著眼前這光亮的街道咒罵一聲：

「他媽的，這是什麼世界。」

我們終於在一處走廊喝起豆漿來。

一陣從港口襲向陸上的風吹著我們，我們距離一座陸橋不遠，幾部出租汽車停在橋旁陰影的地方，由幾個奇裝異服的流氓指揮著乘載旅客，這些無業青年就在路口一面招攬旅客一面調派汽車。

「看，竹雞。」我說。

「他們就這樣抽取佣金。」

「一個乘客二塊錢，」賣豆漿的婦人插言說。

「不壞，吃軟飯。」

「一部車乘五個人，他們抽十塊錢。」那個婦人說。

「到那裡？」

「臺北，一部車五十，司機四十，他們抽十。」

「太方便了，」我說。

「我們早來就好，」簡說。

「我們並不知道。」

「警察捉他們進監牢拘禁十天，出來還是照做。」那個婦人又說。

「或許我們知道提行李來時，這裡一部車也沒有。」

「你說得對，看，警察來了。」婦人說。

「不見他們了。」

「早就溜掉了。」

一個戴太陽鏡的魁梧的公路警察從陸橋那頭來，停在陰影裡的一部車子發動馬達緩緩駛向街道離去。

回到火車站，簡去退運那件棉被，我和胡進站後，簡由柵欄遞過來。對號車僅有一節車廂停在一號月臺。我們並沒有遇到什麼麻煩。

來到臺北，我建議假如不太昂貴就乘出租汽車回木柵溝子口，他們提著行李表示不必浪費，我又說不然叫部三輪車把行李運到汽車站。

「我們還能提，」

「太遠了，」

「一百五十公尺，」

「何止那點距離。」

「你以爲我們老了?」

我心裡很不好意思。出了車站，一部出租汽車好像故意碰撞我們：

「到溝子口多少錢?」

「三十塊錢。」

「二十五，」

「過去那邊。」

他這樣說我便知道這是一部沒有排隊輪番的過路車。

我們擠進車廂之後，司機迅速開走車子，並對我們說：

「照著美達計算好了。」

「到溝子口有十五公里罷？」我問他。

「沒有，」

「半公里跳二塊錢？」

「是的。」

「到溝子口何止四十塊錢呢。」簡在身後嚷著。

「你不是說三十塊嗎？」我對司機說。

「照美達公平一點。」他說。

「但是你說三十，」

「今天是星期天，旅客多。」

車子迅速地由博愛路轉到總統府廣場，再由中山路到羅斯福路，計算機上已不斷地由六元跳到八元，跳到十元，跳到十二元，跳到十四元。從窗口我看到前面公路局南門市場的招呼站。

「在那邊停下，」我突然對司機說。

我付了十四塊錢給他，我們把行李搬下車，我對他們兩人說開往木柵的汽車次數很多。就在我說話的時候，另一部出租汽車停在我們面前，窗口伸出一個鬈髮的司機。

「到溝子口三塊錢，」他對我們說。

「我們正要到溝子口。」我說。

「快上車。」

我們又在車廂裡了，回頭我看見一個女乘客和他們兩人坐在一起。我對司機說：

「爲什麼你要開那麼便宜價錢？」

「順路，多收的。」

「今天不是星期天，旅客多嗎？」

「這個星期天很奇怪，旅客少。」

「你送了小姐後，送我們到臺電宿舍，我加五塊錢給你。」

「可以。」

我心裡想這一次不會再有麻煩了。於是我對他們說我對這個工業社會很厭煩，他們兩人在後座笑著。

就是這樣我不知如何對他們道出我的歉意，他們不表示什麼他們能從我處接受的。他們卻認爲那個金波閃耀的早晨度得很愉快。

二　其中的一個樂師死了

(1)

肺癆病死去的樂師的結拜兄弟常常去慰問帶領著兩個幼兒度口的寡婦。

「嫂子——」

「明煌，請進來罷。」

她看到他手中提攜的東西，他遞給她。

「你眞好，又買了許多水果。」

「它們是給兩個孩子的。」

「家裡還有上次你拿來的蘋果，捨不得吃完它。」

「孩子總喜歡吃果物，不能讓他們餓著。」

「家裡總不缺乏教會配給的麥片。」

「吃麥片不是很乏味嗎？」

「孩子最喜歡吃放糖的麥片粥。」

「大人未必合胃口罷！」

「孩子喜歡吃什麼我總跟隨著吃它。」

「麥片並不富於營養。」

「但也只好以此度口。」

「妳的身體還很健康罷？」

「昨夜感冒，像有點不舒服。」

「去看醫生了嗎？」

「小病我從來不看醫生的。」

「爲什麼？」

「看一次醫生的費用可以生活一星期，況且感冒吃了傷風克就好了。」

「妳身上一定經常缺乏錢用。」

「編一日的草蓆度一日，那裡還有寬裕的錢去看醫生。」

「妳有困難應該告訴我，我盡量——」

「你也有家和孩子啊，這怎麼好意思呢。」

「嫂子，我是像自己人。早年我與他結拜兄弟曾誓言共甘苦，他死了，妳也算是親人一樣。」

「但是你也並不寬裕，我尚能度日就夠了。」

「生病總不能不看醫生的。」

「窮人實在不能患了要花大錢的病。」

「妳不能輕看感冒這小玩意兒。」

「對於如何處理感冒窮人有極好的經驗，不必大驚小怪請醫生花金錢。」

「妳的身體的確不要緊罷？」

「不去感覺它也就算痊癒了。」

「爲什麼沒有看見孩子們？」

「早上的時間都在教會裡學唱歌。」

「兩個孩子像他的父親一樣聰明。」

「我可不喜歡男的像他一樣當樂師。」

「女的眞長得像妳一樣漂亮賢慧。」

「你的孩子還不是長得像你們夫婦一樣的好看。」

「他們昨天下痢很厲害，哭叫了整晚上。」

「看醫生了嗎？」

「他的母親總會帶去的。」

「已經很遲了，你一定留在這裡吃午餐。」

「這怎麼可以？」

「你走那麼遠的路趕回去，家裡一定都吃過了午飯了。」

「那有什麼關係，我常吃冷飯的。」

「吃冷飯不影響健康嗎？」

「我並不覺得。」

「還是留著和孩子吃麥片粥罷。」

「就這樣決定了，妳眞會留客人。」

「你不是說都是自己的人嗎？爲什麼還客氣。」

「我倒很喜歡看妳怎麼樣吃麥片粥。」

「我是很笨拙的，他常爲此批評我，不過現在他不再批評我了。」

「他就是那樣的人，其實並無壞意。」

「他當然不會存著壞意責罵我，否則我還能忍受爲他生了兩個孩子。」

她走進廚房，他跟隨著進去。

「我能爲妳做些什麼嗎？」

「請你在客廳坐罷，並沒有多少事可做，一個人已經儘夠了。」

「我可以爲妳洗碗和洗麥片。」

「我自己來做，明煌。」

「但我總要看看妳怎樣煮它的。」

「煮麥片是最簡單的了，」

「我還是站在這裡看看怎樣煮。」

她走進臥室，他跟隨者進去。

「怎麼妳把一切的佈置都拆去呢？」

「他不在了，要那些飾物何用？」

「實在很可惜。」

沉默一下。

「自從他死後，妳一定有許多東西想買而沒有買。」

「現在守寡一切都很簡單，也無需打扮。」

「我一定要買給妳。」

「你不要那樣做，孩子們回來吃午飯了。」

有一天晚上，他來叩門。

「嫂子——」

「誰？明煌嗎？」

「是我，打擾妳。」

她出來開門讓他進來。

「你喝酒了?!」

「朋友請客飲了少許。」

他猶疑一下。

「我想在這裡住一夜，天亮時回去；現在回去路太黑了。」

「那麼你就在那間空房請便。」

半夜，他躡足走進她的臥室。她其實還未入眠。

「誰？」

「我，」

「什麼事？」

「那邊蚊子眞多，讓我在妳這裡擠一窩。」

「不行的，我和孩子睡正好，沒有空位了。」

「蚊子多我實在睡不著。」

「那麼我把孩子叫醒，我們到空房去，你在這裡。」

「不，不要叫醒孩子，我回去。」

(2)

「那個誰啊——走在前面的女人，阿碧——。」

「原來是秋菊，我以爲是誰叫我。」

「我要問妳一件——。」

「到底什麼事？」

「這一個月來，明煌天天到鎮上來，妳知道他在幹什麼事嗎？」

「我很少看見他，也不知道他來鎮上做何事。」

「家裡的事一點也不幫忙，難道鎮上天天死了人，要他吹喇叭。」

「做樂師的人就是那種性格，游手好閒，粗的事情幹不了，拿筆桿又覺苦惱，想不出什麼鬼主意來。他在世的時候還不是隨劇團走了，一個月都不回家。」

「這件事他也如此，我也清楚，但是他又不隨劇團去賺錢，天天來鎮上等死人。」

「到家裡來坐罷。」

「我正想來看看他到底躲在什麼地方幹什麼事。」

「不要去找了，男人的事女人管不了。」

「他沒有到過妳家來嗎？」

「來是時常來，他和我們孩子很融洽。」

「別人的孩子比較好，家裡的孩子他一個也不管。」

「請妳不要挖苦人，秋菊。」

「家裡的孩子生病下痢了，他天亮就溜走，連請醫生也算不是他的事，孩子是我生的，他好像一點責任也沒有。」

「明煌大概不是這樣的人罷。」

「他正是這樣一個沒有責任感的男人。」

「我看他很仁慈和懂事，譬如……」

「譬如什麼？難道他曾做了什麼？」

「我是覺得他待人是很和善和肯助人的男人。」

「妳怎底知道？難到他對妳……」

「請妳不要誤會，上次他來我家，我正有點感冒不舒服，他勸我去看醫生。」

「他只會對別人的妻子表示他的仁慈和和善，在家裡我感冒，頭昏得什麼事也不能幹，我問他可否請醫生看看，他就說躺一躺就好，一兩天就痊癒了，用不著請醫生花錢。一會兒他就到床邊來催我，不是要爲他煮午飯了嗎？吃完飯他要上街。」

「請妳不要生疑慮，其實我也沒有聽他的話。」

「這個男人不知在幹什麼貴重事情，這個時候在街上還看不見他的蹤影。」

「不要去理他了，到我家休息休息罷。」

「自從上次他死時我來過一次，到現在已經有幾個月了，其實我也難得上街，今天要不是想知道個究竟，也不會沒有打扮就隨便上街，眞是丟臉。」

「我還不是一樣沒有擦粉打扮。」

「妳這個樣子已勝我幾千倍的好看了。」

「我覺得我現在是很憔悴難看呢。」

「我在家裡操勞得更瘦更老，再也不能和妳比較了。」

「妳一點也不是如妳說的那樣。」

「但我有妳的一半好看漂亮我就心滿意足了。」

「請妳不要嘴利挖苦我這個寡婦。」

「我怎麼會存心譏笑妳呢？我們的男人這樣要好，我們做他們的女人的還不是一樣親熱。」

「妳說得很有道理，請進來罷，不要覺得陌生，孩子都上教會唱歌去。」

「妳眞清閒多了，自從他死後。」

「生活的擔子落在頭上還能清閒嗎？每天要不編草蓆就得沒飯吃。」

「孩子不在身旁總好一點。」

「下午回來就不是這樣平靜了。」

「我想我一生大概不會享到什麼平靜如妳一樣的了。」

「請妳吃點水果，秋菊。」

「謝謝妳。」

「那個爛的不要吃，這些水果實在放太久了，自從前日明煌送來吃到現在，我自己是從不買水果的。」

「我以爲他會連禮貌都不懂一點，來了也不帶些什麼小孩吃的果物。」然後她自言自語著：

「這個沒有良心的懷鬼主意的男人。」

「他每次來不是買那就是買這，我都勸他不要花錢。」

「他一回到家裡可什麼都忘掉了，他從來就不買水果回家，其他東西更不必說了。」

「妳不是說得太過分了罷。」

「憑良心說話，他的確沒有。」

「我不會相信的。」

「我爲什麼還會對妳說謊言呢？」

「他每次來我都勸他不要花錢，但他總是太客氣，而且他說的道理都很對。」

「他對我也講了一大套絕對不的道理。」

「今天中午妳就留在這裡隨便吃點麥片粥當做午飯。」

「謝謝妳，我想到街上各處找找看，或許能碰到他。」

「遇不到的，妳不是嫌麥片粥難吃罷。」
「我是很喜歡放糖的麥片粥。」
「我的孩子每天中午都要吃這種麥片粥。」
「不過即使不去找他，也得回去了。」
「我想他是在家裡的，妳沒有十分注意他是否在家罷。」
「的確，可能他清早就躲到後山去睡懶覺了。」
「那麼妳留在這裡有何不可？」
「我的確被妳說服了。」
「他來的時候我也總留他下來吃麥片粥的。」
「他眞是不要臉。」
「他還眞願意留下，而且樂樂稱讚麥片粥好吃。」
「他以爲送了點東西就可自由留下吃午飯。」
「請妳到我臥房休息一下，我要回廚房去煮麥片粥。」
「我未曾煮過麥片粥，我看看妳怎麼煮。」
「他未曾教過妳嗎？」
「他也會煮麥片粥？」
「我煮麥片粥時，他一定要跟到廚房來看。」

「他會做的東西卻什麼也不說，回到家裡就怕做任何工作。」

「煮麥片粥是最簡單的了，我說了妳就會了。」

「我今天找尋他把我累疲倦了。」

「我帶妳到臥室休息罷。」

「妳的臥室眞漂亮。」

「新佈置的。」

「妳眞有愛美的心情。」

「也不是我的主意，我把原來的拆掉，他卻買了許多東西強吊掛上去的。」

「他的主意眞好，想到妳新寡寂寞。」她對自己自言自語：「這個不要臉皮的男人啊。」

「不過他的心地眞善良，可沒有半點壞主意。」

「他在家庭裡也沒有好主意，卻連掃地都要我一個人去做，不要說想要把我們睡覺的臥房佈置得氣氛優美了。」

「男人是有點懶於做家庭中的任何事的。」

「別人的家庭他卻很關心去出主意並且親自動手，他甚至連最近睡覺都不回到家裡來，使我房門一直沒關牢，整夜不敢入眠。」

「的確有些晚上，他的朋友請他飲點酒，他說回去路太黑暗，就在隔壁空房睡覺。」

「隔壁空房好似未曾睡過人罷？」

「我讓他在那裡睡，那裡蚊子眞多，那一夜他受不了，跑來要求我——。」

「我還是再到街上去找他，告訴他我一個人要走了，孩子留給他，孩子是他要我生的。我可不願意受這個苦，我決心要一個人走了。」

「請妳不要生氣，秋菊，留在這裡吃麥片粥，我的孩子回來了。」

(3)

夜晚的時候，明煌回到家叩門。

「開門啊，都睡死了——」

「誰在外面喚開門，強盜是嗎？」

「秋菊，妳開什麼玩笑？還不爲我開門？」

「你是誰，報個姓名，」

「妳瘋，妳今天得什麼靈感？」

「我的男人早已睡熟了，你到底是誰？」

「連我的聲音都不辨識，還假說什麼妳的男人睡熟了。」

「我可沒有兩個心上人，一個晚上僅能留一個。」

「妳大概好久沒有被教訓了。」

「你還是走開去，回鎮上去，回那位守寡的美麗的女人的懷抱去罷。」

「妳喫了什麼強勁的醋，突然說到她身上去，開門，我會給妳好看的。」

「你要進來最好用斧頭把門打碎，我是不會爲你開門的，我的男人在等我解衣上床。」

「妳眞的在認眞？」

「我爲何謊言？」

「到底發生了什麼事？我們好好談談罷。」

「沒有什麼可說的，你照實說來罷。」

「我有什麼可說？妳到底相信了誰的鬼話？」

「那個不要臉的寡婦留我吃麥片粥親自告訴我的。」

「她說了什麼？妳認爲……」

「我認爲你是一個厚臉皮的男人，喜新厭舊。」

「妳開門我對妳解釋清楚。」

「絕對不行。」

「妳眞的以爲我是而妳也偷了漢子了。」

「誰耐得住夜晚的寂寞呢？她在你的懷抱裡，我也需要男人來抱我啊。」

「妳眞幹了這種事我會殺妳，我知道妳生我的氣，故意招惹我生氣。」

「我可憑天說眞話。」

「開門罷，外面風很大的。」

「你的結拜兄弟要找你算帳了。」

「胡說，我並未對不起他，他反要感謝我。」

「感謝你安慰了他的守寡寂寞難熬長夜的太太。」

「請妳不要誹謗別人的名譽，也不要把妳自己的丈夫的名譽破壞了。」

「我已經決心不要你再做我的丈夫了。」

「到底她告訴妳什麼事？」

「我眞不願意和你多費唇舌，你假如想進來，我就捲行李出去。」

「妳眞惹得我要破門而入了。」

「假如你要驚醒你的患病的孩子們的話。」

「他們今天還下痢嗎？」

「他們要下痢到死爲止，假如是那個寡婦的話，即使經微的感冒，你都會出主意拿出錢請來醫生。」

「就爲了這點小事，她告訴了妳這件事了？」

「要不是她親口道出誰會相信呢？」

「明天一早我一定請來醫生。」

「你常常還不是這樣隨便說了就算了。」

「我憑天發誓今後要善待我的孩子。」

「事實上我才不掛慮這件事——」

「那麼妳還有什麼要欺詐我的。」

「我卻從來任何事也不曾麻煩過你，你反倒把我看成奴隸牛馬，整天從早忙到晚，還爲你生孩子受苦。」

「現在已經是午夜了，還不開門，我已經很疲乏了。」

「你從不幹事怎會疲乏？一定留在寡婦家裡做家事，爲孩子洗澡把你累壞了。」

「請妳不要廢話罷，我今天是賺了點辛苦錢回來的。」

「我相信，今天鎮上有死人。但是平常你在鎮上幹什麼事，難道天天有死人，還是呆等死人，還是想到寡婦家去吃麥片粥？」

「誰告訴妳我在那裡吃麥片粥？」

「你甚至已經學會煮麥片粥了，我不知你站在廚房裡到底看她的屁股還是看她煮麥片粥？」

「她眞的告訴妳這件事？」

「要不是她親口告訴我，我能相信？」

「今後我不再去吃麥片粥了，這樣行嗎？」

「你還得留在家庭裡爲孩子煮麥片粥才行。」

「我答應妳，那麼開門讓我進來。」

「可是這兩件事對我都只不過是小事罷了。」

「我知道了，妳和孩子們喜歡吃水果，我上鎮回來一定買回來。」

「這也是小事。」

「還有什麼大不了的事。」

「你雖做了這些事，但心不屬於我有何用？」

「妳怎麼這樣說，妳不看我們已經生了幾個小孩子嗎？」

「現在你卻對我乏味起來，別人對於你都是新鮮的。」

「請妳不要誹謗那個可憐而貞潔的寡婦罷。」

「有事實證明怎麼是誹謗呢？況且我還親自看見的。」

「妳看見了什麼？」

「你有眼珠在家庭裡卻裝做盲人一樣無睹。」

「我們家裡有什麼我不是瞭若指掌的？」

「她的家裡你也很瞭若指掌。」

「妳到底看了什麼鬼事？」

「你總知道寡婦的房間現在氣氛夠優美了罷？」

「我是好意怕她寂寞悲心，送了點東西罷了。」

「我有丈夫，卻比一個守寡的女人更不如。」

「妳也喜歡把我們的房間佈置一下是嗎？」

「爲何不是，凡是女人都愛好美麗。」

「我明天就把我們的臥房佈置起來讓妳高興。」

「只有把臥房弄成好看有什麼用……」

「妳到底還要求什麼？」

「假如一間漂亮的臥室只睡了一個寂寞的女人，也太辜負氣氛的優美。」

「難道我們不曾睡在一起？」

「現在卻不完全是，而且是冷冷清清的。」

「我會對妳像昔日一般的熱情，妳開門我一定照辦。」

「但是一時的熱情有什麼用？假如常常藉故不回家。」

「以後我一定天天回來，即使天空沒有月亮，路子黑漆如地獄。」

「你發誓——」

「我發誓，憑天決不食言。」

「可是你要老實告訴我一件事。」

「還有那一件事？」

「你在寡婦家裡宿夜是不是睡在空房裡？」

「是的，那間空屋蚊子眞多。」

「她已經告訴我了，你曾要求她讓你睡在她的臥房，是嗎？」

「因爲蚊子多，我請求她讓我安眠一夜罷了。」

「那麼她讓你睡下了？老實說。」
「沒有，她不肯的。」
「爲什麼不肯？」
「她很認眞地說要叫醒她的孩子，讓我睡她的房，她們去睡空房。」
「那麼你後來怎麼樣？」
「我只好又回去和蚊子在一起。」
「你沒有強要求她？」
「沒有。」
「爲什麼？」
「她是我的結拜兄的妻子啊。」
「你不是想安慰她，她不是很寂莫等人去撫慰嗎？」
「的確是，但我沒有這樣做。」
「呆子，笨蟲，蠢貨。」
「開門罷，一切我都招認了。」
「讓我把我的情人叫醒從後門走再讓你進來。」

三　回到一九五九年的火車乘客

一對男女相挽著急遽地從廣場走向火車站。

這是三月的一天的午後時分，天氣像週期性般地又變得陰鬱灰暗，低低的雲迅速地在天空飄飛，好像再過一會兒就會在不覺中降下綿綿的春雨。

他們走進寬廣無比的大理石候車室，那裡人群叢簇著，移動著，男的對女的細聲地說了一句話後走到售票口去買車票，女的沉默出神地舉頭望著大窗頂上綠板上浮貼藍字的時刻表。男的回到她的身邊，拉著她的手臂走向月臺。

當他們在月臺等候那未進站的火車的時候，這一對男女稍稍分開站立而沉默著。她的姿態優美停立於一根鋼柱旁，把眼睛投向前方低低的棕色的雪亮的鐵道，她那沒有任何打扮的皙白的臉孔像內心蘊藏著苦悶的事物一般憂悶而慘白。她的手肘掛吊著一隻方形純黑的中型皮包，靜靜依附在微微隆起的腹部的上面。男的時常轉頭注視她一眼，重又把視線投在一個無意注視卻是轉動頭顱停止後所必然見到的目標。他也曾看她注視不移的那雪亮的鐵道。他的動作顯示著他內心的不安，尷尬和急躁。後來他走近她對她說：

「火車來了。」

當他漸漸移近她的身軀時她的視線已經離開了鐵道而望他的臉孔。

他牽著她，幾乎是拖拉著她上去車廂。

男的靠窗坐下，女的泛淡地坐在他身邊座位，沒有對他理睬一眼或有任何想要意圖些什麼的表示。

火車突然輕微地顫動一下，漸漸加速，離開月臺，奔馳起來。他轉過來看到她冷峻的側面，她是往前凝視的。

「木梅，妳還在生氣嗎？」

「阿爾，請不要擾我。」

「讓我向妳解釋，」

「不要的，我不要任何的解釋。」

「那麼我們以後要少到城市來。」

「爲什麼？」她轉頭瞪住他，使他顫懼了一下。

「花費太大。」他肯定地說，並且移開視線。

「請你不要誤解我是爲了你給那餐館的侍役太多的小費而生氣的。」

「但妳明明是走出餐館開始的，在我們起身付帳的時候爲何妳要那樣地瞪住我？」

「阿爾，我是愛你的，我的任何注視都沒有恨。」

男的羞赧而寬慰起來，並且在內心漸漸地壯大著那種不能推倒的意識。女的因說了那麼一句話而感到懊惱和悔恨，頭顫垂低著盲視著地板。她自思她那樣墜落和欺辱自己還是第一次。他們都沉默不語，但男的已把手伸過來握住了她的手掌，她沒有任何掙脫的表示，她不能拒絕他，她更深恨著。

男的隨著那自滿的意識而溫柔起來，遂對她說：

「寬恕我剛才……」

「阿爾你一定不要計較。」

她馬上打斷他。

奔馳的火車發出堅實似的蹄聲，什麼時候火車已在鄉野的田間像驚慌的野馬奔跑，他們都未加注意。女的在她的座位搖晃猶疑片刻。

「阿爾，」

「什麼事？」

「我說了你不要太驚嚇。」

「我一定的……」

男的在望她的神色中暗隱著一陣疑惑。

「並且你要以爲你的犧牲是因爲你那溫厚的教養。」

「一定的。」

「眞的嗎？」

「妳要對我說什麼？」

女的又猶疑停頓一下。

「讓我們分開一段時間……」

「爲什麼？」

「我希望你不要懷疑些什麼，」

「妳去那裡？」

「我會好好地和姑媽相處一起。」

「爲什麼妳有這個主意？」

「讓我有時間再去了解一些事物。」

「今天？」

「順這部車。」

「天氣不好，妳眞的！……」

她掙脫被他緊緊握住的手，顯得不高興。

「我對妳解釋，妳沒有準備些衣服，」

「你的話多可笑，你一定懷疑了些什麼罷。」

「我擔心……今天對我太重要……」

「爲什麼？」

男的遲疑著，想是否一定要把想說的話說出來，他帶著紅紅的臉孔不敢望她地說著：

「許久以來，我感到，我們互處在陌生的地位……妳回抱我時像……不是把我當成是我阿爾……」

「沒有這麼一回事，我相信，」

「我爲何會存在著這種感覺呢？」

「你太粗野了，從不考慮對方，對不起，阿爾……或許不懂的是我……」

男的顯露領悟事實現狀的悲哀，把忿怒的視線移轉到窗外急遽倒退的田野間的樹木；那些樹在他的跟前呈露著無可比擬的扭曲的醜狀，一株株地或成群地如悲劇的丑角謝幕般移動消失。

女的感到微微慚悔，打開手提包拿出一條手絹擦拭著額前和放在鼻前嗅聞一下。當她放回手絹的時候，轉身過來的阿爾瞥望到手提包裡一封白色信箋，他無狀地憤怒起來，像被這封露出由漫長的歲月所累積的枯黃而縐褶的痕跡的信箋所觸怒，火上加油，他馬上痙攣顫慄顯得無比的盛怒，好像久已醞釀在地層底下的火山岩漿正要高漲冒出洞口。女的注意到他臉上由紅轉白的忿怒的異狀。她面對著他，對他的模樣感到羞辱般的輕蔑。

「什麼事?!」

「譬如……」男的變得笨拙口吃起來，——「我一直……對著妳手提包裡藏住的信！……煩惱……」

「噢，可笑，我似乎曾告訴過你，你不記得嗎?那是一封找不到地址寄出的信，我在等待，所以它留著。」

男的還在她的身旁震顫。

「爲何不告訴我裡面是什麼？」

「太普通了。」

「爲何妳要激怒我？」

女的輕蔑地看他一眼。

「你太庸人自擾，阿爾，我讓你清楚，但讓我先說明……」

男的羞怒地注視著她，她盡量抑制對他的那份憎惡，女的說：

「裡面很簡單，僅僅只是兩句我要告訴一個昔日的男友我們結婚的消息的話能了。」

女的不屑一瞥地伸手遞去那封信箋，內心痛泣不已。男的拆信後恍然大悟，馬上現出一種卑怯的尷尬神情。女的搶回它，男的慚愧地把頭移到窗口。

兩人頓時形成寂靜的空際距離，輪軌的響聲成爲兩人心靈間唯一佔有現在的存在。

一會兒，男的露出不自然的投降者的卑怯微笑：

「木梅，我不阻止妳去，」

「我已忘掉我想去，」

「寬恕我！」

「噢，沒有什麼，阿爾。」

至此，他們算言歸於好，沉默地坐著。男的像專注那些窗外常見的景物，心想今天在這回程的火車廂中，對他的生命前程是太富意義。他昇起一份感激身旁的女人的敬仰，他開始計畫對她要溫柔和寬大，不再因小事擾她，不再懷疑她。他本是受高等教育的人，一切都要恢復作爲一個高等人的樣子。

女的沉默靜思，閉著眼睛藉睡去忘掉一切，可是突然傳來的吵聲又使她打開眼睛；前面車廂的洗手間圍著兩個查票員和幾個乘客，其中的一位查票員正在對洗手間裡面的什麼爭辯著不休，她煩惱著，不知所以然來。

「阿爾！」

「嗯？」

「前面是什麼事？」

「我去看，」

男的走過去，馬上轉回到自己的座位。

「什麼？」

「查票員和旅客的爭吵。」

「爲什麼事？」

「愚蠢，一個要另一個橫蠻無意買票人的補票。」

「他爲什麼不買票？」

「無非種種原因。」

「查票員爲什麼一定要……」

「爲了秩序和責任。」

「噢，但阿爾假如是你，你站在那一邊？」

「我從不選擇任何一方。」

女的感到有些失望，就不再問了，專注看著前面繼續發生下去的爭吵，男的還是回到窗邊向外望！像孩童一般模樣。

兩個鐵路警察走過去，分開了那些人，從裡面拖出一個抗拒的男人，往前面隱沒而去。那一瞬間，她看到那個男人的側面和頭髮，這使她震驚得幾乎要呼叫起來。她心裡疑惑著，這使她不再沉靜下來了。

女的外表靜靜而苦惱地凝思。像在追憶過去；然後她緩慢地移動她的頭，像察覺到現在，去瞥望身旁依在窗檻欣賞景物的男人；她的內心產生著矛盾、輕蔑和悔恨……

她的眼睛隨著思潮舉目遙望前面車廂，那個剛才發生爭吵的地方；現在已經靜靜地，由一個盹睡的男人靠在板牆上所佔據。她又注視打開的手提包裡那封被阿爾拆開過的可憐信箋，她關上手提包。

她想著，爲什麼她會給這個世界這樣的不公平呢？她衡量著；她對阿爾一點也不崇拜，他有著平凡和善嫉的個性，他又醜又矮，毫無男性的氣概，他有高等的教育，卻仍像個農夫。他常故意扮裝些什麼使她感到憎惡，如大量地施小費給餐館的侍待，表示著他的高尚和大方，或性行爲一如野獸般貪婪笨拙；在他的身上顯不出文明的影響。

突然她的手驚覺地感到被另一隻手放在上面，她轉頭時正迎著身旁的男人的難看可嘔的笑臉，她的內心更加憂淒和憎惡。

「能看到那座山了，我們又到家了。」

「請你不要每一次都提到它罷。」

「在城裡我們終於逃脫了那場雨，」

「它不會在城裡下。」

「眞難聽那煞車的聲音。」

「別老是牽著我的手。」

火車在一個小站的月臺停住。兩個人站起來，男的先走，女的尾隨。從男的肩上空間她望到前面的車廂，旅客紛紛移動著下車，她又看到那個被帶走的男人的頭在人潮的後面晃動著。她的臉色慘白，心臟加速悸動著。她清楚地看見他，辨認他，確信是他無疑，可是那個人好像很慌張而沒有看見她。

女的像被身後下車的人們所推動，她艱難地下到月臺，看到男的已在月臺上站著等她。站長站在月臺邊沿，左右地觀察旅客上下車的情形。女的慌亂顫慄地走到男的面前，男的轉身準備帶走她離開，卻反被她的阻止而又停住。

「阿爾，原諒我……。」

「什麼事？」

「我改變了主意……」

「什麼？」

「我想去……」
「已經到家了啊！」
「我又決定要去，」
「爲什麼？」
「同一個理由。」
「妳的臉色多慘白啊！」
「我怕火車走了，我怕往後沒有勇氣……」
站長在他們的身旁高高舉起他的手臂，隨著前面的火車頭長曳地鳴了一聲尖銳刺耳的汽笛，車廂顫動了一下。
「我不能明白妳……」
男的疑惑不解地注視她，但她焦急地說：
「阿爾，寬恕我，」
火車開始緩緩地前進，男的想去捉住她，但女的已經轉身奔向車廂的門口，她奔跑的時候回頭說：
「阿爾再見，」
男的敗喪地喊著：
「何時回來？」

「任何時刻，」

站長在女的身後喊著：

「危險，女人！」

女的攀牢門口的鐵柱，同時門口出現一個男人在幫助她上來。

「危險！」站長喊著。

男的站在月臺朝著已經加速的火車揮手，女的站在門口，探出半截身軀，她向月臺的男人揮手後，手臂終於垂下來，身體就消失了。

來到小鎮的亞茲別

亞茲別走上一部開往小鎮的汽車，他的臉容刻板而嚴肅，兩顆憂煩恐懼的眼睛從玻璃窗注視著清早冷癯的街道。這還是冬季，人們在霧靄中游動著，平板無奇的商樓還在甜睡中，與寬廣的街道成爲一連的灰色。他那隱含著輕蔑和恨以及懷念和痛苦的雙眼，在靜默中一直望著他剛才走過的那條道路，像怕會有誰追趕來似的。他的蒼白臉孔顫震了一下，像受了什麼嚴重的打擊；他的手神經質地去輕觸褲內包紮的疼痛的傷口。馬達發動後，汽車隨即駛離車站。他開始回憶到一個光輝燦爛的中午，老唐在商人街的道路這樣對他說：

「或許你願意到小鎮來找我。」

亞茲別懷疑地瞥望對方一眼。

「什麼時候？」

「隨便你要在什麼時候來。」

老唐厚實的臉龐和肥壯的身軀以及暢達安逸的表情與亞茲別狐疑冷漠形成強烈對比。

「我看我是否能找到一個職業，再決定我要怎麼樣。」

亞茲別顯著失望和苦悶，聲音低沉和不快樂。

「隨便你，亞茲別。」

老唐似乎十分地遷就他那不快的心境而沒有一點憤懣。

兩人由街道轉進小巷中，走進餐館。一會兒又回到大街道，像飯前一樣漫無目的地散步，隨處看看商店或焚燒後殘破的建築物和雜草叢生的花園。他們在比較冷落的城市的一角。

「不過你自己到底做怎樣的打算？」

老唐提醒他去關懷自己，雖然經過一次午餐的轉折，他仍然沒有改善他自己那種會給對方帶來不快的絕望悲哀的態度。

「我想我是完了。」

他似乎從往昔以來就一直爲痛苦的打擊所摧殘而被它們佔有了自己。老唐生活安逸，事業順遂，而一再地像是死亡的假面對他微笑。

「那麼就到小鎮來。」

亞茲別多疑的心裡並沒有厭煩這種親切而強迫的邀請。

「你再三的請求我，我很樂意。」

「亞茲別，不要那麼喪氣。」

經過片刻的沉默，亞茲別覺得無話可說了，想到要與老唐分開。

「我送你到火車站。」

「那麼就一同走罷。」

「不，……」

「爲什麼？」

「最後我終得去，假如連一點點運氣都不願給我的話。」

「我不強求你。」

「我們走得離火車站太遠了。」

亞茲別這時才稍微暢快了一些，臉上出現了微笑。

「噢，現在才感到太陽的毒燄。」

「太陽對我們算是身外之物，假如它一向象徵希望光明……。」

亞茲別聲音高昂忿憤，有一種狂放的苦笑顯現在臉上，這一切像是爲了用來提醒對方他心中的感覺。

兩人都同意地承認陽光殘酷地加熱於他們的臉和身軀上，就像要早一刻離開它似地跑進它照耀不到的樓房走廊。眼睛受到商店的吸引，那些羅列的玻璃櫃和木架上充滿了女人的衣飾，有許多商店只可說充滿了連主人都無法計數的俗物，還有些商店到處散亂著色彩鮮美的水果。就在經過的一間水果店時，他們同時瞥望裡面坐位上的人們一眼。老唐像是捉到一個可以提起亞茲別興趣的話題。

「我們像是看到誰了！」

亞茲別承認。

「黃色遮布掩了他一半的身體。」

「但我看見一個朝外的女人臉孔。」

亞茲別厭煩地。

「最好別在城市中看到什麼老同學。」

亞茲別在那瞬間變化的表情中又露著輕蔑和絕情的殘酷。

「當然，根本沒有什麼話好說。」

老唐出現無趣的笑容。他們繼續那種一往直前的步伐，廊柱之間，展露車站宏偉的遠景，廣場和街道動盪變化著。

突然，亞茲別像是強抑不住那股心底的懦弱和恐懼。

「我不知道怎麼辦才好。」

「你突然想到什麼傷心事罷。」

老唐關注地問他，投著與他語句相似的切合的眼光望他。

「但願我有活得下去的勇氣。」

他竟然完全揭露著內心的恐懼了，對方乘機捉住著他。

「一起走罷！」

「不。」

亞茲別在猛悟中堅決拒絕，對方帶著輕蔑試著譏笑他。

「那麼你為何傷感呢。」

「其實我並沒有想到特別令我悲傷的事。」

亞茲別恢復他原有的不合作和否認事實的態度，內心不勝悔恨自己不小心顯露出的懦弱。

兩人走進車站，從許多人中穿簇前進，老唐去買車票，通過剪票口，亞茲別看著他走上停靠在月臺邊的車廂。一會兒，亞茲別重又在窗口看到老唐那安逸而引人的臉孔。

「亞茲別。」

「再見，唐。」

亞茲別站在月臺上等火車開行，他走近窗口靠近老唐的臉孔。

「看見你父親的後頭的那一年我們眞是又快樂又放蕩。」

「我許久未回高雄了，雖然父親常寫信催我回家。」

被往事牽引，兩人表現著和諧的氣氛。

「我不能和你走，覺得很悲哀。」

亞茲別眼睛狡獪地注視對方，肩膀聳動一下。

「你或許願意過一段日子後再來小鎭罷。」

「我就是這樣想。」

亞茲別在這一刻無懼地閃著他那懷恨人類的眼光。他心中充滿著懷疑。虛假和野心的報復。

老唐在窗口露出一個暢快紅潤的臉孔。

訊號鈴開始響了，再人都沉默著，鈴聲斷絕，火車頭鳴出一長聲汽笛的尖叫。火車搖動一下，緩速前進。

「亞茲別！」

「唐。」

兩人眼光互視一下。

「再見。」

亞茲別從月臺走出來。

亞茲別想起童年時父親臥病床上，因長期病庇的纏繞而削瘦蒼白，臉上露著痛苦和絕望的表情，他呻吟而又呼喚。一個下雨天的簡單葬禮，亞茲別和母親隨抬棺的人走到墓地。有一天亞茲別從寄宿的中學回家，門口停著一部三輪車，上面堆積幾件家具，他的母親對他說許多話，並且拿錢給他，他流著淚，一個陌生的男人招呼她上車，車子開走了。

那年秋天，亞茲別考進公費待遇的師範學校，從此和母親不再來往。

他的性格，自從進入了師範學校就有很大的改變：他來城市脫離了親人，就把那種爲貧苦和疾病景象以及痛苦的分離所壓負的沉悶和溫良抛棄。成長中的亞茲別心中渴望著溫情和安逸的家庭生活，於是那不遂的慾望便尋求狂逛爲代替物，變得乖戾和不合群。他不注重學業，他懷疑一切眼見的事務，他的心靈漸漸遠離了正常的發展，變得連自己也不可思議了。

亞茲別坐在課室的座位裡，神情緊張地懷著恐懼和一部分憤怒，凝聽教師走上樓梯的腳步。這是第三年的春天。教室靜悄無聲，一部分學生埋在自己的課業裡，一部分時時轉頭注視著他。

他在三年中與這許多人同吃同睡，卻感覺自己孤立存在；沒有一個朋友，沒有一個同情者，他的情感沒有傾訴的地方，他的心靈沒有居安之處。

現在他正注意聽著那可怕無情的腳步聲來到走廊，漸漸加緊地來到門口，走進來，裁判他。他的抗辯顯得多麼軟弱。

「不不，我沒有做……」

先生懷著以爲是的憤怒注視他。

「除了你，還能是誰？」

他的臉色蒼白，害怕那股肯定的脅迫力。

「我不知道。」

「除非你會說出另一個人來，亞茲別。」

在教師的威嚴審問下，他一直是那樣恐懼、苦惱和戰慄。

「讓上帝說罷……」

「就是你！」

在被裁定後，亞茲別從絕望和忿憤中喚回了一點自尊的勇氣；好像現在已失去了師生尊卑的關係，而是同等在爭吵了。

「這使我想到我並非僅爲偷竊毛衣彼你開除，你是在清算我三年來的一切大大小小的過失，以洩你對我的苦惱和憎惡。」

教師站在臺上驚嚇著，認爲那正是邪惡之心的一種絕望的最後掙扎。但是他是佔著絕對優勢的地位的，不止是他，還有許多人同樣憎惡亞茲別而與他站在同一陣線，他裝成溫和的笑容，狡獪地望著他。

「你看，亞茲別，不是我個人苛待你，你跟前的這許多同學那一個同情你，你沒有做，他們怎麼不爲你辯護呢？」

亞茲別的眼光尋找著，他和唐交視一下，但對方低下了頭。

「他們的默然或許是因爲你高站在那裡。」

「可惡的傢伙！」

教師怒不可遏地瞪視他。

「這種情景只使人眞覺犯罪罷了。」亞茲別說。

先生改變表情，他如一個魔鬼般誘惑和欺騙他：

「不過你不挽回你的學業嗎？」

「不，我輕視學業。」

他勝利了，他可以命令了。

「那麼你不必還站在那裡，你可以自由了，你一向嚮往自由，我宣佈你不是藝術班的學生了。」

亞茲別突然心軟下來，內心絞痛著，他稚氣而無用地掙扎。

「我往那裡去……」

「回家去。」

他突昇一陣羞怒的堅忍和輕蔑。

「如你所說——我還擁有一切……」

假如他還想在此貪留一刻，勝利者是會無情地重加侮辱的。

「你想，這裡的許多人不會爲你說一句話，沒有人在那一方面讚美你，沒有人承認你是一個純潔的學生，一切事實都證明你是一個壞學生，任何人都不會像你偷竊了和變賣那件毛衣。」

他默默不再回答，似乎他感覺有一、二人回首望他走出教室的後門。

當他憂然地走過靜穆的走廊，準備離開那片土地時，那宏偉的校舍對他無感覺。聳立不動的建築像三年前他走進來時一樣的面目，沒有絲毫的改變。三年之中校園是更加美麗了，增設了許多花草和現代式的小房子。亞茲別也長高成一個眞正的男人。他昔日是懷著希望，帶著愛和喜悅撫摸這建築，把自己的生存藉托在它的保護下；現在他痛苦的離去。懷著恨，像被摒棄於這塊樂園和知識的草地，像被摒棄了生存和愛。

他偷偷地不敢正視那些紅磚高樓、旗臺、花園和小徑，在最後一刻的時辰。

二、三年之中亞茲別在一所廣告社當學徒，他沒有驚人的表現，他對廣告一事感到沉悶和厭煩。亞茲別具存的孤僻性格出現了，常對一切事物懷疑和不信任別人，甚至懷疑他的所學。每日都處在那無薪的插繪工作中或作模仿的單調的油彩。他的冷漠和輕蔑的外表帶給和他一起工作的人一種不快的感覺。綿長的學徒生涯常常是處在責罵與侮辱之中，這種壓力使他對工作產生怠倦和失去信心。加上他沒有清白的身分證明以及店舖的保障，不久就被排擠出來。

在軍隊中的亞茲別同樣默默地生活了二年。他的痛苦加深著，他得不到療息。他的情感越來越離開周遭的人群，獨自孤立著與人們保著持一段心裡的距離。但他清通了射擊和駕駛，尤其射擊一項曾獲得獎章。退伍後，他獲得行動的自由，他羞於去求職，他不願受人羈絆，他與社會對立著。

有一天亞茲別站在市場的一隅，注視著籠中售賣的小狗，賣主要與他談話，他搖頭走開。一個樸實姣美的婦人胸前滿抱著一大簇新鮮的花束，潮濕的枝葉和花朵都遮住了她的臉，她的眼睛不能低視路上的一塊石頭。

「等一下！」

婦人疑惑地停步，從花枝的隙縫看著在面前俯身的亞茲別，亞茲別搬開了石頭，婦人感激地微笑著。

「我替妳拿著。」

「不，謝謝。」

「一部分？」

婦人猶疑一下，最後改變了主意。

「你不是正要去做事情？」

「不，我在散步。」

「我住在巷中，還有一段路。」

「我正沒有事情可做。」

他們並排走著，離開了市場。婦人引著他走向兩旁聳立著公寓高樓的小巷。

「生命對妳是美是醜？」

亞茲別從花枝隙間注視著她，她顯出一陣羞赧和猶疑的表情。

「像一場夢景罷……」

她蹙眉苦笑。

「爲什麼妳買了那麼多鮮花？」

「爲我的兒子和我的生日用的。」

「同一天?!」

「奇怪嗎？」

「爲什麼不是妳的男人爲妳買？」

「他還在的話，我相信……」

亞茲別注意到她激動了一下，頭低垂下去。

「對不起，……」

她終於抬起頭來，對亞茲別微笑。

「沒什麼。」

「我們能做朋友嗎？」

婦人端視著亞茲別，微笑算是她的回答。

「我叫亞茲別。」

「奇怪的名字。」

「妳的名字呢？」

「葉子。」

婦人臉上掠過一陣羞紅。

「還有其他人？」

「沒有，我在服裝公司任設計師。」

「我能參加？」

「你？」

「如何？」

「我請你。」

他們在一幢公寓門口停住，婦人引他到二樓。

亞茲別暫時忘掉了他以往那種冷酷疾憤的心情，成爲一個誠樸可信的男人，像個教養很好，本性善良的孩子。他顯露出一種男性的支配力令人驚喜和接受。在晚餐之中，他充滿了興奮快樂和滿足。他原想生存本應如此，而他眞的遇到了，即使那僅是一刻。

他簡單地告訴葉子自己的身世，把一大部分痛苦的遭遇隱瞞著，他僞稱自己本有一些私有物，是死去的父母遺留下來的，所以潛心研究喜愛的文學外，並不想去謀職。亞茲別慷慨地贈給葉子一只鑽石戒指，算是他給她的生日禮物。中午以後，葉子的孩子從幼稚園回來，就更加熱鬧和親愛了。

他們談得很投機，或許自身都有那種淒涼寂寞的經歷而互相吸引著罷；即使不是，亞茲別年輕的外表也顯露那種善良可信的模樣。

「你一個人住著，多麼不方便。」

亞茲別默默不語，露出令人同情的苦笑，葉子感到一陣羞赧，回頭對著她的兒子。

「你喜歡這位亞叔嗎？」

小孩自從有人在他們家中，就與他玩笑不停，亞茲別也是帶有一部分稚性的天眞，就毫無顧忌地和他玩戲著，像是很親密的家人。

「亞叔住在我們家裡你高興嗎？」

「媽媽，我正要對妳這樣要求呢。」

這位七歲的男孩眞是口齒伶俐。亞茲別面上迅速地掠過一陣感動和痛苦的憂鬱表情，他的心中在那一刻竟憶起一切往事，對方是注意到了，但故意說：

「你不高興吧？」

「不是……」

「那麼爲什麼？」

「沒什麼……」

「說出來吧！」

「眞的沒有什麼，我是太感激的緣故了。」

「原來你也是那麼軟弱。」

亞茲別默認著。

兒童樂園遊樂場乘轉輪的鐵架旁，亞茲別和葉子看著葉子的兒子乘天轎升到高空，葉子和她的兒子隔著距離互相招手。

「我爲你找到一件工作。」

亞茲別驚奇地望著她——聽到是工作他內心驚異著。

「你需要有一件工作做。」

葉子的態度那麼正經肯定不能違悖，亞茲別端詳著她，盡量抑制那份反抗的會帶給她不快的性格形影。

「我願意試，什麼？」

「運硫酸。」

葉子感到一份喜悅。

「危險嗎？」

亞茲別搖頭微笑。這時葉子的兒子在招喚著她。

「來罷，媽媽，坐在我的旁邊。」

亞茲別站在原來的草地上看他們升到高空，他明知葉子在天空向他微笑，他卻裝作沒有看見，把視線移到遊樂場旁邊一條黃濁的河和遠處河上的鐵橋，顯露那種慣有的憂鬱沉悶的神色。

「看吧，亞叔——」

從空際傳來喚著他的童稚的高音，他舉頭高望，他們正達到頂高，漸漸緩慢地向下移轉。一會兒，母子回到亞茲別的身旁。

他們離開那塊草地，三個人沿著水泥小徑向出口處走去，當經過一間被許多人圍繞的低棚時，小手掌捉看亞茲別的手。

「亞叔，那是什麼？」

「射兔子。」

「去看，媽媽。」

「要回家了。」

「去看一下就好，媽媽，亞叔帶我去。」

他們穿進一群男女，來到一張櫃臺前，亞茲別用一隻手臂抱起小龍，看到人們舉槍射擊布幕前移動的假兔子。

「我打一次，媽媽？」

「你還不能拿穩槍。」

「那麼亞叔能夠嗎？他是大人。」

「亞叔不玩假槍。」

「爲何？我要看亞叔打一次給我看。」

葉子望著亞茲別，亞茲別把小龍遞給葉子。亞茲別舉槍瞄準，這時後面有一個男人拍著亞茲別的肩膀。亞茲別回頭看見一張暢逸紅潤的臉孔。

「喂，亞茲別，你在幹什麼？」

亞茲別回轉身對著鵠的射擊一槍，他把槍枝放下，從人群中走出來。

「你不認識我了嗎？唐啊，我們是同學。」

亞茲別用他那慣有疑惑和審慎的眼睛注視著對力。他從來沒有那種碰面的親熱感，他不交際已經很久了，似乎他從來就沒有交際過，那是往昔種種使他懸疑他周圍的人們，現在除了葉子和小龍，他沒有信任的其他人。然後他微微在臉上有著一種遲鈍的笑容，像終於想到了那是什麼而小聲囁嚅地說：

「不過我不畫插圖已許久了。」

他在這裡見到昔日的同窗之友，已經隔了五六年了，不免互相驚異著各自外表的變化和定型了的態度。唐是安逸而肥壯，他知道他現在已經是個有名的童話作家了。

「你現在幹什麼事？」

「啊，沒有什麼。」

葉子和小龍走近來，小龍手中拿著獎品。

「看，亞叔，你一槍就打中了。」

「這是你的了。」

「爲何不再打？」

葉子第一次看到亞茲別和別人交談，從她的外表就知道她是很喜悅的，況且她今天又爲他做了一件她心裡想爲他作的工作——她爲他謀到職業，她心中的喜悅就統統展露於外表了。唐——那個面對亞茲別的男人看到他帶著其他親人，就很知趣地告辭而去。

「晚上八時在仙樂斯等著你，亞茲別。」

亞茲別聽到對方說到一個夜總會的名字，他心中馬上昇起拒絕的卑視的情感；他正想告訴他說他是不會去的，可是唐已經轉身走去，與站在十步之遙的一個花枝招展的女人會合，挽臂而去。他的心中異常的憤懣，又經不起那種誘惑——那種可能獲得一個友誼的引誘，那是他心中一直嚮往的，祈求人家對他伸出手臂。

「那人是誰？」

「一個童話作家，我昔日的同學。」

「我知道你是有點才能的。」

「沒什麼，葉子。」

「我們要回家了嗎，媽媽？」

「下次不許要求亞叔做事情。」

「是，媽媽。」

晚上亞茲別走進夜總會找到唐。

「我住在小鎮，你來罷。」

亞茲別心中幻覺著一種可怕的絕望。他懷疑對方語句的親善，他深知人類不可能犧牲自己爲別人謀求幸福。唐對他提到小鎮，他微微產生著不悅，他感覺它不僅只是地名的寓意，而他可能是一個近乎死亡的代表前來引誘他。亞茲別拂開唐的話題。

「我們在學校的時候很快樂。」

「事後我常懷念你。」

「我不能接受你好意給我的工作。」

「隨便你，但你不妨到小鎮來一趟。」

亞茲別感到震顫，他再拂開它。

「看到你眞高興，唐。」

「小鎭很僻靜，這就是它的好處。」

亞茲別漸漸對那幻覺消失了。

「有一天我會去呼吸新鮮空氣。」

「那實在是一種享受。」

「現在不能。」

「我每兩星期來城市一次。」

「去小鎭的路程如何？」

「隨你要怎樣來而選擇。」

「我可以走了。」

「來罷，亞茲別。」

對方沒有阻止他站起來，亞茲別就這樣離開那喧譁與樂聲繚繞的地方。

亞茲別在人車嘈雜的街道慢慢走路回家，心中構想著唐說的小鎮的情形。他在童年也生活在一個小鎮，凡是小鎮都有溪和廟，小鎮在冬天是荒涼和冰冷。一個人回到小鎮就等於走向冬季的冷酷，走近死亡。在夜總會他曾這樣幻覺。

在公寓的房間裡。

「亞茲別，試穿這件衣服。」

「它對我像有點寬大和粗厚些。」

「不要緊，這樣像一個工人。」

「我開始就是一個工人該多麼好……」

「我告訴他們說你是一個沉默的孩子，他們很相信我。」

「啊，它的確是大了，再加上二十磅的肉就差不多了。」

「這樣看起來更像一個老實的工人。」

「我一點兒也不嫌棄它。」

「脫下來。」

「等一會兒，我有那種童稚的興奮心情。」

「你已經是很大的男人了。」

「第一次被妳揭露……」

「什麼？」

「……我不敢承認的成長。」

廠大的硫酸工廠，完全由玻璃建築的辦公廳走出兩個警察，向著停車廠的屋子走來。有一部卡車停在那裡修理。

「那一位是亞茲別？」

亞茲別從卡車底下爬出來，臉頰上有一塊抹塗的油污，他疑問地注視那兩個面孔平板、身軀魁梧的警察。

「你就是亞茲別？」

「是的，什麼事？」

警察對亞茲別的態度有點憤怒。

「你明瞭你的駕駛工作不比尋常嗎？」

「爲什麼要你來提醒我。」

「我們根據資料，你常常在公路上頑強超車。」

亞茲別默默不語，抬眼注視對方。

「我們在預防不必要的車禍。」

「我明瞭。」

「你有駕駛執照嗎？」

亞茲別從油污的衣袋掏出一個塑膠皮夾遞給警察。

「你是一個新的。」

亞茲別不答。

「以前在那裡開過車子？」

「軍隊。」

「噢，糟糕。」

「新的都喜歡開快車。」

旁邊的另一個警察插言進來。

「你經驗還不足夠。」

警察對亞茲別說，亞茲別不答。

「你一定要小心。」

他好像回到昔日的學園，面對著斥責他的師長，他顯露一般憎惡的神情，內心的抗爭完全表露於外表的不馴。警察交還給他執照皮夾轉身離去，亞茲別重新鑽進卡車底下。

灰色的午後，亞茲別從工廠回來，正在街旁人行道上急急走著。這條街酒吧林立，在華燈明亮前卻異常冷落。

「喂，前面的亞茲別，等一下——」

亞茲別回頭看到唐跑步追上來。

「喂，是你，唐。」

「什麼時候來小鎮？」

「我的工作幹得很好。」

「什麼工作？」

「運硫酸。」

「那很危險。」

「我不在乎。」

「我不知道你會開車。」

「許久了。」

「我正要去看一個出版商，同走好嗎？」

「啊，」他猶疑一下，終於允諾他。

他們回頭來到一條兩旁種有許多青樹的寬濶街道。唐告訴亞茲別女出版商的許多事情。

「她是個怪物，早年留學英國，喜歡戴大量飾物，如金銀珠寶等。」

亞茲別注意聽著，他是拙於開玩笑的。

「那麼她一定很重了。」

「她身體卻很瘦，頸子很長。」

唐說得很快樂，舉手拍亞茲別的肩膀。

「一定來小鎮，亞茲別。」

亞茲別清晨三點鐘由工廠回來，公寓裡靜悄悄地，他不想驚動睡眠中的葉子，自己倒進床裡，一會兒就因疲乏睡去了。八點鐘時。小龍由幼稚園的三輪車載到學校去。葉子走近亞茲別睡覺的床邊注視他，亞茲別醒來，想躍身起來，葉子的手掌壓在他的肩窩上。

「不要起來，」

「我想拿一件東西給妳。」

葉子聽到是一件禮物時，她微笑了，可是她卻說：

「你又花了不必要的錢。」

葉子讓亞茲別起來，亞茲別裸露著雙腿和上身從葉子身邊走過，葉子從後面端詳著亞茲別瘦削但結實的背部，亞茲別從牆壁的釘子上取下衣服，由衣袋中掏出一串金項鍊，鍊條的盡端垂著一個閃耀的小十字架。葉子是太驚喜了，心中馬上想到一個昂貴的價錢。亞茲別掛回衣服，轉身朝她走來，在她的面前爲她掛在頸上。

「沒有花多少錢買的。」

「舶來品！」

葉子用眼光探問亞茲別，面上顯著高興的光彩。

「不信嗎？」

亞茲別狡獪地注視葉子。

「為什麼？」

「我遇到一個洋酒鬼。」

亞茲別回到床上。

「你眞遇到運氣。」

「為妳而做的事，那是幸運本身。」

「晚上在戲院有這一季的服裝表演。」

「我相信妳有許多新的設計。」

「我有太多佳妙的靈感。」

葉子走到鏡前端視著自己胸前十字架，她由鏡中看到背後的亞茲別坐在床上凝視她。

「妳是我的陽光……希望……」

葉子從鏡中對亞茲別微笑。

「妳是我一生中唯一的佳人。」

「你又開始傻里傻氣……」

亞茲別坐在床上伸出雙臂，葉子轉身走近床邊，亞茲別本來凝望她的視線漸漸模糊起來。黑夜中，在公路上，亞茲別正開著卡車急駛。駕駛座上，亞茲別身旁還有一個男人，這個男人一直在咕嚕著。

「很沉悶。」

亞茲別沒有理會他，只顧開車。

「像是要下雨。」

他探首窗外，一陣急風吹拂他，他迅速縮回。

「眞是要下雨，天很黑。」

亞茲別只顧開車。

「我跟隨過許多司機。」

他望亞茲別一眼，表示不滿，亞茲別只顧開車，卡車急駛著，像要飛翔起來。

「慢一點罷。」

亞茲別沒有理會他。一陣雨下來，亞茲別冒著大雨往前直駛。那個男人搖著頭。

「爲什麼你要開那麼快，在下雨天？」

「那是我份內的事。」

「我跟隨過許多司機。」

「你想說什麼就說罷！」

「會倒楣。」

「你說什麼？」

「我說我自己……」

「你常促使我想把這部車爆炸起來。」

「你又爲何不？」

「現在幾點鐘？」

「一時。」

那個男人又看亞茲別一眼。

「幹嗎你要開那麼快？」

「廢話！」

「倒楣！」

亞茲別看到前方迎來一部車，那部車在路中央衝過來。

「靠邊去！」

亞茲別身旁的男人聳動起來，對著迎來的車子揮拳。

「他媽的！」

亞茲別罵道。

「靠邊去！」

「我要衝！」

「慢下來，亞茲別！」

「別命令我！」

「靠邊去，鬼車！」

身旁的男人又揮拳。

「他媽的！」

迎面而來的車子向亞茲別衝過來，亞茲別在最後的一刻把車子閃到路旁去，他的車在那一瞬間在田溝翻轉了身。亞茲別從車窗爬出來，也把那個男人拖出來。那個男人受傷很重，亞茲別把他棄在路旁，靠著樹幹。那個不能動彈的男人坐在溼水的地面上，背靠著樹幹，眼望著亞茲別受傷的腿一拐一拐地朝著公路走去。那個男人瞪視在雨中行走的亞茲別，以嚴肅和懷疑的表情。亞茲別在豪雨的淋漓之下，眼淚與雨水交融流下來……。

唐回到小鎮的火車開走後，亞茲別走出那漸漸冷靜下來的月臺 回到街道中。在受創後的絕望心中，亞茲別不可能再容忍其他的職業的束縛，可是卻不得不向唐謊言想再覓求職業。在此刻的憂傷中，亞茲別的頭腦回想到童年時代的小鎮，那迅速淡逝的不可思議的童年，亞茲別沒有甜蜜和快樂的記憶，卻深刻著貧窮和疾病的印象。「什麼時候到小鎮來？」唐像引他走向生命的終點——小鎮；像回到生命的出發——小鎮。亞茲別常把這種聯想結合一起而深覺恐怖和絕望。

他又在四處散步著，徘徊在體育場的外圍，凝視那奇異的現代建築。他由一道半閉的側門走進那廣濶的草地，他倚在坐位的木柱旁邊，看著十幾個青年在黃昏的草場上殊死地搶奪一個褐色的橄欖球。

天黑下來後，回到公寓的門口，正聽到母子親愛的說話聲，亞茲別緩步上樓，他稍靜地停在門邊凝聽著。

「媽媽，爲什麼我們還不走呢？」

「亞叔還沒有回來。」

「一定要等他嗎？」

「他一整天都未回來了，可能……」

「假如亞叔不回來呢？」

「我們就不去了。」

「爲什麼亞叔現在還不回來呢？」

「不要再問，唱歌給媽媽聽。」

「唱那一首，媽媽？」

「小星星罷。」

亞茲別沉痛地在感懷沉思中，他感到一股豐富的溫暖和被眷念的滿足的憂傷。亞茲別的胸部緩緩上升吸著空氣，開始將心中的狐疑和牢不可破的憎恨排擠出來。亞茲別靠在門邊的牆壁，繼續聽天真稚氣的歌聲，一天的疲乏和鬱悶漸漸消融盡淨。

「閃耀閃耀小星星，
你是何物所做成。
高離人間千萬丈，
好像鑽石在天上。
閃耀閃耀小星星，
你是何物所做成。
當那夕陽何西落，
大地黑暗又寂寞。
只有你的一點光，
閃耀閃耀整晚上。
閃耀閃耀小星星，
你是………，
亞叔回來了——」

「小龍，唱得極好。」

亞茲別恢復那種冷漠且熱情的故態走進屋裡，抱起跑來迎他的小龍，且用著他那冰冷的嘴唇貼在那細嫩的小面頰上，他放下了他，正想轉身朝向葉子，葉子從椅子上站起來，像是迴避亞茲別的延續的熱情和禮貌，憂傷地走進她自己的房間。

那股熱烈的氣氛是靜止了，小客廳留下兩個男人，顯得無比的寂然淒冷。小龍不明瞭大人間內心發生的激情的變化，一直延續那份喜悅。兩人的手又握在一起。

「你知道我們在等你嗎？亞叔？」

亞茲別俯身望著小龍，臉上有一種假裝的詭譎表情，他的眼睛大睜地。小龍更加樂了，他就要告訴他，他和母親爲了什麼事等他。

「我們要去看電影，等著你一起去，可是你一直都沒有回來。」

亞茲別耐心地扮演著，心裡懷著一種情感內疚的痛苦和憂患。小龍朝著房間門上長嗚一聲。

「媽媽——」

小龍沒有得到應有的回答，開始狐疑地探問起來。

「媽媽妳怎麼了？我們不是可以去了嗎？」

亞茲別捉住那小小的肩膀，阻止著小龍去干擾他的母親。

「去爲亞叔買一包香煙，回來我們就去，好嗎？」

小龍接住錢後奪門奔下樓梯，亞茲別走進房間，看到一個黑漆的背影坐在床上。

「爲著小孩，請妳拭去那些淚。」

看電影回來，小龍安睡在他的小床上。

「妳後悔？」

「那是眞的。」

「連累妳許多事，我抱歉……」

「不要說。」

「我抱歉……」

「我害怕……」

「爲什麼？」

「有一天會失掉你。」

「有一天？」

「……」

「不要傻……」

「不要說。」

「任何人甚至都會失掉他自己。」

「我害怕。」

亞茲別也害怕思想的侵擾，他自制沉默，表露著那種無動於衷的冷默和輕蔑，他開始在房間踱步，想乘機阻止葉子那份懦弱的表白。

葉子看到冷默無情的亞茲別，遂停止了自己。葉子坐在床邊沉默片刻，就緩援上床鑽進棉被默默地躺著，把視線背著令她有點生氣的亞茲別，凝望衣櫃抽屜的一顆瑪瑙的鈕釦。亞茲別一直在那房間的空隙地面走著。

亞茲別從敞開的窗口跳進來，看見葉子已坐在床上等著他。亞茲別痛苦地倒進一張沙發，他的大腿受到深入的刺傷，流血如注，褲管撕裂一整塊。一夜未眠的葉子驚恐著，她曾懷疑他去那裡，現在她知道了。她開始爲他止血包紮傷口。亞茲別脫去了那條撕裂的褲子，從衣櫃拿出一條黑褲穿上。並且穿上了與褲子同色的外衣。黎明已至。亞茲別準備離去。

「寬恕我。」

「我已寬恕你了。」

「我們要再見，永遠……」

「你在痛苦中，那傷口是爲什麼。」

「玻璃無情的插入肉裡……命定的……」

「告訴我什麼事。亞茲別，我愛你……」

「我愛你，葉子。」

「你不能告訴我嗎？」

「我要說，但……」

「或許那令你更痛苦罷？」

「的確，但我要說，請妳寬恕我。」

「你犯罪？……」

「我何止犯罪，我自己一生承受不幸。」

「我寬恕你，無論你犯了多麼嚴重的罪。」

「我爲什麼要請妳寬恕，因爲妳僅知道我的一面，那是妳對我好的緣故……」

「噢！……」

「我日夜爲兩種矛盾的思想纏繞，那是我的犯罪……對妳的愛……」

「你爲何犯罪？你犯什麼罪？」

「不必由我親自告訴妳！」

「爲什麼？」

「我不能忍心這樣對待妳！妳會永遠恨我……」

「我已寬恕你了，無論你……」

「不久妳就會清楚的，或許就在幾小時之後……」

亞茲別走向門口，他回頭瞥望還在睡眠中的小龍。亞茲別走回來，俯身在小龍額頭一吻。亞茲別望著葉子，他又走向門口。

「你要去那裡？」

「小鎮。」

「小鎮？」

「再見。」

葉子向前捉住亞茲別的手臂。

「不要留下我，亞……」

亞茲別回身抱著葉子，然後分開她。

「不是我留下妳……」

「天啊，給我力量阻止這個男人……」

汽車沿著海岸繞著一個很大的弧形行駛。亞茲別第一次，不是由於書本的知識，完全憑感覺獲得力證：地球是圓的。海岸的石崖呈黑褐色，當浪水衝向它們時，泡沫和水流就自它們的頂上紛向周圍流瀉下來。海中的圓石，黑褐得像有面目的水中妖怪，像黑髮垂覆她的臉孔，在水中浮沉懷著不可告訴的哀淒。

就在幾小時之前，亞茲別才結束了致命傷的最後一次行竊的最終失敗。

亞茲別走近女主人臥室的妝臺，那裡放著睡眠的女主人從身上解下的手鐲和項鍊。亞茲別回到窗前，回首去注視那位像是甜睡的孤單的女人，亞茲別端詳那張花容半謝的臉孔，不覺搖頭囁嚅自語。這時刻爲何她的男人不睡在她的身旁呢？光陰從她的臉上滑過。

亞茲別撫摸她的眼光擾醒了她，她在朦朧中看到亞茲別以爲是她的男人回來了，「爲什麼不上床來……」她喃喃地說，她翻轉了身軀後打開眼睛，看見窗前站前的亞茲別。亞茲別迅速跳出窗外，室內傳來幾聲驚呼。

亞茲別雙手攀住高牆，引體向上，他從容地熟練地翻覆牆外，在那一瞬間，玻璃碎片刺進他的大腿，撕裂了褲子，尖銳的玻璃片勾住衣服，他幾乎整個身軀跌落在地面。

想到這一幕，他的思想混亂了；那些流逝的景象雜亂無序地重又回來了。

「亞茲別，我告訴你一件趣事——」

「什麼事，唐，這樣好笑？」

「你還記得那個女出版商嗎？」

「記得的。」

「她喜歡身上戴多量的飾物……」

「完全記得。」

「哈，她告訴我她失竊了一部分身上的東西。」

還有海面上強風的影子。亞茲別坐在車廂內，看到強風的影子像油漆工人的大刷子沾了藍白兩色顏料在海上迅速而橫蠻地刷一筆。

「你什麼時候到小鎮來，亞茲別。」

「我看我是否能找到一個職業，再決定我要怎麼樣。」

「隨便你，亞茲別。」

現在海岸已在一帶田園樹林的後面，遠得看不到浪濤衝擊岩石。

當汽車顛蕩於下坡的坎道時，像是一部慌張奔逃的馬車，車輪使石頭飛揚起來，憤怒地打擊車底的鋼板。

亞茲別呆坐在裡面，沒有移動過身軀，像許久以前就僵硬不動，眼皮眨動著，好像心中強忍住一則笑料而使眼瞼垂低下來。

「這種情景只使人眞覺犯罪罷了。」

老師魔鬼般的表情注視亞茲別。

「不過你不挽回你的學業嗎？」

「不，我輕視學業。」

一會兒，汽車像是又回到了海岸，出現了神奇而又短截的一段岩岸。

「等一下！」

婦人的面孔和花束……亞茲別俯身搬開石頭……

「我替妳拿著。」

「不，謝謝。」

「一部分？」

婦人引著亞茲別走向兩旁聳立著公寓高樓的小巷。

「生命對妳是美是醜？」

婦人羞赧和猶疑的面孔。

「像一場夢景罷……」

經過了那個滑稽的小海灘不久，汽車突然緩慢下來，不久就熄火停在路旁。稀少的旅客騷動起來。司機直新發動馬達，馬達轉動了幾下又無力地停止。

「旅客們，稍等，馬上會修好。」

司機跑到車頭打開車蓋，他的頭和身軀潛進裡面，一會兒，他重蓋上車蓋，回到駕駛座。馬達重新發動起來，汽車繼續在兩旁都是樹林的荒道前進，可是走不到多遠的距離，汽車又熄火停止。

「對不起，先生小姐，它完全不行了，你們或許願意等下一次車經過這裡，天氣很冷，在這裡面很暖和，可是小鎮離這裡已經不遠了，經過一座橋就到了。」

亞茲別下車，獨自朝小鎮走去。

一部警車從後面駛來，停在那部拋錨的早班汽車之前，兩位警察步上汽車，注視裡面稀少的乘客。

「有人離去嗎？」

警察對乘客發問。有一個男客說：

「什麼事？」

一位女客回答：

「坐在我身旁的一個青年步行走了。」

警察來到女客面前。

「他是瘦長穿黑上裝和褲子，像是很沉默的男人。」

「你說的完全對。」

警察從衣袋掏出一張照片。

「像這個樣子？」

「就是他。」

「離去有多少時候？」

「你問司機罷，他是對我們負責的人。」

警察退回司機面前。

「多少時候？」

「二十五分鐘。」

「朝那裡走去？」

「小鎮。」

「僅他一個人？」

「是的，天這麼冷他還是願意走路。」

好奇的男客問：

「什麼事？」

「他是一個竊賊。」

汽車裡開始騷擾起來，警察回到警車，朝小鎮開去。

亞茲別腦中充滿了音樂，原來是流水的聲音，就是那種有石頭阻擋大量流水的聲音。他看到一座古橋跨過一條河川，橋面的積水閃閃發光。他走近橋，爲那池積水阻擋停止。亞茲別凝視積水裡的一片奇異而灰冷的天空。他對那倒立的自我冷默地眨動眼皮，像忘掉了一切，顯示未曾發生過任何事情的淡漠表情；他尋覓和深思片刻。

那倒立的影像的頭髮長得快掩蓋耳朵了。亞茲別像要熟記著那陌生的影像。他前傾一些，就看見倒立的影像搖晃起來，像一枝風中的竹竿在不倒下的限度搖擺。

一會兒，亞茲別不想擾動那池靜水，竟站在橋欄上走起來，小心那隻受傷的腿。他在險境中還能自娛水中倒立的影像，在搖晃幾步之後突然墜落橋下，倒進不是池水領域的空隙，就此永遠消失。

亞茲別的頭顱在墜落的猛烈打擊下碎裂，急湍的水流從破裂的頭顱迅速拖出經薄如紗的紅色絲帶。他仰躺在河中像一塊浮木般僵硬呆板，睜著善良呆滯的眼睛。亞茲別的神情是不再轉動他的眼球，以淡漠懷恨的表情凝視那遙遠無際的奇異的冷天。

河水從亞茲別高挺的鼻梁兩旁滑過，把臉孔洗得潔白如玉，在這一刻，在以後永遠，他竟是一個如此面目清秀且善良無爲的男人。眼皮漸漸爲水流沖合起來，不是神父或親人的手爲他掩蓋。他的死屍被流水拖曳滑行而去。這樣，亞茲別終於能夠來到小鎮，再流到河的終點，流進浩瀚的海洋中。

那部警車急駛過橋面。濺起那池積水，水花濺溼橋欄，水花落入河中。

初見曙光

一

驚奇地互相看見；一班星期天的午後快車沿著海岸向南方急駛著，土給色遇到他學生時代的一個同學馬。

「啊，可惜，雷不是坐這一班車。」馬說。

「他可能會坐那一班車？」

「雷已經由山線早我一小時回臺中去了。」

「你們在臺北住一起？」

「一同和白擠在一張床上。」

「白很好嗎？」

「他好極了。」

「白退伍了？」

「退伍的人才有他的情況，而白的情況很佳。」

「那是個怎樣的情況，馬？」

「他永遠找小孩子當對象，他辦了一個美術寫生班，有他原來薪水的一倍半收入。」

「極好。」

「因爲有了好收入他變得更加吝嗇。」

「他爲什麼不呢？」

土給色的那位同學笑起來。土給色望著他想著，假如一個男子的臉上有女性的媚笑是很倒胃口的。

「你知道，」土給色說：「像白這樣年紀的人應該有些積蓄才對，假如他想結婚，他是一個不能依靠家庭支援的人，他必須靠自己。」

「這樣的天氣和白和雷三個人擠在一張床上睡覺很是難受的。」

二十五歲以上的男人對於對方所說的一些不中聽的話語都有一種使它不再滋長延綿下去的能力。

「你們在臺北搞什麼鬼？」

「昨天我們去拍立體照片。」

「什麼立體照片？」

「你沒有看過嗎？」

「我第一次聽到。」

馬又做了一次那種可憎的媚笑。

「你可以用簡扼的幾句話形容一下那一種立體照片，使我有一種印象。」

「就是一種藝術照片啊。」

土給色很懊喪的把視線移到窗外乾涸的田畝，看到木麻黃樹林後面海洋翻起一些白浪。

土給色有四年半沒有看到這個傢伙，卻常常聽到他的一些浪漫的行徑。

「據說你很如意。」

「我快訂婚了。」

「那麼你更應該在臺北和未婚妻在一起，不應回到埔里去。」

「剛開始當兵第一個假期與母親在一起有更大的意義存在，況且今天之前，我有三天在臺北已經夠了。」

一個青年穿著鐵路局販賣員的制服提著一錫桶的果汁叫喚著走過來，他問土給色可否要一瓶百樂果汁，土給色說他寧可飲一瓶芒果汁。他們各拿了喜愛的一瓶。他搶先付了錢。土給色說假如他比較有錢的話他就任他這樣做。

「你的畫怎麼樣了？」

「我很難過。」土給色哀傷地苦笑。

「我看了水彩展，他們不如你啊。」

「這話不確實。」

「我不是善說那種話的人。」

「我知道。我對畫本來就很厭倦。」

他在臉上顯出一種驚訝。

「但你是同學中幾個好手之一。」

「實際是，但那時的那些愚笨的人現在都有較光明的前途。」

「偷偷把豬肉藏在飯盒底的客家人。」

「逝去的就不存在了。」

「我也很難過。」

經過日南橋，那裡鐵道的附近有好幾輛推土機和戴笠帽的士兵築了一個新的石頭堤防，銜接著傾塌的山崖。在太陽光中，百姓重整他們被大水淹沒的田地，那大災難的痕跡看來很枯燥，而鐵砧山腳挺了個新的牌坊，一派古老的式樣，高高的門樓直立在那裡，彷彿是這一帶蒼盛的自然的累贅。

「喂，土給色，你還有幾個月退伍？」

「雷在四個月後，我又在他的一個月後。」

「我看到薩姬，她談起你。」

土給色怒視著他。彷彿他的神經遭到一種記憶的刺激。他閉住雙眼之後，回復了安寧。

「她肥嗎？」土給色問。

他搖搖頭。

「她瘦嗎？」

「和原來一樣。」

「她變得更加美麗？」

「有點頹喪。看到你的眼睛就想到她的眼睛。」

土給色的臉上馬上顯露一種否認的苦笑。經過了那麼長的時間之後居然第一次突然有人對他表露自己有一種與薩姬的相似之點頗使得他狂喜。

「爲什麼她會頹喪啊？」

「她生活隨便，好像被愛情刺激。」

「你怎樣看到她的？」

「她和我的未婚妻是極好的朋友，我們一起去看電影。」

「她和父親住在一起？」

「不。」

「母親陪著她？」

「雙親都在臺中。」

「她住在哪裡？」

「二十二號公車終點，一個市區郊外。」

「一個人？」

「我想是，她已不再教書了，卻只教授鋼琴度日。」

「那麼她買了一架鋼琴？」

「是的，一架新的鋼琴。」

「那是她的希望。」土給色回憶說。

「其實你應該繼續和她往來。」

「那時我太落魄了，自覺慚愧所以走了。」

「你還可以去找她。」

「你能說出她確實的地址嗎？」

「我不能，但我會告訴你，我去問我的未婚妻。」

「你眞的會寫給我嗎？」

「老朋友，爲什麼不呢？」

「其實我不要自作多情。」土給色憂傷地說：「可是無論何時當我聽到她生活很幸福很美麗很美滿時我就快樂了；當我聽到她很可憐而孤單時，我就憂鬱起來。」

火車到臺中，土給色送馬下車。他可從臺中轉車到埔里。

他們站在月臺上，拉著手，馬說：

「那時你爲她努力的眞是超過一個男人的能力之上，二十歲，我不相信，除非是天才。」

「煙消雲散了。」土給色沉鬱地說者：「我敬佩你很有記憶力。」

「閒談時才有記憶力啊。」

火車響出一聲汽笛。那人又展示他特有的媚笑而走開了。

二

五個月之後——

土給色一個人獨自從四七級的同學會會場中溜出來。那裡在他看來是一片混亂，他厭惡團體節目，呆板的坐在那裡會使他想到當學生時的枯燥無味的生活，他沿著博愛路走到衡陽街，他這樣想著：美而廉樓頂間的大會場就像一間時髦的課堂，當他必須與一大群舊時的同學櫛比坐在一起時。

坐在那裡他要面對著一些可憎的熟面孔，那種類似拿學業的優劣來喧鬧的程度完全居於他們現在的地位。從他們的衣服和腳步知道他們已經學會了一套穿選衣服的方法和跳舞，學會了一種如何應付歡樂的場面和應酬的話語；這一切都是土給色所厭於目睹的東西。那種工業社會中生硬不自然的表現，那種千篇一律的歡笑和嘆詞都證明他們僅僅向著外來的電影中去學習，那種輕捷的步伐和滑圓輕鬆的態度彷佛喜劇式的玩具模型。他的偏狹和孤高的心靈萬萬不能忍受這一切。他離開了，讓白丑和雷南得在那裡。

薩姬也在那裡，土給色只和她淡淡地打一個招呼，如和其他人打的招呼一樣冷漠。他深深為她想用歡樂來掩飾其心中的淒涼所打動；並且觀察到她極力抑制的一切卻流露在那藍黑的雙眸中，那種苦笑印在一個年輕的美麗女子臉上深刻地刺戳著土給色的內心。

他感到她幾乎毫無改變她那特有的少婦驕傲的模樣；素白衣服和長裙在其他女人雜亂的色彩中是格外鮮明高貴。她的眼睛不斷地盯著土給色。土給色和朋友們在角落裡，飲著自配的雞尾酒，而且一杯又一杯地殘酷地往咽喉灌溉，好像一個心切的小孩用水灌著土地上蟋蟀洞一樣無情。

團體節目開始時他已感到無比的煩亂，白丑和雷南得被選去當節目主持人，於是土給色未等團體節目完畢後的一場舞會就乘機溜出來了。一切對他都是乏味的。

他回到他服務的廣告公司辦公大樓，裡面黑暗而靜寂，他坐在自己的辦公桌椅裡，沒有力量來捻亮電燈。當他打開抽屜在漆黑中看到白信封襯著黑黑的字跡時，從二封信中辨認其中一封是一個當兵時相熟的朋友從嘉義寄來的。

土給色紊亂的心坎不容他在大樓的孤寂中逗留太長久，他沒有被那邀請的信所打動；把信擱在原來的抽屜中，旋即又回到明亮的街道上。街道走廊的人們似乎要比此刻之前更多和擁擠；穿著晚秋最佳美的服飾，笑容可掬的男女蹣跚地踱著，觀賞商店在夜中的金碧輝煌和閃耀。

他步入公園猶如走進了一個陌生的樹林，不明瞭自己想觀賞著什麼。穿過樹梢那移動著的星辰使他嚮往在幽暗的天空中遊行。他注意不到在樹幹間石凳上的情侶或孤客。他看不到什麼啊！

像一個盲者。只領略一些在森林中行走所帶給他的痛苦。他不能辨別樹木，不能辨別這可憐的肉體突然的憂鬱。他想他無論怎樣在一個優美的環境包繞中都將枉然地不能絲毫改變渺茫的生命而有一個活生生的軀體。

當然土給色不能估計走了多少路程，然後又回到當初走進去而現在是步出來的旋轉門。在彩色繽紛的燈光下仰首望天，他更不能看出他生存的世界或者那幽黑鑲著星辰的天空那一處是比較眞實。而兩個東西都似乎是非常可笑的；正如凡是美麗的東西都是可笑的一樣。

他走進臨近公園的一間咖啡廳，那個胖女侍認識他，他覺得那女侍更胖了。她說他喝醉了，於是他稍微清醒起來，好像和他說話的人聲是一份清醒劑。他知道痲痺的神經影響到視覺的錯誤，他說他要一杯最濃的咖啡，他並且說他要用一下電話。

「喂！請你叫白丑好嗎？或者是雷南得。」

「你要哪一個？」那邊有一個人問他。

「你看他們哪一個比較閒者就叫誰。」

「你是誰？」

「土給色，白丑的好朋友土給色，雷南得的好朋友土給色，你告訴他們，是他們的好友土給色。」

那女侍在笑。他不知那女侍笑什麼，所以疑惑地盯著她。

土給色轉過身軀把背部靠在櫃臺沿上，望著這一個如夜下樹林中的咖啡廳——在偌大城市之中唯一僅有的播放古典樂曲的地方，它經營的歷史可顯示出人們嗜好的不純潔。土給色掃視那些幽黑的卡座，竟使他要突然噗笑起來，他看到了一幅舊記憶中牢印著的二沙彎海底景色；在幽黑綠色中有許多水草和連在一起相靠著的不動顫的石頭，那些石頭長看綠苔的鬚根，猶如人們的頭髮包繞著頭顱。音樂可觀地壯大，這是某一個音樂家的特色。他知道那是一位什麼樣的音樂家，依他的年齡和學識他不會不明瞭的。這種音樂在昔日是屢聽不厭，現在可沒有多大的敏感性來承受那裡面的啓示；好像名人語錄在初識文學時是金石寶貝，現在同樣沒有一點好感和興頭了。尤其眼光的盡頭嵌在壁上的巨大油畫突令他起了憤怒和鄙視。他的結論是一幅不美的圖畫是不必再深入去探究它的內容的；好像一個不美的女人對一個不能賞識她的男人是不必再去考慮她還有什麼寶貴的德行。他突然連想到人們論談的所謂時代精神這一事上去，他相信他的感覺不是如他們所說的那一回事。決不是。他知道這種東西一定只存在哲學家的心底，屁於不容易傾吐和表露在外表的東西，是雕刻匠削截銅條直到不能再削爲止所呈現的象徵——一根又細又粗劣的棒。音樂又幽幽地划行著，但那絕不是證明時間已經變得遲緩難行。

「第三樂章，土給色，你在田園？」

「白是你嗎？」

「你爲何跑掉了呢？」

「我有事回到大樓去。」

「但你現在在田園。」

「這裡充滿了伊甸園中的夏娃和亞當。」

「一個人在那裡多乏味啊，音樂可是好的，這裡有人找你唱歌。」

「那一定是個渾蛋。」

「大家在建議你唱一首歌。」

「這是渾蛋的建議。」

「他們又請了一個人爲你伴奏。」

「我要感謝他。」

「這個人是薩姬，有人說她可以給你伴奏。」

「他們是一群渾蛋。」

「這節目由我提議，我說出來之後在掌聲中才發現你走了。」

「你是個大渾蛋啊。」

「喂？你叫我有什麼事？」

「我想問你，你們什麼時候會完。」

「我們不會完的，舞會已經開始了，空前的感人和享受。」

「雷呢？」

「他永遠是舞會中最好的卻卻舞手。」

「你們什麼時候會完，白？」

「回到這裡來吧，土給色。」

「我在那裡更糟糕。」

「雷陪著薩姬，我想你需要和她說幾句話。」

「是的，我爲什麼不呢，但我又爲什麼要呢？」

「不要在那裡，我知道你現在不要那種音樂。」

「其實我什麼也不需要。」

「但我知道你需要什麼。」

「朋友，你是猜對了；渾蛋你是錯了。」

「你再到這裡來，然後我們一同出去。」

「這是好建議，我想就是這樣。」

「那麼現在就過來。」

「我不能去。」

「爲什麼？」

「我在這裡等著你們。」

「這是大好時光啊！讓我多享受一會兒。」

「那是因爲你是活著而我已經死了。」

「好！我們去找你然後去吃一頓夜飯。」

「隨便怎樣，只是我不願再回到那邊去。」

「好的，再見。」

「等一下。」

「什麼事？」

「啊，沒有什麼，再見。」

白丑離開電話間回到舞會的場地，看見雷南得坐在角落裡擦拭額頭上的汗水，那一張桌子還圍坐著其他幾個人和薩姬。自己走過來對雷說：「我們要結束了嗎？」

「結束什麼？」

「離開這裡。」

「為什麼？」

「土給色溜走了……」

「我知道。」

「他在田園。」

「讓他一個人去，他喜歡一個人獨處，其實這個世界他認為只有他一個人。」

「我們要去吃夜飯。」

「一定是他的主意，當他無聊時他就喜歡吃一頓夜飯。」

「喂，薩姬，你要一同去吃夜飯嗎？」白丑說。

薩姬端坐在牆角邊，顯得很鎮靜。白這樣問她時，她用那低垂著的美眼抬起來望著他，露出一種淡淡的笑容。

「我們要去吃一頓夜飯了。」雷南得又說。

「我不知道我會吃得下去不，可是我想去，外面的空氣也比較好。」

「那麼我們還在這裡幹什麼呢？」白丑說。

「這個地方已足夠令人厭煩了。」薩姬說。

「假如能夠一年來一次這樣的聚會，可是今天是五年來第一次啊。」雷南得說。

「土給色在田園等著我們。」

「薩姬妳還喜歡土給色嗎？我們要去找他然後去吃夜飯，這是他的鬼主意。」

「我無所謂和誰吃夜飯，我已經和幾乎半百的男人在一起吃過夜飯了，不過和土給色在外面吃夜飯這是第一次哩。」

她說完臉上存著一種笑容。

「我猜想他又喝了許多酒。」雷南得說。

「他永遠是我喜歡的人。」薩姬說。

「過去妳有一個時期不喜歡他，而且爲期甚久。」

「過去我不喜歡的人很多，現在我變得喜歡他們；過去喜歡的人現在都令我厭煩啊。」

「我們走吧！」白丑說。

「土給色是有耐性的人。」雷說。

三個人從頂樓上走下來，在走廊上，白叫了一部計程車，他們坐進去，車子就向街心急駛而去。

土給色沉淨地把他的頭顱依靠在沙發上，身軀成爲躺臥的姿態。他閉著眼睛思索著往昔的日子。那些重疊的灰澀的時光；他生命中唯一的色彩；在那樣的日子中很少有光明在他的眼前出現。童年的貧窮和年輕時的懦弱失意是不可分地相繼纏絆著他，那樣的東西像他的朋友。可是這一些東西在過往之後有時能回味出一點摻雜其中的歡樂，因爲智慧在維繫著他眞正的生命，而眞實和坦白的心使他活著而有一點點生氣。當他幼年在海岸成長時常在海濱玩耍，酷愛著海水的味道。海的味道離這濃的咖啡不遠，所以他想他又已經回到幼年的海濱了。

屋宇的空際又變換了另一種音樂。他無力思索那種的結構，只聆聽到一層一層的和音，像海浪一層一層擁向著他，打擊看他軟弱的胸脯。

一個人不能沒有那些回憶；土給色自己不會忘掉那一次的愛。他看到一個少女向他走過來，在入學的時候；然後他有機會賞識她的彈奏；他走進一個樸實清潔安詳和諧的家庭；他和薩姬坐在窗台上。然後又有一連串的影像閃過腦際；單車環島和郵戳明信片；一個晚餐；一個鬼臉……這時他的肩膀突然披拍動，使他睜開瞇住多時的眼睛，他看到白和雷站在眼前，然後他看到薩姬在櫃台邊與胖女侍談話，她馬上走過來一起坐在那裡。

「你醒了嗎，土給色？」

「我沒有喝醉。」

「現在你是完全醒過來了。」

「啊，不要那樣，我沒有喝醉啊。」

「濃咖啡，你是已經甦醒了。」

「在這裡我經常飲濃咖啡。」

「喂，我們還要在這裡坐多久？」雷南得說。

「有一個人餓了我們就走。」白丑說。

「你們不要咖啡嗎？」土給色說。

「告訴她我要一杯威士忌蘇打。」雷說。

「薩姬，你要什麼，也是威士忌蘇打嗎？」

土給色露著淡淡的笑容說。

她聽到他的聲音就有一種慰安的感覺。這一個人她是不認識的，她完全不了解他，過去她曾與他在一起，那是五年前那樣久遠的時候，但是現在她不認識他，即使在那時她對他也不了解，以致在那個時候她沒有很留心他，可是現在她感覺這一個人很偉大和悲凄。在會場上的第一眼就泛起舊時的一些記憶，他在人群中鶴立群雄使她感到愛慕；那是一種孤傲和坦誠混合的外表先使她產生興趣。但是，他的冷淡使她忐忑不安，好像容易被他那特有的情緒所感染。

薩姬胸中在思慮著一些往事的碎片，企望獲得一絲了解這個冷淡而有禮貌的男人，但是她不能獲取些什麼，她的記憶中他突然的不見是一個同年齡的青年的感情爲她看得太寶貴；她的日子不外是一次又一次地幻想著虛榮奢侈的美夢。當她送他到了門口，看他手中握著一捲畫稿，給他一個背後的鬼臉，然後把門口關上，至今已經五個年頭了。他的外形變得很多，長高和多了一些肌肉，完全是個男子漢的模樣。過去是一個落魄的孩子，現在變成很睿智和英俊，臉容籠罩一層憤怒反抗的情緒。她第一次那樣認眞的瞪眼注意著他，完全爲他的聲音迷惑了。

士給色把頭擺開去，當她正想要回答他的時候。她把話塞住在喉頭中發出一聲嗯音，迅速而羞愧地爲空際中的音樂捲去。他又轉 過頭回來，告訴了她說：

「我爲妳也叫了一杯威士忌蘇打了。」

「我們要將爲一杯威士忌蘇打，」雷說：「而把夜飯延誤了。」

「這裡要比美而廉清靜多。」

「那樓頂間想起來像集合了一群奇怪的動物。」

「那是文明現象。」

「現在除了文明沒有什麼了。」

「還有威士忌蘇打。」雷說。

「威士忌蘇打也是文明產物。」白說。

「喂，薩姬妳那個上校怎樣了？」

「他也是你們男人的一種。」

「喂，土給色，你認識上校嗎？」

「一個立志要當上校的人，我們稱呼他上校。」

胖女侍送威士忌蘇打來。

「他幾乎和她一樣的胖。」

「他的模樣是十足的上校。」

「好了。」土給色厭煩地說。

「你沒有看過他。他是個退休將軍之子，有錢的人。」

「他是你們男人中的其中一個男人。」薩姬說，她的聲音有點顫抖而且好像哭出來的樣子。

「爲男人乾一杯。」白說。

三個男人碰杯時，薩姬獨漠漠地望著土給色沒有被玻璃杯遮蔽的嘴唇。

「我們要走了嗎？」雷說。

「其實我們一點也不餓，要不是土給色……」白說。

「你不想結束今天？」

「對今天我有許多感想，對生命的一天我實在有許多感想。」

「我沒有想到要以夜飯結束今天。」

「我們從來也沒有想到要以任何一件事結束一天。」

「任何人都有那樣的一件事結束一天，只是他不知道。」

「我是疲倦了。」

「你在那樓頂間浪費了許多精力所以倦了。」

「土給色你想走了嗎?你爲何不再提夜飯的事呢?」

「是的,我不能再聽任何一個音符了。」土給色點頭說。

「我們走吧!」白說。

土給色站起來到櫃台去付帳,他們坐車子向西門町一帶駛去。

從飯館出來,白丑和雷南得二個人已經困倦得不能動彈。車子開到士林,二個人下車消失在黑夜中。土給色告訴司機他要送薩姬回家。於是那部小車從新生北路南駛。由窗戶流進一股靜夜的寒流。

那車廂中的土給色沉默不語。回想起來五年前彷彿是昨晨的事,但是生命被苦衷弄得變成一個深沉和膽小而且陌生的軀體。土給色憂鬱地凝視著前方。

他們走下車來,那是薩姬的懇求。走一段路,在幽暗中仍然像路人一樣踱著沉重的腳步。薩姬無論如何想說一句話都枉然。

「晚安,薩姬。」

土給色突然停止前進如此說。她望著他,露著一種譏笑此種情景的淡漠笑容,從她富於表情的眼睛中馬上收斂成哀怨的愛慕。

極度把情感壓抑住的土給色再說了一次那句話,好像在迫著她迅速拿出一隻手來。這在他已經夠了。

她點了一下頭說再見就向前走，他望著遠去的背影，彷彿在校園中望著她的時候一樣，注視她步伐優美擺臀動人，土給色感到痛苦。

「再見，這夜啊！」土給色輕聲說。

在黑暗中他又看到她回過頭來，發覺自己還在原來的地方不動，就舉起一隻痛苦的手臂搖晃了一下，他望著她的痛苦從那舉起的手臂溢出流進黑夜中。

第二天清晨，白打電話給大樓中的土給色。

「土給色你要到南部玩一次嗎？」

「馬來度假，或許你願意一夥人一起去。」

「那極好，讓我考慮一下。」

「明天就得啓程了。」

「中午時分我來告訴你。」

土給色向總經理請假，找了一個代理的人，一個人搭了中午一班車離開臺北。

三

「喂，薩姬，妳看到土給色嗎？」

從床上撐起身體的薩姬疑惑著發生了什麼事。

「我們到處找不到他。」

「有什麼事呢？」

「他在妳那邊嗎？」

「沒有，我還在睡覺。」

「他答應我們做一件事。」

「那是什麼事？」

「旅行的事，是他答應的。」

「爲什麼他會爲這事突然逃避呢？」

「他眞的不在妳那邊嗎？」

「你以爲他會躲藏在這裡？」

「我們想不到他會去那裡？」

「沒有，的確沒有啊，而你們爲什麼會臨時想去旅行？」

「馬到了臺北，所以我們想去南部玩一趟。」

「我希望你找到他……」

直到晚上他們才證明土給色一個人走了。馬和他的未婚妻鐘小姐來找薩姫。他們一同到城內，並且打了一個電話給雷南得和白丑。當他們一同在一處時髦的咖啡廳見面時已經是晚上十時了。坐在那裡馬覺得很高興。

「喂，馬，昨夜是難忘的。」雷南得說。

「我想那是不能否認的事，我盡量爲了要參加而努力，但是直到昨夜才准許我的請假，那個部隊長故意爲難我。」

「五個月像一瞬間。」

「你已經去了五個月了啊！」

「那是荒謬的，五個月就是五個月。」鐘小姐說。

「土給色已經走了，我們打算怎樣？」

「去南臺灣。」

「關子嶺、蘭潭、高雄。」

「土給色爲什麼走了呢？」

「不知道啊。」

「唷，我知道了……」馬說。

「你知道他的去處？」

「不是，我想到他曾請求我做一件事啊。」

「大驚小怪嗎？馬？」

「一件不可赦的事。」

「你想說什麼？」

「五個月前我遇到土給色，在一部南下的快車上，他問薩姬的住址，我把這一件事忘得一乾二淨。」

「你在閒話中才有記性。」

「我對他沒有好感，所以容易忘記有關他的事。」

「我想土給色不要與我們爲伍。」鐘小姐說。

「假如馬不來，這話是錯的。」

「土給色的本性中或許善於記仇。」

「他重視自己的事。」

「他喜歡生命價値論，他在履行生命應有價値這一回事，他輕視肉體，他說他的肉體已經死了。」

「他善於胡說八道。」

「和他合夥能辦成一個事業嗎？」

「那是另外一回事啊。」白說。

「他在某一方面是偉大和睿智的男人。」薩姬說道。

「昨夜情形怎麼樣呢。」馬說。

「有趣。」雷說。

「我們仍然準備去玩一趟嗎？」

「喂，薩姬妳要去嗎？」

「我們坐汽車或搭火車呢？」

一個女侍走過來說白先生有電話，白丑去聽電話一會兒回來時他說：

「土給色在過嶺。」

「他打電話來的嗎。」

「簡打來的。」

討論繼續下去，直至深夜，各自像夜歸鳥一樣分道回家。

那個在今晚很少說話的薩姬起先並不爲土給色的失蹤而驚擾，卻因爲知道了他已經在那裡而憂煩；她不能咒罵馬對土給色的失信，現在卻爲他怪異的行徑所迷惑。她獨自回到家裡這樣思索著。

次日，白和雷和馬和鐘小姐搭火車南下。

四

土給色在過嶺寫了一封辭呈書寄到公司。他把這封辭呈書寄出去後穿過一列樹林來到海邊。在清光中一個孤立的島嶼在太平洋浩瀚的海水之上浮立著。

他像要永停在那沙灘上；坐在柔軟沙地上，四周沒有漁夫，只有那島嶼和他相對望著。

除了沉思他沒有什麼欲望，彷彿思索對他是必需而有用；他想唯有死可以給他帶來一些光明，他的唇角浮著一線自然的皺紋。

但是，他並不想即時毀棄這個肉體來超渡靈魂至一個光明的彼岸，在死之前那生存的苦所降臨的甘樂還未完全降至他的身心。

他知道除了生可以暸解死以外，死不能回到生中來，可是生的一切都不算什麼，當沒有欲望，生和死是沒有分別的。

薩姬在做什麼呢？土給色這樣想著。她將結婚嗎？當她結婚之前或結婚之後，他永遠將都是她的永恆不渝的朋友。

現在他已經解除了欲望和生命的責任；一個不適而又要去將就的職業是生命中最難堪的事，而現生對他來說這一切都已經解除了。當他開始在愛著薩姬的時候，從沒有想到職業艱難的問題，那時以一個天眞爛漫的孩子只求生命的永恆和生命自然的愛。當他離開她時，才開始了解生活的重要和肉體的苦痛，迫不得已把一理想世界棄置，自動地套上鎖鍊，壓抑原始中寶貴的自由。

像他這樣一個人，智慧高超卻做事異常笨拙；他永遠在職業的競賽中是個落伍者和懦弱的傢伙。可是現在他什麼都不要了，自從再看到她，一種痛苦把他喚回到自然中去，自由地思想，解除職業的鎖鍊。五個月之前他對她抱著愛慾，想佔有她，重新愛她，可是一切都不是如此可以預先期望。當她倚立在眼前時。愛慾的狂飆冷卻了，突然領悟佔有她的愛對心靈是一種莫大的侮辱。

土給色想像中的薩姬是五年以前的一個少女；現在她在眼中是個陌生的女人；完全不了解她；她同樣地不會了解你啊。假如她想捉住你，那麼她和你一樣是做了一個大錯誤的事了。但是，我知道，土給色對自己說。你除了她之外，不會再愛任何一個女人了。現在你正在實踐爲了這個不可缺少的愛而放棄了生活的一切。

「你是個傻子，土給色……」

他自言自語起來。那麼讓這愛只存在內心中，不要顯露，也不要看到愛的眞實對象，只要那眞象的影子來維繫……。

他站起來散步了一會兒，深吸了一口氣，感到生命的肉軀在此刻是獲得了解脫的舒服和自由；於是他試著做一種要飛翔的跳躍，從空際中降落時把腳印深深落在柔軟的沙上。如慈母懷抱中的體溫的晚秋太陽，照耀著不斷在沙地上跳躍的土給色，他一次又一次地躍向天空，就像一個發瘋想飛翔而去的傻子。

然後他感到疲乏，注意到衣著在身軀上的累贅，以致把身上的衣服解脫棄於沙地上。他冷靜而警戒地移動腳步，一步一步緩慢地走向海水，體會著肉體與水接觸的快感，每一寸皮膚觸水時的激動。首先是腳底、小腿、膝蓋、大腿、肌肉神經被冷的海水所刺激的痙攣，隨著水深而增加起來，並且令他的呼吸緊促著。生殖器、臀部。啊！那是怎樣的一種感覺啊！使他暫時停在那裡，低頭望著它一半垂吊在水中，他再走半步。就完全把它們淹沒了，感覺移到新臨水面的小腹和腰的地方。當背脊和整個胸部都被水壓迫時，他大大地喘了一口氣。他把頭倒入水中再舉起來竟歡躍了起來，無數的水珠從頭髮垂滑下來，好像他立在一陣大雨之中。

然後他又一步步走回沙灘，赤裸的身軀陸續離開水壓，當他完全站在沙地上時，他望見前方樹林立著一個女人。他的意識先認識了她是誰，再想到他是完全赤裸著身體在太陽光輝下。

衣服和浴巾只在前面三步遠的地方，但是他不想遮掩，停立在那裡沒有動顫一步，他似乎已經失去了做一切事的力量了，被驚愕雕塑在不可移動的土地上。

土給色終於轉身重回到海水中，一直走到胸部能為水掩避的地方。一會兒，簡和他的妻子在樹林出現，偕同薩姬來到水邊。

但是簡和他的妻子只是來告訴土給色，他們有事到宜蘭市去，午飯只好請薩姬動手。離去之前簡又說晚上不能回來。他們走了，海濱又只剩那兩個沉默的人。許久之後，土給色說：

「我是自由了，我是回到自然中來了。」

「我看到了一切。」薩姬感動地說。

「簡告訴了你，我在這裡。」

「昨夜我們已經知道你在這裡。」

「我是自由了，我也把那個鬼職業放棄不幹了。」

「那是什麼意思?!」

「我要回到自然中自由地活著。」

「要回到自然是什麼意思？」

「像以前一樣，意志支配一切的落魄年代一樣，那時我正在異常地愛你，做著我自己認爲對的事。」

「你還祈望繪畫？」

「不是，我已經忘記了那是一種什麼事了，荒廢了五年，我還能夠認識顏色嗎？但事情是一樣的，讓美的思想只留在腦中，不要那種表現的欲望，只有存在的欲望就好，像一個寄生蟲。」

「社會是殘酷無情的。」

「妳當時代表著社會打擊我。」

「也許是，但我打擊你什麼？」

「我的感覺是妳在無時無刻隱藏著一種輕蔑，直到最後一股打擊我。」土給色激動地說著，可是他又冷卻了他的情感。——「也許我就要那種東西，讓我明瞭那是什麼，然後帶著光榮的傷痕死去。」

「我們不是朋友嗎？土給色？」

「許久以前有那麼一回事，我的記憶中清晰地記住。」

「現在也是啊——」

「是的，薩姬，我將要感激妳，永遠効忠於妳，當妳的奴隸是光榮的。」

「但是我不要你有那種思想。」

「除了它們，我沒有其他慾望。」

「其實，土給色你在背棄合理的生存。」

「我的才是合理的，這個世界已經根深蒂固地走不合理的生存之道。我不在乎，我想起來就對生存厭倦。」

「你不想上來嗎？我要告訴你我的事。」

「妳可以在我未起來之前告訴我。」

「我要等你起來。」

「妳還是走遠一些讓我把浴巾圍起來，雖然妳已經看到我的軀體了。」

她走開去，沿著潮水邊緣渡到一個漁舟旁。土給色用浴巾包圍著腰下，他跟隨著也到那個漁舟旁去。薩姬試著想爬到船上去，但是那舷離地甚高，土給色扶著她上去。土給色神經緊張，觸著她的肌膚又使他激動，直到他坐在船艙板上，他自己才鎮靜。他站在那裡有一種難於言語的表情；土給色的手肘靠在船舷上，默默無語。

「他們已經走了。」薩姬對他說。

土給色點點頭。

「但是你不知道他們到那裡。」

「我不必知道太詳細。」

「他們驅車南下。」

「無論怎樣，他們已經是走了，無論何人何事都會回到他們開始的地方。」

「馬說你在五個月前遇到他。」

「我遇到他時，我向他打聽妳的地址和情形。」土給色突然把聲音降至最低沉——「因爲他說你的意志消沉。」

「我們是朋友嗎？」

「只要妳願意。」

「那麼你爲什麼不來？」

「他沒有告訴我妳的地址，他說他要告訴我的，但他始終沒有。」

「你對他生氣嗎？」

「我不想見他，他的模樣和笑容都令我厭煩。」

「以前也是的，這種思想不會一時突然形成。」

「你那時爲了繪畫是個苦幹的人。」

土給色感嘆和微笑，望著她坐在船板上姿態優美，心中想著她是多麼動人的女人啊。

「你不想再那樣幹下去嗎？」

「我的感情和靈魂已經不容我再做任何一件曾做過的事。」

「你還可以講故事，像有一晚你坐在窗台上講狂人日記一樣。」

土給色又像先前那樣苦笑了一次。他說：

「那些故事生翼飛開了。」

「假如我和一個男人結婚你還要做我的朋友嗎？」

「我說過我的許諾。」土給包心中煩亂起來——「妳告訴我的就是這一件事了。」

「我要去找一個男人，和他結婚改善我自己。」

「妳結婚之後妳將變得在我心中更加美麗了。」

「可是結婚也可能毀壞了我。」

「不會的，妳結婚了我可以再喝醉一次。」

土給色眼望天空。

「所以你走掉了，爲了一個無足輕重的人的關係你放棄了一切。」

「那僅僅只是促成的助力，想到這世界有那麼多像他那樣的人就令我沮喪和不安。」

「你以前不是這樣的人。」

「假如你要醉你可以自己做到。」

「意思不同，因爲妳結婚了我在妳的婚宴上喝醉是一個很好的理由。」

他們慢慢走回到土給色衣服放置的地方，從那地方又向樹林走去。

回到簡的屋子，土給色去洗澡，薩姬在廚房做午飯。下午，土給色送薩姬到車站，他們在路旁一棵樹下等著汽車，而汽車許久都沒有來。

「現在你將做什麼呢？」薩姬說。

「什麼也不想做。」

「任何一項職業也不要嗎？」

「沒有一項職業是我做來很感舒服的。」

於是他們不想再說什麼。薩姬心中淒涼，她不知如何來拉攏他的心，即使她的心已經準備給他了，他卻一點不知覺。即使他的心已經給她了，她也一點不知覺。她的心只是被失望弄得異常冷卻。汽車一直沒有來，土給色跑去問一個路人，這次車什麼時候會來，他回來告訴她說還有四十分鐘。於是他們向樹林走去，越過樹林就在沙地上走著，他們再到早上薩姬上去的那條漁舟去，可是這一次她沒有想要爬上船艙。

「你要做我的朋友？」

「是的。」土給色回答她。

「眞的？」

「其實我比妳更加焦躁妳會一日不是我的朋友。」

「我也是那樣焦慮。」

「我們要做怎樣的朋友？」薩姬又說。

「就是朋友，只有時間來判別它的形式。」

「當我要結婚了，你還是我的朋友？」

「我死，我在地獄中或天堂上任何一處都會記住我有一個朋友，他維繫我的靈魂。」

「你過去有許多朋友嗎？」

「沒有，但是他們把我當作一個朋友。」

「你把他們當作朋友嗎？」

「是的，他們是一群人間的朋友，不維繫我的靈魂。」

「你要永遠住在此地。」

「不是，我不能永遠在一個地方，我會離去，當我想離去時。」

「當你要離去時或你到了一個地方會告訴我嗎？」

「我會寫信或打電報給妳。」

「我們有多大的隔膜啊，土給色？」

「我不知道有多大，但感覺它的有在。」

「我痛恨著一些心底中的邪惡情感，我們想去掉隔膜，但不能夠。」

「我想讓它慢慢縮短直到有一天它消失了。」

「我也希望那樣。並且我希望你會很快樂。」

「我也希望妳不要意志消沉。」土給色羞愧地這樣說。

「你是個君子。」薩姬帶著微笑讚美他。

「不要對我說好或壞。」

「你會快樂嗎？你眞會自己快樂？」

「我自己會快樂，沒有人支配我，我可以用手捉來快樂。」

他們又離開那漁舟，回到樹林中。其實土給色在說著他可以用手同樣捉來悲傷。在樹影下她看他的表情有一種隱痛的慘白痕跡留在臉容上。可是因爲她注意他，所以他對她微笑了一下。

「妳要坐一會兒休息嗎？」

「我乘汽車未來休息一下。」

「妳回到臺北就準備結婚？」

「一切都將見機行事。」

「在我的記憶中你曾穿像現在這樣素白的衣裙舞蹈。」

她點著頭。

「那是什麼舞？」薩姬說。——「我常穿著這種衣服跳舞多次，可是忘記了你所說的那一次舞。」

「小夜曲。」土給色說。他背靠著一棵樹幹立著，望著離他五尺遠坐在一棵橫倒地上的枯樹的薩姬。——「妳和一位同班同學合舞，她打扮一個男人。」

她微笑了起來——馬上回憶著那情景，顯出一種謎樣的表情迷惑著土給色。

「你想再看一次嗎？」

土給色點首回應她。

薩姬在樹林中跳躍飛舞，輕盈地在樹幹間來回奔跑著，像一隻人蝶。激動的土給色在她跳舞的時候對她喚著：

「我能夠我要像妳的那位同學一樣與妳在這裡舞蹈起來。」

薩姬像在音樂中舞蹈，而土給色像聽到樹林有一種流動的音樂潛在空際中伴著她。這個舞的終止是她倒在王子的懷抱中，土給色因記憶往昔那動人的一幕以致警覺地飛躍過去，使她倒在自己懷中而不是倒落在沙地上。

她抬頭凝望他，他扶她走出樹林。車子停在路旁，薩姬上車而去。土給色望著車子急駛而去，後面飛揚起煙霧般的沙塵。他直到汽車在一個轉彎處消失了之後回到他屬意的樹林和沙灘，他立著眺望海中的孤島如他同姿地望著他，默默地從它那裡看到了沉晦的日色和降臨來的黃昏，並且看到它在夜色中孤零零悵惘的模樣。

五

薩姬當夜回到臺北，家中有一張電報等著她。她看了電報中簡扼的內容，隨即發現花和禮物擺在一張沙發上，那電報與這些東西全然是兩回事。在花朵中有一張名片，原來是一個年歲很大的學生送來的，他說他已經不想再學琴藝了，年歲似乎已經不容許他有長足的進步，而他表明著他異常敬愛她，甚至於非常地愛她，可是他只請求她允許他保持著一個很好的友誼就感滿足了。

她遵照電報的指示回到臺中，會見父親和母親。而且在那個安詳快樂的小家庭中居然有一個紳士等著想見她。可是她最緊要的事就是馬上打一個電報告訴土給色。

她那樣做無疑服從內心力量的指使，她驚懼自己居然違反了習慣第一次尊敬男人，並且是一個那樣陌生的男人。她的天性中只有男人來對她諂媚的驕傲，但是在檢討中並沒有獲得勝利或尊位的那種滿足，反而，她打給土給色的電報突然在她的內心中昇起一股精神解脫的清涼情感。

那群旅行遊樂的人在一個黃昏中也到了這一個家庭中來；他們只不過順路由日月潭轉來訪問可敬的林先生，異外驚喜的卻是看見薩姬彷彿有意安置自已等待著他們。

幾日不見促成大家格外的親密。那個紳士是臺電公司的高級職員姓曾，他慷慨地請大家在粵菜館吃一頓洗塵的晚飯。

雷南得私地裡告訴白丑說他極不喜歡這個有地位的傢伙；假如他想吞噬了薩姬他會揍他一頓。雷仍存有一股學生時代當太保的牛脾氣，白說他請大家吃一頓晚餐我們盡可能表現客氣些。

但是這一頓豐富的夜飯曾先生做了大家的朋友，他們又去遊樂了整個晚上，大家興高采烈。薩姬表示要與他們一同到高雄去，以致那位曾先生自薦要陪伴著她同行。

其實雷南得和白丑來高雄有一個主要的目的，他們一群志同道合的年輕人，包括土給色，意想在這個南臺灣的城市創建一個事業，發展他們的才能。這是當他們極端被人歧視不得志的時期的一個理想。現在他們仍然處在不比那時更好的環境中。雷去訪他當律師的父親，把自已的一番理想傾吐出來。這二個隔離甚久的父子相見極爲愉快和興奮，而且意外地深獲他父親思考後的讚許，把他會見前深懷懼慮的愁雲，一股腦兒推散消失。然後他和白相偕去訪問一些故友，在奔走和勞碌中只得讓馬帶著他們去遊歷。

他們一到高雄就分別居住幾個不同的旅館和住所，日子很快隨著歡樂而去，在一個午陽燦爛的下午，一群人送馬上車歸營。

「事情有一個著落時寫信給我。」上車時他這樣說。

「當事情有一個定著，我們回臺北再回高雄。」雷說。

「再見。」馬在窗口搖手，他們都展著相處和離別的歡快笑容。

「再見。」鐘小姐說。

他們步出車站，有人建議把下午剩下的時間去看一場電影。可是步出電影院，在黃昏夕照中，薩姬面容憂鬱。在她靜默的外表中，內心是被那電影人物的情感所激動。影像中整個憂傷徐緩的節奏無疑在揭露人性眞實的面目。她想她能接納它的原因是因爲先遇見了土給色——一個現代人的代表人物。在土給色身上與衆人相左的性格中看見比其他人更多的眞實存在著，現在她又會見了銀幕中的弗烈特和湯姆——

弗烈特殺死了湯姆；

在友誼的關係中，

弗烈特似乎是湯姆的奴隸。

爲了愛心情沉重。

會見了她心中就喜悅。

因爲她曾是好友湯姆的愛人。

她戀念著湯姆，以爲湯姆是個負心漢。
湯姆已經走了，沒有消息；
弗烈特這樣說。

帆船要拍賣，
它停在港邊。

他爲殺友心慚，
爲愛情焦躁。
一到舊地——愛人的巢居
弗烈特心中就湧起那哀愁的音樂。
時間堆築愛的屋宇。

他帶著她來到海邊。
當那帆船拖起死屍出現的時候。
薩姬心中浮沉著那電影傷悲的主題，使得她對誰都呈露著冷淡。但是除了曾先生，誰都不關心她這突然的改變。走完一條街道，附近正在建築一間高大的樓房。雷有事想走開去，鐘小姐問白也要去是不？白說是的，白又說會回來找他們的。二個人橫過一條小巷，約定在大舞臺晚上見面。白回頭望著他們三人乘一部計程車駛去，他看到薩姬冷漠不歡的側面影在窗框中。

「我們去那裡。」白說。

「先打電報給土給色說我們已籌畫好了，要他來。」

當二個人到了電信局與臺北的廣告大樓通話時才知土給色已經向公司辭職了，然後又試著給過嶺的他一通電報。二個人走出電信局。

「那是怎麼一回事？」

「我不知道他心中在搞什麼鬼。」

「他會來嗎？」

「我不知道。」

「打電報給他是必要的，但也可能枉然。」

「他會爲了薩姬嗎？」

「從那晚同窗會的晚上起，他像身上附著鬼魂。」白丑說。

「可是爲了薩姬卻是五年前的事。」

「難道像他那樣的人會舊情復發嗎？」

「他搞什麼鬼我們終會明瞭的。」

「薩姬下午在搞什麼鬼?」
「她似乎在戀愛了，但相信不是那個人。」
「我以爲也是。」
「她從同窗會晚上起身上也附著了鬼魂。」
「你還記得五年前土給色是什麼樣子嗎?」
「完全是可笑的樣子。」
「所以我想他會是舊情復發了。」
「我以爲他現在又像過去一樣可笑了。」
「一定是。」
「薩姬也變得神經質般地可笑。」
「整個下午她完全是這個樣子。」
二個人腳步匆匆地穿過人群，爲了一些值得做的事物，竟忘掉了奔走的疲累。
「到那裡去吃飯?」
「隨便，飯後去玩樂一下。」

六

清晨，土給色極早起床離開屋子去找他的寧靜和安適，他想忘記一切所學的東西，忘記曾經降臨他且帶著威脅的種種事物的記憶；這些滯緩艱難的練習從忘記他的年齡開始；他在樹林中長久時間的散步使他隨著勞累之後帶來一種奇妙的效果；無人約束管轄的悠閒眞是他許久以來所渴望而至今才達到的，被生活和社會制度的煩擾迫使他趨回原始的自然中。他眞願意未曾學習過任何事物。一誕生就在這自然中活著，除了本能以外他沒有接觸過任何訓練。可是土給色精神和肉體的外型完全附著各種磨練過後的不可滅的形跡，他因此厭惡他知道的不是做爲一個自然者的一些事物，現在他艱苦地想從那訓練的過程回到原始，回到一種他想像中不可笑的程度，宛如他在樹林看見的鳥或在水中望見的魚，只有生存的智慧而沒有造作的各種可笑的舉動。他多麼卑視那種違背心願的舉動，那種想從中獲得一絲利益的行爲。從小他就看到了他的父親有這種行爲；起先他的父親還能保存著在貧窮之前的高傲態度，可是終於被壓倒，他開始寫著一些借款的字條叫年幼的土給色拿到一個鄉紳家中去。土給色在途中不禁爲他的父親感到羞恥，他認識的極少的字彙還能稍稍了解那字條中懇請幫助的可憐的措辭。他在門口徘徊！膽怯和羞恥令他不敢叩門，然後他鼓起憤怒的勇氣走進去，那人問他是誰的兒子，他躊躇不敢回答，可是又深怕他的不語的失禮態度毀滅了要完成的任務。他羞辱地輕聲回答就逃出來了。他的父親詢問他可有回音嗎？他說沒有。於是他看到他的父親在那種境況中倒下去。當他在中學時代看到他的同學另一種同等的舉動——一種諂媚社會的雛型舉動。閒言在校園像九月的沙塵一般狂瀾飛揚。在那種神聖的地方，教師們用無用的文字傳授給無知童子，在那裡土給色無比的純眞被歧視，因爲他是個學業成績低劣的學生，他認定毫無前程，一個不合群孤僻的壞種。可是他在痛苦中滋養自己的願望和才能，他的無比痛苦的精神使他趨向渴望藝術的滿足。同時他也渴慕接近異性。他在默默中度過求學的年代，除了幾個稍能同情與器重的朋友，誰也不知有一個土給色活在那個時代中。幾乎在過去的歲月中，他都在觀察著左右人類的虛僞行徑，直到他在奇異廣告公司獲得一個不重要的職位爲止，他仍然是個如此寡歡和憂鬱的角色。雖然如此，他那激昂凜烈的性格時常與人衝突，之後他在深恨中隱退。這些積壓的情感使他厭惡自己的生活方式，他渴慕一種自然的本義生活，要是遇到機會他會斷然隱退下去，即使令他達到僅僅是一個片刻。然後他對薩姬的舊情使他實現了這個理想。

土給色是飲了最苦的人生之酒，他被愛與慾望的痛苦刺激得變成一個呆癡僵硬的人，冷寂的外表包裹著對愛與生命激昂的熱情，因超越了那種程度以致無能表現，猶如裴特拉克所言：說的出熱度的火，必定是極柔弱的火。也像悲哀使母親妮婀貝因喪失七男七女而化成頑石。因爲深愛她必得遠離她，這是土給色給愛的定義的一種至高的表現。他因爲酷愛藝術所以與藝術隔離了。把一切都拋棄只尋得哲學來。當生命不能顯赫飛黃騰達，只有抱著悲哀到一個孤冷的哲學境地去。那種清湛如葡萄汁的思想奉你爲王子，以思想爲快樂，像一縷青煙把思想昇華至碧空。

他累得再往前走，沿著海岸的樹林已經走了許多的路程；他感覺地勢是在一種轉彎之中，從他清晨出發方向已經改變了。在鬆軟質地的土地上不容易找到有青草叢生的地方，除了木麻黃樹林和它乾澀的落葉。困乏中他不再有任何煩擾的思想。他需要睡眠使肉體的疲勞恢復，於是他就仰躺在一件外衣上，枕著一根廢木睡去。

醒來後他確信自己曾從搖曳的樹梢處漫遊天空，他感到一種清新康健的滿足。回到家裡，他驚異看大地處在一種窒息的靜寂中，簡和他的妻子都在什睡，他知道自己是餓得很厲害了。

土給色躡足地潛至廚房，他小心地提防著自己不可弄出一點響聲來，但他卻把一杯急待喝下的牛奶從櫃台上翻落在地板上，他自己像從夢遊中驚醒，感到這是一天中，甚至一生中最大的快感，身心的一切煩憂都被那清脆的打擊聲驚散，他隨著擺臂微笑起來。然後看到從甜蜜的午眠中驚醒的妻子止步在門框中，土給色猶如負罪的童子靠在櫃台邊，顯出一種異樣靦腆的態度，那個女人被這屋宇中的情景迷亂了，竟說不出言語來對待這個童心的成人。

土給色蹲屈著拾起地板上瓷杯潔白的碎片，那些葉片都在雙手中托著，這種拘謹的舉動竟迫使他無法站起身來，他的感覺竟又回到世俗的環境裡。那女人被他的舉動引發得發笑，笑聲打破了碎裂聲響後的空寂。

「你去那裡？」簡的妻子說。

「海灘的樹林。」

「整個早晨？」

「我在那裏睡著了。」

「你睡在樹林裡？」

「是的，直到剛才回來。」

「你像一個太富幻想的孩子。」

「我打擾妳和簡嗎？」

「沒有人能驚擾他。」

「我抱歉打破了它。」

「你餓了嗎？」

「是的。」

「我想你是餓得發抖。」

「或許是。」

土給色望著自己的雙手。那女人就在這時候給他準備午飯。他走出去把手中的碎片丟棄在廢桶中。

另一個極早的清晨，當東方的曙光剛驅散稀疏的黑暗，他出發到他遊樂的樂園——海灘的樹林。他佇立在水邊呼吸從海洋吹來的清新氣息。貪慾著寒冷的空氣。海中的孤島喚起如夢的故事，當他在海洋中看見一隻航行的漁船時，引起一種歡躍的喜悅。他向漁船招手，船靠岸了，漁夫不認識他，但他的熱誠感動著漁夫。

「早呀！先生。」土給色說。

「你是陌生人。」漁夫說。

「是的，我也第一次看見你。」

「你也是漁夫嗎？」

「我不是，我請求你搭乘你的船。」

「我要到龜山場的附近捕魚。」

「正是，我要去看那島。」

「我的船太小，僅你一個人嗎？」

「只有我，我給你報酬。」

漁夫把船撐到岸邊，跳下來扶穩被浪潮衝擊著的小漁舟，土給色從船尾開濶處上船，漁夫推船後敏捷地爬上來。漁夫黑色短褲爲水濺溼了一塊貼在腿肉上，顯出一片晶亮的顏色。

漁舟離開了岸邊的浪湖潮後就在節奏中平穩地划行著。土給色坐在船首望著湛藍的海水，晨曦上升得高了，把海洋和島的半面灑上一層金光。並不是沒有浪，它卻像土給色心臟的躍動。他回眸看到岸邊的樹林在陽光中和手和漁夫臉上的笑容。包繞他周圍的單純的事物，卻帶給他一萬個喜悅和想像。漁夫停止搖槳，開始拋下魚餌，銀色的繩滑入水中，像被海水吸進。漁夫雙手忙亂，但表情安靜，他告訴船首的土給色：假如他不急著上岸，到了中午攜著魚去買醉一番。

晚上，他回到家接到薩姬的電報。過一兩天他仍然在這種陶醉的生活中接到由高雄來的雷南得的電報。

七

飯後。晚風從海上吹向這個明亮可愛的城市的時候，白丑和雷南得到了大舞台。那個下午，他們看見薩姬像附了鬼魂，而且也猜測遠在過嶺的土給色同樣附了鬼魂，他們打電報給他，知道他已經完全脫離了廣告公司。走進了舞廳，看見曾先生和鐘小姐在舞池中跳舞，角落上薩姬獨坐在位置上沉思，她的面前光潔的桌上立著一杯威士忌蘇打。白丑看到薩姬抬頭發現他們走近來，從她的眼睛看到那動人的迷離。從那裡看出生命停滯在一種混沌中。

「爲什麼？」

「我吃不下。」

「你心情很壞嗎？」

她點頭。她的笑容加一層地證明她的確心亂如麻。但是她說——

「你們去那裡？」

「打電報給土給色和簡。」

「我也應該打給他。」

「但是妳沒有告訴我們土給色已經向公司辭職，因爲我想妳那天——我們啓程的日子，妳到了過嶺。」

「你要責怪我嗎？」

「不。」

「土給色很奇怪。」

「他怎麼樣啊。」

「他一個人在沙灘，像世界僅有他一個人存在一樣。」

「吃完了飯嗎？」白問薩姬？

「簡和他的妻子怎麼樣。」

「他們那天去宜蘭。」

「土給色到底是什麼模樣？」

「那種情景我要怎麼說呢？」

「妳到底看到了什麼？」

「我看到了……他的心和肉都赤裸著……」

「那麼妳下午到底怎麼樣？」

「下午那電影我感覺很傷悲。」

「我們也是，可是那與我們毫無關係。」

「妳要跳舞嗎？」白說。

「我很疲乏。」

「來罷，振作一下。」

她站起來，然後和白去跳舞。鐘小姐走過來，後面跟著屢屢回頭去看薩姬的曾先生。

「痛快嗎，鐘小姐？」雷笑著說。

她搖著頭回答他。

「快樂極了。」

「妳吃了飯嗎？」

「我們吃過了。」

「但有一個人沒吃。」

「誰？妳——」

「不是。那邊那一個。」

「白。」

「不是。」

「她自己不吃的，曾先生好言勸她都枉然。」

「她到底怎麼樣？」

「我不知道。」

「當她做出那種樣子時，不要理會她，越理會越糟糕。假如你們不勸她吃，她或許會吃一部分，可是你們煩擾了她，她就更加厭惡去吃它。」

「我們沒有煩擾她什麼。」曾先生抗辯道。

「我知道。」雷說，帶有一種奇怪的表情。他隨即站起來對鐘小姐說：「我們跳跳舞如何？」

曾先生獨自在那裡異常苦悶，舞池中的人好像故意不回到座位來。而那四個人，就是舞池中二對的男女，開始注意到他飲起酒來。當他們回到座位上來時，曾先生禮貌地請薩姬跳舞，她說她倦了。

她這樣回拒他已經有好幾次了。他很難堪所以又飲起酒來。首先他還有一絲僞裝的笑容，漸漸他就冷沉和不悅起淶。雖然如此，他和鐘小姐再跳了一支舞，回來時，鐘小姐說他醉了，於是白冷靜地說早點回去休息，這就引起他惱怒了起來。

「喂，你們在搞什麼鬼啊！」

「你喝得太多了。」雷說。

「你們在排斥我嗎？」

「你胡說八道。」

「喂！薩姬。妳母親是怎樣的一個人，而妳是怎樣的一個人？」

白帶著薩姬走開，在舞池中，薩姬對白說：

「你和雷帶我們回去。」

「好的。」

「你和雷也住在旅館裡。」

「我不是個傻瓜，」他在角落咆哮著：「她母親是誠意的，而她卻是不誠意。」

「不要在這裡惹事。」電拍他的肩勸阻道。

「你們一群都是流氓。」

「請你自抑著自己。」雷又說。

「我自抑著，你們就得餓死了。」

雷站起來，迅速地給他一拳，他倒在桌子底下掙扎著，許多入圍過來問到底發生了什麼事，鍾小姐說他喝醉了。他自己爬起來，搖擺著身體並且彷彿向空際揮了報復的一拳，雷再一拳打在他的臉上，和剛才同一個位置。這一次有人來勸阻雷，並且有一個人把曾先生扶起來。現在他挨了二拳之後清醒了許多，他用手巾擦著他臉上受傷的位置——左眼似乎在流血，然後他走了。

他們無心再玩下去，就離開那個地方。他們決定到另一個旅館去住一夜，爲了二個女人需要保護二個男人也住在同一旅館裡。在途中雷南得問薩姬道：

「薩姬妳母親怎麼樣？」

她沒有回答出來，事實她不能回答這個問題。

「他爲什麼要說妳母親呢？」

「妳母親在爲妳覓個丈夫嗎？」

「似乎是這樣，但是我對他沒有好感。」

「那麼你對誰有好感呢？」

她保持著沉默，但那種態度並不是不回答，她反問道：

「你到底怎樣終於揍了他呢？」

「他侮辱了我們。」鍾小姐說。

「他怎樣說？」

「那一句話異常難聽；是我所聽到的最可惡的一句話，」雷說。

「他說了什麼？」

「大概的意思是乞丐。」

「他說我們是乞丐嗎？」

「那意思確實是如此。」

「他爲什麼要那樣說是因爲你先激怒了他？」

「主要的原因莫非是他已經付了不少錢了。」

「活該啊！從那一晚起，他就是活該。」

第二天清晨，一夥人回到原來的旅館去，恰巧在走廊邊遇到曾先生。他的裝飾是戴著一副有色眼鏡。他走過來和一夥人打招呼；他說昨夜他很抱歉。鐘小姐吃吃地笑起來。他說他要回臺中，可是在離去前要和薩姬說幾句話。薩姬跟著他走進旅館餐廳。

「你有什麼話啊。」

「妳看不出來嗎？」

「你想說什麼？」

「我們沒有好好做個朋友很可惜。」

「你自己弄糟了的。」

「我要回臺中，我不喜歡那二個男人，妳要一起回去嗎？」

「我不想現在回去。」

「我將向妳母親說什麼呢？」

「你昨夜到底說我母親是什麼？」

「我很抱歉。」

「我不會在最近就回到她那裡。」

「你還要住在這一個旅館嗎？」

「不一定。」

「我已經和他們結帳到今天。」

薩姬立起來，去找他們。他們送曾先生到車站，一直到他上車他都沒有把太陽鏡卸下來。他走時有笑容，那是一個正常的人所擁有的禮貌的笑容。

土給色在這天晚上來到高雄，惟有薩姬去接他；她到車站時。他已經候在車站前廊。他們握手和交換著一絲隱情的微笑。之後，他們乘一部計程車順中正路而下，由圓環再向市區而去。到愛河上的那座橋，土給色被夜色迷住而想下車散步。他叫計程車停下。於是在夜色優美，樹木默默的寧靜河邊緩慢走著。薩姬在他的身旁有一種欣悅的情感昇起，他想說出一些話語，卻不能說出來，好像被周圍的氣氛封住。並且她知道那些話要說還太早。到了一個電話亭，土給色請薩姬打電話給自己和雷。他背靠著玻璃窗，望著她拿起話筒和對方說話。

「告訴他，我已經到了。」土給色低聲說。

「他已經到了。」薩姬說。

「我們在愛河邊的一個電話亭。」

薩姬照說一遍。

「我想散步。」

「他想散步。」

「爲什麼呢？」薩姬轉頭對土給色說。

「坐了一天的火車。」土給色說。

「他說不要太遲。」她又抬頭對他說。

「我盡快地去找你們。」

「我聽到妳附近的一種低沉淺聲，那是他嗎？」話筒裡這樣說著。

「他是誰？和你說話的？」

「雷南得。」

「告訴他，我們就從這裡走到那裡。」

她把話筒掛上，走出電話亭。

「那一年我騎單車到此地時是春節的前一天，我記得寄給妳一張明信片。」

她點著頭。

由於她承認那些往事之一，他相信她會承認全部往事，所以土給色又恢復了緘默。晶黑的夜和樹影襯著她姣美的臉容，他清晰地看到她臉上的睫毛，彷彿有一次，當一群學生由老師帶著到北投參觀教學時在火車座位上，土給色離她很近；他坐在她的對面，看見她的睫毛在顫動。他與她談起他的家世——「我的父親已經去世了，母親是個慈藹有偉大精神的女人。」土給色曾這樣說。

那樣走著，彷彿一對情深的愛侶。薩姬想到男人在思想上的變化就像人們談論起的女人在外觀上的改變。她不知道最終土給色的思想是否能成爲一種偉大靈魂的象徵；現在卻頗以爲他的思想具有一種魔力。

與她相處，使他能忘懷過去。但是他不能找到一絲一毫可以把現在和過去接繫的地方，他的沉默無非是在煩憂現在所立處境的孤單。而她的腦中認爲以他爲友是一種莫大的慰安；他像大哥身分一樣有種冷漠的尊嚴。

眞的，他們即使可貴地獲得頃刻的在一起仍然沒有生活所具備的情趣和庸俗的尋樂。只有一種感覺侵入，像屹立在異境的高山，眺望廣漠的原野和樹木，突然對生命有一種啓示。這個時候，心靈要由啓示獲得解脫，不是以玩樂來生命的餘年。

土給色細心地傾聽她說這幾日的生活情形；像聆聽一則故事時一樣保持著極度緘默以免阻礙說者的順利。最後的結論是，那人走了，他是失望了，我不能給他希望。薩姬說。

「你愛過其他女人嗎？」

在結束了她的訴說之後，她問起土給色。

「沒有。」他望她。——「但像浮萍一樣遇過，沒有記憶，只留存一些疲乏和痛苦。」

「是怎樣分開的？」

「我的心偏狹，我不能容納她們。那種在生活中覓求永恆的途徑竟大大違背她們生活的規律和秩序。你知道。人類是分幾種各不相同的規律和秩序在生活著。她們在一段時間之後會提出精神虐待的藉口與你仳離分飛。」

「不和諧的生活是可怕的。」

「人們應了解不和諧的自然性。」土給色再說：「我們不要太遲去找他們。」

「喂，土給色，你爲何要尋求憂鬱。」

「我？」他望她。——「它自然地來；一種瘋狂的結果。」

他們已經離開了愛河往市街走去。路過一個街亭突然有人向他們招呼叫喚；土給色看到白丑穿著整齊從位置上站起來，雷與另一個女人坐在位置上。土給色挽著薩姫走過去。

「好嗎？」白說。

「好。」土給色說。

「你好嗎？」土給色說。

「我們在等著你。」雷說。

「那是鐘小姐。」白說。

「妳好。」土給色說。

「薩姬妳帶他到那裡？」

「他帶著我。」薩姬指著土給色說。——「他選擇的，在愛河一帶散步。」

「那裡是自殺的聖地。」白說。

「那裡水髒得像一種黑色的漿液。」雷說。

「夜是美的。」土給色說。

「我知道爲什麼你們要選擇露天的咖啡座。」薩姬說。

「室內是太溫暖了，而露天有風和星。」

「露天有著流行小調。」

「你覺得怎樣，土給色？」

「很好，我喜歡這裡。」

「五年多以前你像個流浪漢騎一輛舊單車來過。」

「那是春節前一天。」

「事情怎麼樣了。」土給色說。

「我們的計畫到了南臺灣有一點改變。」

「到底怎麼樣？」

「白的建議，由我父親當董事，開始時由他主持業務。他畢竟有他鞏固的社會地位的力量和各方的朋友，而我們需要這種助力來長成事業。」

「比我想像得更加具體啊。」土給色嘆道。

「明天我們去訪謁一個投資者，我父親的朋友。」

「這就是一切？」

「是的。看了投資者後我們回臺北把一切搬來。」

「我們有多少人？」

「我不知薩姬願意幫助我們否？」

「必要時我要放棄鋼琴。」

「不。」土給色說。

「妳可以繼續，」白丑說。——「我們是朋友，昔日的同學，你到高雄來，我們會快樂的。」

「五個人。」雷說。

「我們去喝一杯。」

「我們找一個地方爲我們的事業喝一杯。」

「簡怎麼樣？」雷問土給色。

「和妻子廝守一起。」

「回臺北後去看簡。」

「他不應太早結婚。」

「我們去喝一杯爲我們的事業。」白丑說。

「在這裡可以隨意喝一杯。」

雷轉身去告訴一個經過的侍者要五份雞尾酒。

「到過嶺和簡暢快喝一杯。」

「剛才你說什麼，雷？」鐘小姐說。

「我忘掉了。我大概說簡不應太早結婚。」

「你要住在那裡？」薩姬說。

「喂，我要住在那裡？」土給色說。

「你心裡存著什麼事啊？」雷說。

「在事業之前不要有其他的煩憂。」白說。

「那不關你們的事，也不關我們要幹的那件事的事；那是我自己的事。」土給色說。

「你要住在那裡？」

「是啊，我多快樂，但我在那裡住一夜？」

「到旅館去。」鐘小姐說。

「你們二個人在那裡住啊？」土給色說。

「現在爲我們的事喝一杯吧。」白說。

「你自己要怎樣決定啊？」

「我記得，過去的歲月中，合睡成為我們一種不可少的習慣，但是今晚我要分開。」

「不要為這事操心，你自己決定。」

「現在我要去休息了。」

「你陪兩位小姐去旅館好嗎？」

「你們不去？」

「我們在這裡或到別處去喝酒。」

「我送她們去我再來。」

「好的。都是男人的時候一切要方便些。」

土給色在大路旁叫了一部汽車，他和二個小姐上車，並且車子迅速離去。

到了旅館，土給色打電話給雷說；他不想再回到街上的露天咖啡座去，他疲乏得不能動彈。

八

隆冬的時候，一切像沒有進展；土給色回到過嶺，薩姬和一群朋友們仍在高雄。其實，一切都急遽地改變。土給色心地偏狹不能容納偽善的人與他的生活和工作發生關係；他們的唯一的投資人楊小吉垂涎薩姬的美色，他極難堪地竟受這樣的人的支配，雖然他並不妒嫉這一切的情形。一個令他無心創造工作的環境所給他的痛苦迫使他回到無工作的隱居地去。他告別他們，祝他們順利，但友誼是存在的；他終於又回到了憂鬱暢流的地方，在隆冬來臨不久的時候。

這樣子像開始時一樣隔著一段遙遠的距離。但是當薩姬有朝一日突然猛省那是一種錯誤的延續，厭煩得要蒼老憂鬱的時候，她訣別了一切，獨自溜出來投身在一個無人知悉的旅館，身無分文，沒有旅費，等待著救助。

「喂，土給色。」

「薩姬！」從遙遠中傳來這個喚叫的聲音。

「土給色，我愛你。」

「妳發生什麼事，愛人？」他萌起一陣新生之感。

「你以前從未這樣稱呼我。」

「愛人，愛人，愛人……」

一連續低沉的聲音；興奮透著感傷。

「給我說個故事吧，像以前有一次你那樣做；在窗臺上坐著，你一片純情。」

「歲月在呼喚妳啊，回歸我的身旁；我在呼喚妳，把歲月推開；現在，我們不要歲月了。」

「我知道那是什麼緣故了；你變得如此冷淡；我的鬼臉。」

土給色停滯片刻，思索那是怎麼一回事，雖然那樣熟悉卻很迷惘——。

「現在失望已經過去了。」他終於說道。

「你會來嗎？來吧，土給色；愛人。」

「好好，我會去。」

「我們不要分開。」

「是的。」

「你在哭泣？」

「沒有——」

「我第一次聽到一個這樣偉大的男人的哭泣。」

「不要說我偉大那類的話。」

「在我的心目中我私自感覺著。」

「這世界上私人的東西不能被承諾。」

「我們僅有的只有私人的東西了。」

「我沒有哭泣，愛人，我沒有。」

「我聽到你的泣聲。」

「那不是的。」

「我希望你好好地哭一場，哭後過來把我帶走。」

「我的確沒有哭泣。」

「不要騙我。」

「好，我不騙妳；我因爲喜悅而流淚了。」

「我也要哭啊；把歲月送走。」

「它們已經走了；剛剛走了。」

「它們的形態是苦悶憂煩。」

「它們終於高高興興地走了。」

「土給色，你那樣的想法眞可笑。」

「愛人，是的。」

「你打算幾點鐘來？」

「晚上會達到的。」

「我到車站等你。」

「他們怎麼樣了？」

「讓他們去，讓他們去成功或失敗，可是我要祝他們順利，只要他們不要理會我就好。」

「好，像那一個晚上一樣，我們在愛河散步，但永不再走向他們，去找他們度日子。」

「土給色你曾想戰勝什麼？」

「妳在哭嗎？愛人？」

「是的，我一下就承認。我體會到你戰勝了什麼？那是什麼。」

「我沒有戰勝什麼；什麼也沒有。」

「你有的。」

「假如有那是一種堅忍的力量從失意中回來。」

「勝利的結果由我來嚐，我嚐到你戰勝的滋味，所以我說你是偉大的。」

「原是一切爲了妳啊，愛人。」

「我身邊連一條手巾都沒有。」

「讓它們流過臉頰落在胸脯上。」

「現在我知道我有的是什麼。」

「妳到底發生了什麼事。」

「沒有，我很平安。一切人都不會來擾亂我了。」

「他們曾傷害了妳？」

「沒有人會傷害我；除了我曾傷害我自己。」

「那麼我要去了。」

「好，你快來。」

「上車之前再給妳一個電話。」

「好的，我守候在這裡。不出去一步。」

「那麼好好睡一覺。」

「我不會睡覺，我等著你。在等候的時候我要想那一個鬼臉。」

「薩姬，妳不要想它，最好睡去，然後我把妳叫醒。」

「我照你的話去做。」

「再見，愛人。」

「土給色——」

「薩姬？」

「你要永遠愛我？」

「是的，永遠地永遠……」

「你不會改變？」

「永恆不渝。」

「土給色，愛人。」

「我要去搭火車了。」

「愛人，坐車小心。」

「請妳放心。」

「土給色，我想起來就一直覺得你是個奇異的男人。」

「妳眞的沒有發生事情？」

「不必擔心，我已經做了最後的選擇。」

「妳很平安？」

「只有情感激動。」

「那麼我可以放心去了。」

「土給色——」

「薩姬？」

「我在旅館等著你，我疲乏著不能去車站。」

「好，隨妳怎麼樣去做。」

「不要這樣說，我很難過。」

「你發生了事情嗎？」

「我疲乏得不能走出來，或許我會睡去。」

「好，你就在旅館等我。」

「你眞會來？」

「我就要啓程了。」

「再見，土給色。」

「妳眞的沒有事？」

「沒有。但是我想我還是到車站去接你。」

「妳要怎樣決定都好。」

「那麼你在車站看不到我，我就是在旅館。」

「總會找到妳，薩姬。」

「我也會永遠等你，土給色。」

「我愛妳才會愛這個世界。」

「我知道我愛你才會快樂。」

「薩姬。」

「土給色。」

「……」

「……」

黑眼珠與我(一)

黑眼珠

我的妹妹，我的學生，我的朋友，也是我的知己。

小妮子黑眼珠是我在發源地公園作畫時的忠誠伴侶。當我聚精會神地對著彷彿住著快樂長鬍鬚老矮人的宮堡的山城風景作著油彩的素描時，她站在我的身後激動地對畫面投下驚異和感動欣悅的眼光。我稍微休息回頭徵求她的意見，那麼她會將兩隻細弱光滑的手臂放在我的肩膀上，潔白細嫩無論在那一個角度觀看都是俏皮可愛的臉容顯著高興滿意的微笑。假如她有異議，她就學著電影中女主人對男主人翁親愛鼓勵的表示；在我的寬濶而有絲絲皺紋的前額輕輕地把她的小嘴唇靠一下，然後害羞地說：

「加深我書房的圓窗戶——」

海浴的日子。黑眼珠毫無隱藏她那幼稚年紀的輕佻動作，毫無顧忌地在沙灘或岩石上奔跳，在淺水處瘋狂地打水，叫我作馬她騎在背上高聲地唱著我教給她的意大利民謠。有時她自動地爲我穿上蛙人綠色鴨腳，她躺在黑橡皮圈上催促我帶她到海中去，直到她認爲離沙灘很遠才肯停下來。游回岸時，她就舞動水油油的雙腿，手臂依然照我的指示做有序的划動，但黑眼珠帶著虛榮故意朝人擠的地方划去而把我當做一條獵獲的大鯊魚在後面跟著。有時她灌我黑麥酒，親手餵我牛肉乾。她的皮膚愈被溫暖的陽光曬紅，她的黑玉鑲的眼珠愈加迷人可愛。她從不自賞她自己的美麗，卻從我之中懂得她自己的美麗……

我像她家族中的長兄從星期一到星期六，像挽著我家族中最年幼的妹妹，在朦朧的清早經過灰色的九份街道靜默地數著石階到山腰的國校去上學；晌午時分我站在三年級的教室門口看著她整理書包向老師敬禮雀躍地跑出來。

黑眼珠，小精靈，我的小精靈。她永遠不停地發問，她永不疲倦地跳著卻卻舞。她常掏出手帕爲我擦去懷鄉的眼淚；我也拭去她扭曲的臉孔上因過度調皮被母親責罵的受屈的淚水。

黑眼珠是我的快樂。黑眼珠她說她的小臉孔完全像我。黑眼珠在安寧靜穆而和平的夜晚，躺在小床上只願意讓我屈身在她純潔乾淨的額上輕吻晚安。

出征日

黑眼珠穿著春節時剪裁適可的黑絨上衣和一條青色長裙，儼然像個小少婦，在那個二月中周圍一切事物都呈現新鮮的早晨，去歡送我們的朋友，那個鼻梁左邊有一顆黑痣膚色黝黑英俊常爲不幸的祖國搥胸懷著抱負的敏雄到軍中去。我們站在車站擁擠的亭下，在一羣激昂吵鬧著微微傷感的男女前面，她的雪亮眼珠對著被親友包圍在路中央的五位上身結著紅緞帶的興奮青年投著羨慕的眼光，然後轉身抬高她的頭朝著我。我知道她要向我說些幼小心中的希望——為這情景所感動的突然的願望。我用雙手去捧她那小女孩清晨特有的清秀面孔回答她：

「是的，黑眼珠——我會因妳而對祖國獻出雙倍的力量。」

黑眼珠抱著我的雙腿細聲啜泣，我也湧起被這小心靈所感染觸動的心酸。

一部吉普車終於要把這五位熱血的青年帶走了。由一支小喇叭一支黑管一支伸縮喇叭和一個舊小鼓組成的樂隊吹起我們的軍歌，這支連黑眼珠都會唱的曲子震盪在每一個人的內心，喚起一陣熱忱。我們的朋友煤礦工人敏雄走到我和黑眼珠的面前和我們握手，他帶著光輝的笑容握著黑眼珠的小手，摸著她的結著一朵白花的黑頭髮。於是我暗示她時機已經到了！黑眼珠從懷裡拿出我們合買的帶鞘的刺刀贈送給他，他感動地唸著刻在刀柄上由我們合想出的一句話，那幾個銀白色的字使我們的朋友的眼睛發著銳利的光芒，他對他的同伴和所有的男女高聲叫著：

刺進敵人的胸膛

為了不幸的祖國

當睡醒的太陽從紫色的水壺山升起，為樹，房屋，人們和道路塗上一層金色的時候，我和黑眼珠還有那些帶淚也帶興趣的人們一起對著漸漸遠去的士兵搖手。黑眼珠中午拒絕吃午飯，晚上她卻要我打扮成士兵的模樣和她不休地跳卻卻舞……

神廟

三月的氣候是如此地適暢，我們的步履多麼地輕鬆。繞過公園的背道，從七番坑的小山丘翻過，綠茵般的山坡蘇家灰色石屋後面，在陽光中帶綠的二隻大白羊仰著俊嚴的頭顱注視著我們，靜默中那矮石牆後面突然拋出帶著招呼含著親善的小石子，它落在黑眼珠的面前又跳進草叢裡靜止了。它使她微微感到驚嚇也觸動她報復的興趣。

「我看見了——小猴子，我完全看見了！」

當我們轉入兩旁有著高大榕樹的下坡石級路時，透過黃褐的樹幹，經過午後燦陽的渲染，金波閃耀的金殿屋頂在我們的眼前顯現。多麼美麗，彷彿黑眼珠睡夢中王子的屋宇。不知是她的心中喜悅或是我的，黑眼珠突然奔逐起來，彷彿剛能跳躍的稚鹿，左右顛簸踉蹌。

「哈——畫家和黑眼珠來了，」

「師父，平安。」

我讓黑眼珠獨自去騎她喜愛的石獅和白象，去看那端坐在金殿中央的釋迦還有羅列在兩旁臉孔粗糙顏色褐黑的羅漢，去對著供桌上的水果和木魚投著好玩的眼光，去尋覓籤紙上她能認識的字，或者向那坐在西房寫字的師父要求一杯淡清的茶水。我則和那臉容平靜灰眼睛中帶著冷漠悲戚的沮師父走進圖書室討論著佛學。

我知道容易厭倦的黑眼珠不久就轉回來，要求去看去年夏末我們贈給廟堂栽植在後花園的石榴果樹。那細嫩的枝幹長高了，越過黑眼珠的黑髮。當大人坐在石凳上繼續討論著那願意有一個結論而終於又放棄它的題目時，她竟沉默地站在石榴樹邊細察它橙中帶綠的枝幹和鮮青滑嫩的小葉……

日色漸晦，誦經的銅鐘震盪整個周圍莊嚴靜穆的黃昏之色。我們離開時黑眼珠並沒有忘記，在方形木箱塞錢。習慣地我們在半山的彎角停步休息，這時黑眼珠緊偎著我，捉住我的雙手。因爲她知道我的眼簾裡又流溢著濕水——那金色屋宇在暮色中又一次觸動我私自己對人間的愁煩……

送葬

明亮的棺材停在帳篷最裡的中央，我們的朋友。二十五歲的曾博昭——九份的乒乓冠軍，敏感多病的大學生，就睡在那長方形的槽裡。蠟一般慘白的臉容顯示出被肺癆和撞傷的痛苦所折磨之後無鼻息的平靜。母親和姐妹兄弟的哭聲喚不醒他了；而那位男子漢，正直公道的父親，哀愁堅定的眼睛不曾移離地注視他的兒子，彷彿在要求著以他的生命來交換他的生命……

黑眼珠收斂平時的歡笑，和我一同參加撒香灰的禮節。當鄉間的古樂，由硬皮鼓領頭起奏，接著震撼的銅鑼聲和黑簫的鳴聲緊湊地鬪人們的耳膜時，一個舉旗的瘦乾中年人首先開頭走出帳篷。出殯了，早逝的生命必須遠離人間的親族朋友；蓋著大紅毛氈的棺材被抬動了，隨著樂隊。午後漸晦的昏陽從一片藍雲裡出來，把紅氈照得更紅，把隊伍灑些光彩，有如對無罪的死者行憐惘的葬禮，預示著天堂光耀的道路迎接人間善良的人們。

沉重緩慢的行列從基山街經過，路旁和門前站站滿了觀看的人們。他們紛紛討論著死者活潑健康的童年；熱烈爭奪的乒乓賽還在他們的心中，現在被湧起了記憶；對於他文雅的好外表發著惋惜的哀嘆。甚至有人在眼角鼻頂間表現出對生命神秘的迷茫和悵惘。走完崙頂，一條平坦的道路通往東方的平靜綠色坟山，這時還在遠處的無數墓碑和抬頭的野草閃著亮光，彷彿在招呼死者。送行的朋友就在這半途停足了，披麻衣的親族嗚咽地跟著棺材漸漸變小遠去，我用手牽著沉默的黑眼珠轉身回家……無力的太陽重又躲進另一片藍雲裡……

春夜

緩慢、溫柔、發著音樂的瑞川流水，映著三月雪白的月光，銀波閃耀。有如我家鄉沙河三角洲一帶的景色，令我想望。

黑眼珠獨自在朦朧灰色的草坡上舞著小夜曲——一個在下星期五母姐會時表演的節目。細瘦的手臂假作著挽紗上下搖擺，彷佛一隻拍翅歡躍的天鵝。她沉默仰首對著我，對著大地的母親——那感傷憂鬱的流水，對著寧靜的天空和微笑的月亮，與她自己小身軀的灰色影子追逐、踉蹌、奔跑、跳躍……

我坐在一塊圓石上，望望河水又望望那舞蹈，我細思我的生命——與黑眼珠動作的哀述相彷佛。一定那月光把我頰上的淚痕照得閃亮，軟絨上的小天使突然神化般不可名狀地舞著……舞著……

嫉妒

我的右眼睛紅腫得像市場賤賣的紅目魚。黑眼珠陪伴著我到外科彭醫生處，和藹可親頷下蓄著一把羊鬍鬚的彭醫生，從庭院的靠背椅站起向我們走來，他微笑著彷彿一位教堂的牧師，他撫摸黑眼珠的黑髮再望望我的眼睛。

「沙眼發炎——不必擔心，它會消去的。」

彭醫生吩咐他的助手——那位蠟一般蒼白的女護士替我洗眼、塗藥、打針。她一切都做得特別緩慢；爲了和我說話，她手中的藥針一直沒有插入我的左臂。

「當然，我會娶一位善照顧的護士做妻子。」

黑眼珠，這小精靈依靠在門口凸著高嘴巴生氣地看我讓護士最後用溼棉紗布貼在眼睛上之後站起來。我笑著喚叫她，她不回答我，我伸手去牽她，她打我的手。

晚飯時，她把自己鎖在書房裡像一位失戀的女人般痛哭著……

摘花

我知道在這初夏中在那裡可以採摘到薔薇花和紫色喇叭花。薔薇我們只要白色的帶回家，紫色喇叭花莖短脆弱容易枯萎，我們會將它插在衣袋隨意丟棄。而它們在九份只有一個地方有，就是傳說中曾嚼過路人的駱駝石下一座孤坟的側旁。

身邊有黑眼珠這路程就變成暢快有趣；她左右環顧，在雙綠中粉白的小徑跳躍前進，和柔的星期天早晨那帶食的陽光照著她的頸背。赤裸的手臂。短裙下走動的腿。紅色的尖頭平底鞋彷彿二隻競賽的跳鼠，交替地躍高俯下。她不停地轉頭回看我，深怕我距離她太遠……

穿過矮相思樹林，灰色石面帶有黑綠霉跡的墓碑在我們面前顯現。它在繁茂粗長的綠野草中像一個縮頭鬼蹤的漢子。但我們馬上爲遍綠中散亂的紫色和紅色所吸引，黑眼珠拉著我，我拒絕——有她我不要花，她用困惑的眼光問我，我說我僅僅只是爲了帶妳來。

不久，當我坐在石泥短牆上仰首對神秘的駱駝石審視時，黑眼珠靜默地來到我的面前，她的衣袋沒有插花；小手失望地垂伸，她那突然間縮小慘白的面容把想要說的都完全呈露。我知道因爲沒有白薔薇，紫喇叭花她也不要。我抱著她走出相思樹林，像從駱駝精手中搶救出來一樣。

「黑眼珠，我們回去。我在妳的畫像裡加上白薔薇花。」

獸藝團

學校的禮堂坐滿了學生，黑眼珠在她的班隊裡，而我坐在一群老師的中間離她有著一段看得見而聽不到說話的距離。音樂聲和吵鬧聲混成一片，直到那位黑皮膚英俊的魔術師吹響著怪異的魔笛揮著銀色的魔杖出現，才吹除掉吵鬧而把音樂單獨留在空氣中，動人地配合著他那閃電似的巧妙的動作。一位男學生被請上臺，於是這近乎神奇的魔術師從他身軀的每一部分——這往往就是引人發笑的泉源，拿出、掘出、摘下許許多多的紅色乒乓，點著的香煙、銅錢……而他從自己的小嘴巴裡拖出幾丈的紙條，各色點手巾，一支我們的國旗和銀白色旗杆隨著各色手巾之後被拖出來……

當一隻小猴子騎著一隻小狐狗從黑幕後走出，全場處在一種快感的鼓掌和爆笑的聲中。然後小猴子跳在三輪車上顯著得意的驕傲；橘色的狐狗卻站在滾筒上戰戰兢兢。可是每當——這是難免的——表演中有些不愼時，剛才那位魔術師就會用一枝細白的柳條打在牠們的身上，迫著繼續表演。可憐的猴子在挑水中、拖車中、舞蹈中不知遭受到多少次責打，那種因痛而鳴的聲音打動了我的心。黑眼珠常常就在獅子被打的時候轉頭沉重的望我，我心中抱極大的憤怒回看她；黑眼珠她是很了解我的脾氣的。

最後兩場，由另一隻較大的猴子騎單車穿火環，比牠身長還低的火環，當牠急速地彎身穿過時，都令我們驚叫起來。黑毛大雄狗低頭從容的走出，從她的傲慢腳步，和故意的繞圈以及朝著架在半空的火環鳴叫，迅速地引起凡是動物被駕馭的苦悶和憤怒。那魔術師揮著柳條暴跳如雷……

小劇場

黑眼珠和我到昇平小劇場去看影片亞森羅蘋的那個晚上，山巓、街道、海洋都奇異的平靜。生意如常。當我們打從吹牛水龍的水果攤經過時，他不在乎踢翻一籠番茄，僅爲了捉住我的肩頭告訴我一項在整個臺灣都極爲平常的消息——颱風晚上在花蓮登陸。他扭曲著大花臉使我相信這次是最猛烈的一次。

外表漆黑怪樣而又派頭十足，座落在山腰廣大垃圾堆旁孤單得像個髒臉襤褸的小孩的小劇場，在窒息的夜色中彷彿黑眼珠幼稚園畢業時我贈給她現在堆在牆角不受理睬的單座斜頂樓房玩具。

我們坐在架設古怪漆著白石灰的樓上第一排。從頭到尾她都興高采烈，時時從銀幕上把視線移到我的側面，再彎轉她的小身軀帶譏諷玩笑的臉容注視著我的端正面，我假如故意不去理會她，那麼她就死盯著我常眨個不停的眼睛。但我感到興奮和滿足——她的快樂就是我快樂的泉源；原來那個瘦削聰明古怪花樣百出的巴黎大盜酷似穿著那時巴黎時裝貼著鬍鬚的我。

「多麼一樣，眼睛、鼻子、輕捷的腳步——」

散戲，整個黑夜包圍中的街市有著可怕的騷動。

夜半強風和大雨有如破壞脾氣的狂亂的酒鬼，它使整個九份震動。它令我不能成眠的心顫抖。

第二天早晨有許多人冒雨來告訴我們，那黑色可憐的小劇場是如何地支離破碎。午後雨停，我和黑眼珠去看散亂在垃圾堆上的小劇場的木片、梁木、斜屋頂、銀幕……帶著微微的愁情……

媽祖生

我接黑眼珠從學校回來，在基山街遇到剛從宜蘭駕歸的天上聖母媽祖金身。今天是祂的生日，善男信女請祂回到嶺背的金殿那五月陽光中閃耀的黃色大屋宇。

吹樂舉旗的樂隊在前面領路，黑色喇叭的叫嘯音樂撲向夾道觀看的人們面孔，緊湊的鼓聲和那大銅鑼的金屬聲音震撼整個谷中的城市，它在熱烈沖天的鞭炮聲中有序地響著在雞籠山和七番嶺的回響之後。端莊聖潔的媽祖帶著金冠著黃色的錦衣坐在方形的轎裡，由八個男人抬著隨在樂隊之後。開店的商人妻子全身一派乾淨雙手揚著線香枝眼望著祂鞠躬默拜。當背著網袋手中拿著線香枝不斷地與路人交換的虔誠的信徒隨著媽祖金身向公園路走去時，我和黑眼珠參雜在前往金殿供拜的婦女群中，彷彿也是這熱鬧的隊伍緩緩走去……

廟前那坦平的黃土地面燒著一爐青火，四周已圍擠廣大的群衆。那座轎現在有如浮在海上突然地搖擺震盪起來，那八個人彷彿踏著舞步在廟門前前進退後，反覆地走著。這時鼓聲連天，音樂聲和銅鑼和鞭炮聲和香火也和人們的精神一同混合昇華，直到那頂轎，直到媽祖金身走進祂的屋宇。

晚上沐浴後我和黑眼珠還有她的家人吃著豐盛的晚餐，飯後我們沒有讀書，因爲黑眼珠喜愛我也喜愛，我們被布袋戲的開鑼聲所招喚……

展覽會之畫

黑眼珠，把高木椅抱前來，按穩它，可別使我跌下來。我怕我僅憑著默索爾斯基的音樂所作的假哈特曼的水彩畫要使妳因它的拙劣而發笑，但妳似乎懷著歡悅的心情等待著我對這戲劇似的遊戲的指引。當那張像大黑油餅的唱片安放在唱機裡之後，我們退到書房門口，彷彿準備進入觀賞一個久已期待的展覽會。

廣濶的俄羅斯旋律。讓妳猜吧，爲什麼我在笨拙舞蹈著的侏儒雙頰塗著厚厚的藍色？當然堡前遊浪抒情歌人完全像我的自畫像。我們立在都里瑞斯風光畫前，跟隨著音樂，我哼保姆的喝止聲，黑眼珠學作歡悅叫聲，轆轆的牛車，奇異而怪想的未孵出小雞的芭蕾舞。

「從我的屋子滾出去，別再碰我的女兒，假如你是個猶太人！」我學作粗暴而傲慢自負的肥胖的猶太商人對她呵責。

「太陽可以變黑……啊，你也是個猶太人……」黑眼珠說。

里芒吉斯市場爭辯還價的婦女和九份市場腰部臃腫高突厚嘴唇的婦人無異。燈影幢幢的墓窟。不必皺眉頭只要把現實稍微變形，那麼不難瞭解這張全染成陰森暗黑色的畫——棲築在鳥禽腿上的小屋，和在空仲飛行覓尋人骨的女巫。基輔城門倒了，我們又回到書房門口。音樂終止。

黑眼珠那慈祥高尙的母親在廚房等著我們，我完全知道她在把粉條送進口裡之前默默不樂的原因；她那敏捷的心靈在對我們曾看過的臺北市的畫展感到困惑和懷疑——一種無旋律的塗色遊戲給視覺的厭惡和內心的失望。

暫別

乖巧的黑眼珠最後替我結上那條黑綢布做成的領帶，退後幾步斜著小頭顱賞視著我，那種微笑注視的眼睛和讚美的口吻，使我的記憶拉到姑母在世我還是孩提的時候，她在我身上從不曾疏忽過什麼，也不曾忘記爲我的滿足所作的讚美。黑眼珠長大一定像我的姑母；我的臉孔是像姑母；我的臉孔是像我的姑母的，黑眼珠她曾說她完全像我。

最快三天最慢一星期，只要去看看姑母給我的田產，通霄村莊那些誠實高大的佃農，是否在春耕時節因酗酒而誤了播種種子，或是插秧時找不到挑秧苗的工人而延誤播種所操的吉日。其實這都不必擔心，他們都非常敬重我，原因是姑母過去對待他們好，往往減少田租，爲了他們小孩一年一年的誕生。可是我必須去，那是他們的好意，他們不願令像我這樣單純的主人錯過春耕敬神所做的封燉嫩白雞和糯糍……

黑眼珠的母親已經把我在村莊要換的衣服和用品都裝在褐色小皮箱裡，還有午餐，用一個精美的鐵盒子裝著。當我們向路尾舊道的汽車站走去，路過白色的天主教堂時，剛好星期天的彌撒，少數的教友們在唱最後一首讚美歌，和平安詳的歌聲使我周身感到溫暖。黑眼珠和她的母親好像送著親生的孩子和血親的哥哥去旅行，在我的身邊一路上不斷地吩咐和叮嚀……

這樣的分別是沒有痛苦的；黑眼珠的眼裡沒有淚。

「再見母親，再見黑眼珠——我會帶回來早熟的葡萄。」

信

黑眼珠：

中部的太陽非常熱烈，正如他們招待我的。他們的確缺乏挑秧苗的工人，我穿著佃農的黑短褲和他的美麗女兒比賽挑秧苗；第一天次數的比較是她四十我二十八，第二天她四十我二十，第三天她三十八我只有七。妳要知道最後一天竹做的擔條一靠上肩膀就使那紅腫發痛的部分特別敏感起來，吃點心時，他們就當笑料一般談論著。

爲了在這三天農忙之後，老佃農才有空做竹皮籠子和砍溪邊的青竹筍以及摘葡萄，星期六黃昏我方能到家。老佃農的女兒陪我去看姑母的坟墓，我痛哭流涕。還有趕快叫母親向木匠阿伯訂做一個狗棚，我爲妳帶回一隻一個月前才生的白皮毛的獵狗，牠有一對聰明的眼睛和直立的耳朵，這三天牠已和我很熟了。　祝

妳和母親快樂

武雄

一九六二，夏

七等生生活與創作年表

七等生　自撰
張恆豪　增補

一九三九年　出生於臺灣（日據時代）通霄。原名：劉武雄。父名：劉天賜，母名：詹阿金。在十位子女中排列第五。

一九四五年　臺灣光復。

一九四六年　進通霄國民小學就讀。父親失去在鎮公所的職位，家庭陷於貧困。

一九五二年　考入省立大甲中學。父親逝世，家庭更加窮困。

一九五五年　中學畢業，考入臺北師範藝術科。首次接觸海明威作品《老人與海》和史篤姆的《茵夢湖》。

一九五八年　因學校伙食不好，在學生餐廳用筷子敲碗，爲了好玩跳上餐桌而遭致勒令退學。兩星期後，由洪文彬教授作保復學。隨後因教材教法不及格重修一年。讀《諸神復活》（雷翁那圖、達文西傳記），惠特曼的《草葉集》，愛不釋手，在學校舉行個人畫展。

一九五九年 師範學校畢業。分派臺北縣瑞芳鎮九份國民小學當教師。

單車（腳踏車）環島旅行。

讀海明威作品：《戰地鐘聲》、《戰地春夢》、《旭日東昇》，以及D．H勞倫斯作品《查泰萊夫人的情人》。

一九六二年 改調萬里國民小學任教。

首次在聯合報副刊發表短篇小說，當時主編是林海音女士，在她的鼓勵下，半年間刊登〈失業．撲克．炸魷魚〉等十一篇短篇小說，以及散文〈黑眼珠與我〉、〈囂浮〉、〈狄克．平凡的女人．漁夫〉。

十月，在新竹入伍服兵役。十二月休假回通霄，長兄玉明因肺病去世。

一九六三年 在工兵輕裝備連服役，由岡山調嘉義。與東方白會晤於嘉義鐵路餐廳。

一九六四年 在頭份斗煥坪受平路機駕駛訓練。十月，在嘉義退伍，回萬里國民小學任教。

在《現代文學》雜誌發表短篇小說：〈隱遁的小角色〉、〈讚賞〉、〈綢絲綠巾〉。

一九六五年 與許玉燕小姐結婚。

十二月，辭去教職。

繼續在《現代文學》和《臺灣文藝》雜誌發表小說作品，計有〈獵槍〉等六篇。

一九六六年　在臺中東海花園楊逵家暫住數週。與尉天驄、陳映眞、施叔青相識於臺北鐵路餐廳，創辦《文學季刊》，發表〈灰色鳥〉等七篇小說。

一九六七年　長子懷拙出生。獲第一屆「臺灣文學獎」。

一九六八年　發表〈我愛黑眼珠〉、〈精神病患〉等六篇小說。獲第二屆「臺灣文學獎」。

一九六九年　認識龍思良和羅珞珈夫婦。發表〈結婚〉等十五篇小說及詩作。

一九七〇年　女兒小書出生；九月，離開臺北獨往霧社，在萬大發電廠分校任教。發表〈木塊〉等三篇小說。出版短篇小說集《僵局》（林白出版社，絕版。後由遠景出版事業公司出版）。

一九七一年　攜眷回出生地通霄定居；九月，在國民小學復職任教。發表〈巨蟹〉等七篇小說。出版小說集《精神病患》（大林出版社，絕版。後由遠景出版事業公司出版）。

一九七二年　發表〈絲瓜布〉等七篇小說以及散文和詩。發表小說〈期待白馬而顯現唐情〉。

出版小說集《巨蟹集》（新風出版社，絕版）。
自費出版詩集《五年集》（絕版）。

一九七三年 次子保羅出生。
發表小說〈聖・月芬〉、〈無葉之樹集〉等五篇。
出版小說《離城記》（晨鐘出版社，絕版）。

一九七四年 發表〈蘇君夢鳳〉等三篇小說。
撰寫長篇小說《削瘦的靈魂》，和詩〈有什麼能強過黑色〉等五首。

一九七五年 撰寫〈沙河悲歌〉、〈余索式怪誕〉等小說。
出版小說集《來到小鎮的亞茲別》（遠行出版社，絕版。後由遠景出版事業公司出版）。

一九七六年 撰寫《隱遁者》中篇小說。
出版〈大榕樹〉、〈德次郎〉、〈貓〉等小說。
出版《我愛黑眼珠》、《僵局》、《沙河悲歌》、《隱遁者》、《削瘦的靈魂》等五部小說集（遠景出版事業公司出版）。

一九七七年 接受《臺灣文藝》雜誌安排，與學者梁景峰對談——〈沙河的夢境和眞實〉。
撰寫長篇小說《城之迷》。
發表〈諾言〉等八篇小說。

出版七等生小說全集十冊（遠行出版社，絕版。後由遠景出版事業公司延續出版）。

一九七八年 撰寫《耶穌的藝術》。
發表〈散步去黑橋〉等九篇小說。
出版《散步去黑橋》小說集（遠景出版事業公司）。

一九七九年 發表〈銀波翅膀〉等三篇小說。
出版《耶穌的藝術》（洪範書店）。

一九八〇年 決定暫時停筆撰寫小說。
出版《銀波翅膀》小說集（遠景出版事業公司）。

一九八一年 研習攝影和暗房工作。
撰寫生活札記。

一九八二年 與美國華盛頓大學研究生安東尼·詹姆斯（Anthony James Demko）通信。
發表〈老婦人〉等五篇小說。

一九八三年 接到Anthony James Demko的碩士論文：〈七等生的內心世界——一個臺灣現代作家〉（The Internal world of Chi-teng Sheng, A Modern Taiwanese Writer）。
八月接受美國愛荷華大學國際作家工作坊之邀赴美，十二月底回國。
發表〈垃圾〉等小說。

一九八四年　出版《老婦人》小說集（洪範書店）。

一九八五年　澳洲學者凱文．巴略特（Kevin Bartlett）來訪，並接受他的論文：〈七等生早期短篇小說中的哲學、神學與文學理論〉（Literary Theory, Philosophy and Theology in Chi-teng Sheng's Early Short Stories）。

發表《重回沙河》生活札記（聯合文學），長篇小說《譚郎的書信》（中國時報），出版《譚郎的書信》（圓神出版社）。

小說〈結婚〉拍成電影。

獲中國時報文學推薦獎。

獲吳三連先生文藝獎。

一九八六年　出版《重回沙河》（遠景出版事業公司）。

重回沙河札記攝影展（臺北環亞畫廊）。

一九八七年　發表小說〈目孔赤〉。

一九八八年　發表《我愛黑眼珠續記》小說集（漢藝色研文化事業有限公司）。

一九八九年　自小學教師的工作退休，重握畫筆，設工作室於通霄。

接受法國巴黎大學研究生白麗詩Catherime BLAVET女士碩士論文〈QI DENG-SHENG七等生ECRIVAINCONTEMPORAIN TAIWAN AISPRESENTATION ET IRAOUCTIONS〉。

一九九〇年　六月，成功大學歷史語言研究所研究生廖淑芳的碩士論文〈七等生文體研究〉獲得通過，爲國內學院裡第一篇研究七等生的碩士論文。
一九九一年　出版《兩種文體——阿平之死》（圓神出版社）。臺北東之畫廊之鄉居隨筆粉彩畫個展。
一九九二年　接受《新新聞》記者謝金蓉女士採訪，談其近來心境，即〈我不想讓人覺得我有做大事的使命感〉一文。與美國漢學家墨子刻Thomas A, metzger（HOOVER INSTITUTION, STANFORD）相會於通霄，此後，成爲莫逆之交，互相通信和造訪。臺北欣賞家藝術中心邀請之「油畫與一張鉛筆素描」個展。
一九九三年　移居花蓮，設繪畫工作室。法國出版〈沙河悲歌〉法文本，Catherime BLAVET翻譯。
一九九四年　移居臺北市，在阿波羅大廈畫廊區設畫鋪子。義國威尼斯大學Elena Roggi女士的碩士論文及長篇小說〈跳出學園的圍牆〉（原名：削瘦的靈魂）義文翻譯。
一九九五年　結束畫鋪子，退居木柵溝子口。與傑出小說家阮慶岳相識。
一九九六年　發表中篇小說《思慕微微》（聯合文學）。
一九九七年　發表中篇小說〈一紙相思〉（拾穗）。

出版《思慕微微》合集（商務印書館）。

學習彈唱南管。

一九九九年　國家文化資料館（臺南市）展出七等生文稿及出版資料。

二〇〇〇年　國立成功大學研究生葉昊謹碩士論文《七等生書信體小說研究》。

〈沙河悲歌〉改編拍攝成電影（原名）（中影公司）。

二〇〇三年　七等生全集出版（遠景出版事業公司）。

編者按：一九三九年到一九八五年，爲作者自撰；一九八八年到一九九二年，爲編者增補。

一九九三年到二〇〇三年再由作者補述。

遠景出版事業公司圖書目錄(八)

	7忠黨報港	林行止著	240元
	8痼疾初發	林行止著	240元
	9如何是好	林行止著	240元
	10英倫采風(四)	林行止著	160元
	11終成畫餅	林行止著	240元
	12本末倒置	林行止著	240元
	13通縮初現	林行止著	240元
	14藥石亂投	林行止著	240元
	15有法無天	林行止著	240元
	16墮入錢網	林行止著	240元
	17內部腐爛	林行止著	240元
	18千年祝願	林行止著	240元
	19極度亢奮	林行止著	240元
	20王牌在握	林行止著	240元
	21破網急墮	林行止著	240元
	22主席發火	林行止著	240元
	23閒在心上	林行止著	240元
	24迫你花錢	林行止著	240元
	25少睡多金	林行止著	240元
	26中國製造	林行止著	240元
	27風雷魍魎	林行止著	240元
	28拈來趣味	林行止著	240元
	29通縮凝重	林行止著	240元
	30五年浩劫	林行止著	240元
	31如是我云	林行止著	240元
	32重藍輕白	林行止著	240元
	33閒讀偶拾	林行止著	240元

W傳記文庫

	1魯賓斯坦自傳（二冊）	楊月蓀譯	900元
	2阿嘉莎·克莉絲蒂自傳	陳紹鵬譯	480元
	3亨利·魯斯傳	程之行譯	180元
	4夏卡爾自傳	黃翰荻譯	240元
	5雷諾瓦傳	黃翰荻譯	320元
	6拿破崙傳	高語和譯	300元
	7甘地傳	許章眞譯	400元
	8英格麗·褒曼傳	王禎和譯	240元
	9鄧肯自傳	詹宏志譯	240元
	10華盛頓傳	薛絢譯	240元
	11希爾頓自傳	程之行譯	180元
	12回首話滄桑—聶魯達回憶錄	林光譯	390元
	13回歸本源—賈西亞·馬奎斯傳	卞雙成·胡眞才譯	390元
	14韋伯傳（二冊）	李永熾譯	400元
	15羅素自傳（三卷）	張國禎譯	840元
	16羅琳傳—哈利波特背後的天才	黃燦然譯	250元
	17蘇青傳	王一心著	240元
	18高斯評傳	易憲容著	240元
	19王度廬評傳	徐斯年著	280元
	20尼耳斯·玻爾傳	戈革譯	900元

X林語堂作品集

	1生活的藝術	林語堂著	160元
	2吾國與吾民	林語堂著	160元
	3遠景	林語堂著	140元
	4賴柏英	林語堂著	120元
	5紅牡丹	林語堂著	180元
	6朱門	林語堂著	180元
	7風聲鶴唳	林語堂著	180元
	8武則天傳	林語堂著	120元
	9唐人街	林語堂著	120元
	10啼笑皆非	林語堂著	120元
	11京華煙雲	林語堂著	360元
	12蘇東坡傳	林語堂著	180元
	13逃向自由城	林語堂著	160元
	14林語堂精摘	林語堂著	160元
	15八十自敘	林語堂著	100元

Y倪匡科幻小說集

	1老貓	倪匡著	130元
	2藍血人	倪匡著	180元
	3透明光	倪匡著	170元
	4蜂雲	倪匡著	180元
	5蠱惑	倪匡著	130元
	6屍變	倪匡著	170元
	7沉船	倪匡著	170元
	8地圖	倪匡著	170元
	9不死藥	倪匡著	170元
	10支離人	倪匡著	180元
	11天外金球	倪匡著	130元
	12仙境	倪匡著	160元
	13妖火	倪匡著	170元
	14訪客	倪匡著	100元
	15盡頭	倪匡著	130元
	16原子空間	倪匡著	130元
	17紅月亮	倪匡著	130元
	18換頭記	倪匡著	100元
	19環	倪匡著	130元
	20鬼子	倪匡著	130元
	21大廈	倪匡著	130元
	22眼睛	倪匡著	120元
	23迷藏	倪匡著	120元
	24天書	倪匡著	130元
	25玩具	倪匡著	130元
	26影子	倪匡著	100元
	27無名髮	倪匡著	130元
	28黑靈魂	倪匡著	130元
	29尋夢	倪匡著	130元
	30鑽石花	倪匡著	130元
	31連鎖	倪匡著	180元
	32後備	倪匡著	120元
	33紙猴	倪匡著	180元
	34第二種人	倪匡著	130元
	35盜墓	倪匡著	130元
	36搜靈	倪匡著	130元
	37茫點	倪匡著	130元
	38神仙	倪匡著	130元
	39追龍	倪匡著	130元
	40洞天	倪匡著	130元
	41活俑	倪匡著	130元
	42犀照	倪匡著	130元
	43命運	倪匡著	120元
	44異寶	倪匡著	120元

Z張五常作品集

	0流光幻影－張五常印象攝影集	張五常著	390元
	1賣桔者言	張五常著	
	2五常談教育	張五常著	
	3五常談學術	張五常著	
	4五常談藝術	張五常著	
	5狂生傲語	張五常著	
	6挑燈集	張五常著	
	7憑闌集	張五常著	
	8隨意集	張五常著	
	9捲簾集	張五常著	
	10學術上的老人與海	張五常著	
	11佃農理論	張五常著	
	12往日時光	張五常著	
	13中國的前途	張五常著	
	14再論中國	張五常著	
	15三岸情懷	張五常著	
	16存亡之秋	張五常著	
	17離群之馬	張五常著	
	18科學說需求——經濟解釋(一)	張五常著	
	19供應的行爲——經濟解釋(二)	張五常著	
	20制度的選擇——經濟解釋(三)	張五常著	
	21偉大的黃昏	張五常著	

遠景出版事業公司圖書目錄(七)

6樂樂集1	孔在齊著	240元
7樂樂集2	孔在齊著	240元
8鄧肯自傳	詹宏志譯	280元
9魯賓斯坦自傳（二冊）	楊月蓀譯	900元
10我的兒子馬友友	馬盧雅文口述	240元
11水滸人物	黃永玉著	600元
12我的貓	丁雄泉著	600元
13笑吧！別忘了感恩	黎智英詩、丁雄泉畫	600元
14樂樂集3	孔在齊著	240元
15樂樂集4	孔在齊著	240元
16莫扎特之魂	趙鑫珊、周玉明著	450元
17貝多芬之魂	趙鑫珊著	550元
18攝影藝術散論	莊靈著	280元

T 杜斯妥也夫斯基全集

1窮人	鍾文譯	160元
2死屋手記	耿濟之譯	200元
3被侮辱與被損害者	耿濟之譯	240元
4地下室手記	孟祥森譯	160元
5罪與罰	陳殿興譯	240元
6白痴	耿濟之譯	280元
7永恆的丈夫	孫慶餘譯	180元
8附魔者	孟祥森譯	480元
9少年	耿濟之譯	280元
10卡拉馬佐夫兄弟（二冊）	陳殿興譯	660元
11賭徒	孟祥森譯	180元
12淑女	鍾文譯	120元
13雙重人		
14作家日記		

U 諾貝爾文學獎文庫

1緣起、普魯東詩選	普魯東著	
米赫兒	米斯特拉爾著	
2羅馬史	蒙森著	
3超越人力之外	班生著	
大帆船	葉卻加萊著	
4你往何處去	顯克維支著	
5撒旦頌、基姆	卡度齊、吉卜齡著	
6人生的意義與價值	奧鏗著	
青鳥	海特靈克著	
7尼爾斯的奇遇	拉格洛芙著	
驕傲的姑娘	海才著	
8織工、沉鐘	霍普特曼著	
祭壇佳里	泰戈爾著	
9約翰克利斯朵夫（三冊）	羅曼羅蘭著	
10查理士國王的人馬	海登斯坦著	
奧林帕斯之春	史比德勒著	
11樂土	龐陀彼丹著	
明娜	傑洛拉普著	
12土地的成長	哈姆生著	
13天神們口渴了	法朗士著	
利害牽制	貝納勉特著	
14農夫們（二冊）	雷蒙特著	
15聖女貞德、母親	蕭伯納、德雷達著	
16葉慈詩選	葉慈著	
創造的進化	柏格森著	
17克麗絲汀的一生（二冊）	溫茜特著	
18布登勃魯克家族（二冊）	湯瑪斯・曼著	
19白璧德	劉易士著	
卡爾菲特詩選	卡爾菲特著	
20密賽特世家（三冊）	高爾斯華綏著	
21鄉村、舊金山一紳士	布寧著	
六個尋找作者的角色	皮藍德婁著	
長夜漫漫路迢迢	奧尼爾著	
22尙・巴華的一生	杜嘉德著	
23大地、兒子們、分家	賽珍珠著	
24聖者的悲哀	西蘭帕著	
荒原	艾略特著	
25玻璃珠遊戲	赫塞著	
26僞幣製造者、窄門	紀德著	
27西瑪蘭短篇小說集	密絲特拉兒著	
柏拉特羅與我	希蒙聶茲著	
28聲音與憤怒、熊	福克納著	
29西洋哲學史（二冊）	羅素著	
30巴拉巴	拉格維斯特著	
苔蕾絲、毒蛇之結	莫里亞克著	
31第二次世界大戰回憶錄	邱吉爾著	
32老人與海、戰地春夢	海明威著	
33獨立之子	拉克斯內斯著	
34墮落、異鄉人、瘟疫	卡繆著	
35齊瓦哥醫生	巴斯特納克著	
36人生非夢、遠征	瓜西莫多、佩斯著	
37德里納河之橋	安德里奇著	
38不滿的冬天、人鼠之間	史坦貝克著	
39阿息涅的國王	謝斐利士著	
嘔吐、牆	沙特著	
40靜靜的頓河（四冊）	蕭洛霍夫著	
41訂婚記	阿格農著	
伊萊	沙克絲著	
42總統先生	阿斯杜里亞斯著	
等待果陀	貝克特著	
43雪國、古都、千羽鶴	川端康成著	
44第一層地獄（二冊）	索忍尼辛著	
45一般之歌	聶魯達著	
九點半的彈子戲	鮑爾著	
46人之樹	懷特著	
47詹生短篇小說選	詹生著	
馬丁遜詩選	馬丁遜著	
孟德雷詩選	孟德雷	
48阿奇正傳	索爾・貝婁著	
亞歷山卓詩選	亞歷山卓著	
49莊園	以撒・辛格著	
50伊利提斯詩選	伊利提斯著	
米洛舒詩選	米洛舒著	
被拯救的舌頭	卡內提著	
51一百年的孤寂	賈西亞・馬奎斯著	
52蒼蠅王、啓蒙之旅	威廉・高定著	
53塞佛特詩選	魯斯拉夫・塞佛特著	
54豪華大酒店	克勞德・西蒙著	
55解釋者	沃爾・索因卡著	
56布洛斯基詩選	約瑟夫・布洛斯基著	
57梅達格胡同	納吉布・馬富茲著	
58巴斯葛・杜亞特家族	卡米羅・荷西・塞拉著	
59孤獨的迷宮	奧塔維奧・帕斯著	
60貴客	娜汀・葛蒂瑪著	
61奧梅羅斯	德里克・瓦爾科特著	
62所羅門之歌	東尼・莫里森著	
63萬延元年的足球隊	大江健三郎著	
64希尼詩選	席慕・希尼著	
65辛波絲卡詩選	維絲拉娃・辛波絲卡著	
66不付賬	達里奧・福著	
67失明症漫記	若澤・薩拉馬戈著	
68狗年月	君特・格拉斯著	
69		
70		

《諾貝爾文學獎文庫》平裝80鉅冊，定價28,800元

V 林行止作品集

1英倫采風(一)	林行止著	160元
2原富精神	林行止著	240元
3閒讀閒筆	林行止著	240元
4英倫采風(二)	林行止著	160元
5英倫采風(三)	林行止著	160元
6破英立舊	林行止著	240元

遠景出版事業公司圖書目錄(六)

58巴斯葛·杜亞特家族	卡米羅·荷西·塞拉著	
59孤獨的迷宮	奧塔維奧·帕斯著	
60貴客	娜汀·葛蒂瑪著	
61奧梅羅斯	德里克·瓦爾科特著	
62所羅門之歌	東尼·莫里森著	
63萬延元年的足球隊	大江健三郎著	
64希尼詩選	席慕·希尼著	
65辛波絲卡詩選	維絲拉娃·辛波絲卡著	
66不付賬	達里奧·福著	
67失明症漫記	若澤·薩拉馬戈著	
68狗年月	君特·格拉斯著	
69		
70		

《諾貝爾文學獎全集》精裝80鉅冊，定價36,000元

O 上海風華

1上海老歌名典	陳鋼編著	1200元
2玫瑰玫瑰我愛你	陳鋼編著	390元
3三隻耳朵聽音樂	陳鋼著	240元
4我的媽媽周璇	周偉·常晶著	390元
5摩登上海	郭建英繪·陳子善編	280元
6雨輕輕地在城市上空落著	毛尖著	240元
7上海大風暴	蕭關鴻著	280元
8上海掌故（一）	薛理勇編著	280元
9上海掌故（二）	薛理勇編著	280元
10上海掌故（三）	薛理勇編著	280元
11海上剪影	鄭祖安著	280元
12滬瀆舊影	張偉著	280元
13歇浦伶影	張德亮著	280元
14淞南俗影	仲富蘭著	280元
15滬濱閒影	羅蘇文著	280元
16春申儷影	戴云云著	280元
17上海俗語圖說（上）	汪仲賢著	280元
18上海俗語圖說（下）	汪仲賢著	280元
19上海怪味街	童孟侯著	240元
20老上海	宗部策劃	2500元
21		
22		
23		
24		
25		
26		
27		
28		
29		
30		

P 柯賴二氏探案（賈德諾著）

1來勢洶洶	周辛南譯	180元
2招財進寶	周辛南譯	180元
3雙倍利市	周辛南譯	180元
4全神貫注	周辛南譯	180元
5財源滾滾	周辛南譯	180元
6失靈妙計	周辛南譯	180元
7面面俱到	周辛南譯	180元
8不是不報	周辛南譯	180元
9一髮千鈞	周辛南譯	180元
10因禍得福	周辛南譯	180元
11一目了然	周辛南譯	180元
12驚險萬狀	周辛南譯	180元
13一波三折	周辛南譯	180元
14馬失前蹄	周辛南譯	180元
15網開一面	周辛南譯	180元
16峰迴路轉	周辛南譯	180元
17詭計多端	周辛南譯	180元
18自求多福	周辛南譯	180元
19一誤再誤	周辛南譯	180元
20禍福無門	周辛南譯	180元

Q 阿嘉莎·克莉絲蒂探案（三毛主編）

1A.B.C謀殺案	宋碧雲譯	180元
2加勒比海島謀殺案	楊月蓀譯	180元
3東方快車謀殺案	楊月蓀譯	180元
4鏡子魔術	宋碧雲譯	180元
5魔手	張艾茜譯	180元
6第三個女郎	楊月蓀譯	180元
7謀海	陳紹鵬譯	180元
8此夜綿綿	黃文範譯	180元
9不祥的宴會	陳紹鵬譯	180元
10鐘	張伯權譯	180元
11謀殺啓事	張艾茜譯	180元
12死亡約會	李永熾譯	180元
13葬禮之後	張國禎譯	180元
14白馬酒店	張艾茜譯	180元
15褐衣男子	張國禎譯	180元
16萬靈節之死	張國禎譯	180元
17鴿群裡的貓	張國禎譯	180元
18高爾夫球場命案	宋碧雲譯	180元
19尼羅河謀殺案	林秋蘭譯	180元
20艷陽下的謀殺案	景翔譯	180元
21死灰復燃	張國禎譯	180元
22零時	張國禎譯	180元
23畸形屋	張國禎譯	180元
24四大魔頭	陳惠華譯	180元
25殺人不難	張艾茜譯	180元
26死亡終局	張國禎譯	180元
27破鏡謀殺案	鄭麗淑譯	180元
28啤酒謀殺案	張艾茜譯	180元
29七鐘面之謎	張國禎譯	180元
30年輕冒險家	邵均宜譯	180元
31底牌	宋碧雲譯	180元
32古屋疑雲	張國禎譯	180元
33復仇女神	邵均宜譯	180元
34拇指一豎	張艾茜譯	180元
35漲潮時節	張艾茜譯	180元
36空幻之屋	張國禎譯	180元
37黑麥奇案	宋碧雲譯	180元
38清潔婦命案	宋碧雲譯	180元
39柏翠門旅館之秘	張伯權譯	180元
40國際學舍謀殺案	張國禎譯	180元
41假戲成眞	張國禎譯	180元
42命運之門	李永熾譯	180元
43煙囪的秘密	陳紹鵬譯	180元
44命案目睹記	陳紹鵬譯	180元
45美索不達米亞謀殺案	陳紹鵬譯	180元
46天涯過客	孟華譯	180元
47無妄之災	張國禎譯	180元
48藍色列車	張國禎譯	180元
49沉默的證人	張國禎譯	180元
50羅傑·亞克洛伊命案	張國禎譯	180元

R 史威德作品集

1經濟門楣	史威德著	240元
2經濟家學	史威德著	240元
3投資族譜	史威德著	240元
4一脈相承	史威德著	240元
5投資漫談	史威德著	240元

S 遠景藝術叢書

1要藝術不要命	吳冠中著	240元
2梵谷傳	常濤譯	320元
3夏卡爾自傳	黃翰荻譯	240元
4雷諾瓦傳	黃翰荻譯	320元
5音樂大師與世界名曲	劉璞編著	450元

遠景出版事業公司圖書目錄(五)

7銀波翅膀	七等生著	240元
8重回沙河	七等生著	240元
9譚郎的書信	七等生著	240元
10一紙相思	七等生著	240元

L 金學研究叢書

0金庸傳	冷夏著	350元
1我看金庸小說	倪匡著	160元
2再看金庸小說	倪匡著	160元
3三看金庸小說	倪匡著	160元
4讀金庸偶得	舒國治著	160元
5四看金庸小說	倪匡著	160元
6通宵達旦讀金庸	薛興國著	160元
7漫談金庸筆下世界	楊興安著	160元
8諸子百家看金庸（第一輯）	三毛等著	160元
9談笑傲江湖	溫瑞安著	160元
10金庸的武俠世界	蘇墱基著	160元
11五看金庸小說	倪匡著	160元
12韋小寶神功	劉天賜著	160元
13情之探索與神鵰俠侶	陳沛然著	160元
14析雪山飛狐與鴛鴦刀	溫瑞安著	160元
15諸子百家看金庸（第二輯）	羅龍治等著	160元
16諸子百家看金庸（第三輯）	翁靈文等著	160元
17諸子百家看金庸（第四輯）	杜南發等著	160元
18天龍八部欣賞舉隅	溫瑞安著	160元
19話說金庸	潘國森著	160元
20續談金庸筆下世界	楊興安著	160元
21諸子百家看金庸（第五輯）	餘子等著	160元
22淺談金庸小說	丁華著	160元
23金庸小說評彈	董千里著	160元
24金庸傳說	楊莉歌著	240元
25破解金庸寓言	王海鴻 張曉燕 著	160元
26給金庸小說挑毛病（上）	閻大衛著	160元
27給金庸小說挑毛病（下）	閻大衛著	160元
28挑燈看劍話金庸	戈革著	240元
29解放金庸	餘子主編	240元
30金庸小說人物印譜	戈革著	800元

M 中國古典詩詞賞析

1青青子衿（詩經選）	林振輝選註	180元
2公無渡河（樂府詩選）	張春榮選註	180元
3世事波舟（古體詩選）	李正治選註	180元
4冰心玉壺（絕句選）	李瑞騰選註	180元
5飛鴻雪泥（律詩選）	簡錦松選註	180元
6重樓飛雪（宋詞選）	龔鵬程選註	180元
7杜鵑啼情（散曲選）	汪天成選註	180元
8相思千行（明清民歌選）	陳信元選註	180元
9秋雁邊聲（杜甫詩選）	張敬校訂	180元
10滄海曉夢（李商隱詩選）	朱梅生選註	180元
11寒月松風（五言絕句選）	鄭騫校訂	180元
12江帆千里（七言絕句選）	鄭騫校訂	180元

N 諾貝爾文學獎全集

1緣起、普魯東詩選	普魯東著	
米赫兒	米斯特拉爾著	
2羅馬史	蒙森著	
3超越人力之外	班生著	
大帆船	葉卻加萊著	
4你往何處去	顯克維支著	
5撒旦頌、基姆	卡度齊、吉卜齡著	
6人生的意義與價值	奧鏗著	
青鳥	海特靈克著	
7尼爾斯的奇遇	拉格洛芙著	
驕傲的姑娘	海才著	
8織工、沉鐘	霍普特曼著	
祭壇佳里	泰戈爾著	
9約翰克利斯朵夫（三冊）	羅曼羅蘭著	
10查理士國王的人馬	海登斯坦著	
奧林帕斯之春	史比德勒著	
11樂土	龐陀彼丹著	
明娜	傑洛拉普著	
12土地的成長	哈姆生著	
13天神們口渴了	法朗士著	
利害牽制	貝納勉特著	
14農夫們（二冊）	雷蒙特著	
15聖女貞德、母親	蕭伯納、德蕾達著	
16葉慈詩選	葉慈著	
創造的進化	柏格森著	
17克麗絲汀的一生（二冊）	溫茜特著	
18布登勃魯克家族（二冊）	湯瑪斯・曼著	
19白璧德	劉易士著	
卡爾菲特詩選	卡爾菲特著	
20密賽特世家（三冊）	高爾斯華綏著	
21鄉村、舊金山一紳士	布寧著	
六個尋找作者的角色	皮藍德婁著	
長夜漫漫路迢迢	奧尼爾著	
22尙・巴華的一生	杜嘉德著	
23大地、兒子們、分家	賽珍珠著	
24聖者的悲哀	西蘭帕著	
荒原	艾略特著	
25玻璃珠遊戲	赫塞著	
26僞幣製造者、窄門	紀德著	
27西瑪蘭短篇小說集	密絲特拉兒著	
柏拉特羅與我	希蒙聶茲著	
28聲音與憤怒、熊	福克納著	
29西洋哲學史（二冊）	羅素著	
30巴拉巴	拉格維斯特著	
苔蕾絲、毒蛇之結	莫里亞克著	
31第二次世界大戰回憶錄	邱吉爾著	
32老人與海、戰地春夢	海明威著	
33獨立之子	拉克斯內斯著	
34墮落、異鄉人、瘟疫	卡繆著	
35齊瓦哥醫生	巴斯特納克著	
36人生非夢、遠征	瓜西莫多、佩斯著	
37德里納河之橋	安德里奇著	
38不滿的冬天、人鼠之間	史坦貝克著	
39阿息涅的國王	謝斐利士著	
嘔吐、牆	沙特著	
40靜靜的頓河（四冊）	蕭洛霍夫著	
41訂婚記	阿格農著	
伊萊	沙克絲著	
42總統先生	阿斯杜里亞斯著	
等待果陀	貝克特著	
43雪國、古都、千羽鶴	川端康成著	
44第一層地獄（二冊）	索忍尼辛著	
45一般之歌	聶魯達著	
九點半的彈子戲	鮑爾著	
46人之樹	懷特著	
47詹生短篇小說選	詹生著	
馬丁遜詩選	馬丁遜著	
孟德雷詩選	孟德雷	
48阿奇正傳	索爾・貝婁著	
亞歷山卓詩選	亞歷山卓著	
49莊園	以撒・辛格著	
50伊利提斯詩選	伊利提斯著	
米洛舒詩選	米洛舒著	
被拯救的舌頭	卡內提著	
51一百年的孤寂	賈西亞・馬奎斯著	
52蒼蠅王、啓蒙之旅	威廉・高定著	
53塞佛特詩選	魯斯拉夫・塞佛特著	
54豪華大酒店	克勞德・西蒙著	
55解釋者	沃爾・索因卡著	
56布洛斯基詩選	約瑟夫・布洛斯基著	
57梅達格胡同	納吉布・馬富茲著	

遠景出版事業公司圖書目錄(四)

21夢遊者的外甥女	方能訓譯	180元
22口吃的主教	魏廷朝譯	180元
23危險的富孀		
24跛腳的金絲雀		
25面具事件		
26竊貨者的鞋		
27作僞證的鸚鵡		
28上餌的釣鉤		
29受蠱的丈夫		
30空罐事件		
31溺死的鴨		
32冒失的小貓		
33掩埋的鐘		
34蚊惑	詹錫奎譯	180元
35傾斜的燭火		
36黑髮女郎	李淑華譯	180元
37黑金魚	張國禎譯	180元
38半睡半醒的妻子		
39第五個褐髮女人		
40脫衣舞孃的馬		
41懶惰的愛人		
42寂寞的女繼承人		
43猶疑的新郎		
44粗心的美女		
45變亮的手指		
46憤怒的哀悼者		
47嘲笑的大猩猩		
48猶豫的女主人		
49綠眼女人		
50消失的護士		
51逃亡的屍體	魏廷朝譯	180元
52日光浴者的日記		
53膽小的共犯		
54最後的法庭	詹錫奎譯	180元
55金百合事件		
56好運的輸家	呂惠雁譯	180元
57尖叫的女人		
58任性的人		
59日曆女郎	葉石濤譯	180元
60可怕的玩具		
61死亡圍巾		
62歌唱的裙子		
63半路埋伏的狼		
64複製的女兒		
65坐輪椅的女人	黃恆正譯	180元
66重婚的丈夫		
67頑抗的模特兒		
68淺色的礦脈		
69冰冷的手		
70繼女的祕密		
71戀愛中的伯母		
72莽撞的離婚婦人		
73虛幻的幸運		
74不安的遺產繼承人		
75困擾的受託人		
76漂亮的乞丐		
77憂心的女侍		
78選美大會的女王	詹錫奎譯	180元
79粗心的愛神		
80了不起的騙子	張艾茜譯	180元
81被圍困的女人		
82擱置的謀殺案		

H 台灣文學叢書

1亞細亞的孤兒	吳濁流著	180元
2寒夜三部曲—寒夜	李喬著	320元
3寒夜三部曲—荒村	李喬著	320元
4寒夜三部曲—孤燈	李喬著	320元
5邊秋一雁聲	吳念眞著	180元
6台灣人三部曲	鍾肇政著	900元
7遠方	許達然著	160元
8濁流三部曲	鍾肇政著	900元
9魯冰花	鍾肇政著	160元
10含淚的微笑	許達然著	160元
11藍彩霞的春天	李喬著	180元
12波茨坦科長	吳濁流著	180元
13一桿秤仔	賴和等著	240元
14一群失業的人	楊守愚等著	240元
15豚	張深切等者	240元
16薄命	楊華等著	240元
17牛車	呂赫若等著	240元
18送報伕	楊逵等著	240元
19植有木瓜樹的小鎭	龍瑛宗等著	240元
20閹雞	張文環等著	240元
21亂都之戀	楊雲萍等著	240元
22廣闊的海	水蔭萍等著	240元
23森林的彼方	董祐峰等著	240元
24望鄉	張冬芳等著	240元
25市井傳奇	洪醒夫著	160元
26大地之母	李喬著	390元
27殺生	何光明著	200元
28紅塵	龍瑛宗著	240元
29泥土	吳晟著	180元
30沒有土地·那有文學	葉石濤著	240元
31文學回憶錄	葉石濤著	240元
32土	許達然著	160元

I 遠景大人物叢書

1生根·深耕	王永慶著	220元
2金庸傳	冷夏著	350元
3王永慶觀點	王永慶著	180元
4黎智英傳說	呂家明著	180元
5李嘉誠語錄	許澤惠編著	99元
6倪匡傳奇	沈西城著	180元
7辜鴻銘印象	宋炳輝編	240元
8辜鴻銘(第一卷)	鍾兆雲著	450元
9辜鴻銘(第二卷)	鍾兆雲著	450元
10辜鴻銘(第三卷)	鍾兆雲著	450元

J 歷史與思想叢書

1西洋哲學史(二冊)	羅素著	600元
2羅馬史	蒙森著	480元
3王船山哲學	曾昭旭著	380元
4奴役與自由	貝德葉夫著	280元
5群眾之反叛	奧德嘉著	180元
6生命的悲劇意識	烏納穆諾著	240元
7奧義書	林建國譯	180元
8吉拉斯談話錄	袁東等譯	180元
9中國反貪史(二冊)	王春瑜主編	900元
10現代俄國文學史	湯新楣譯	320元
11歷史的跫音	李永熾著	180元
12鄉土文學討論集	尉天驄編	550元
13末代皇帝	愛新覺羅·溥儀著	320元
14當代大陸作家風貌	潘耀明著	480元
15第二次世界大戰回憶錄	邱吉爾著	360元

K 七等生全集

1初見曙光	七等生著	240元
2我愛黑眼珠	七等生著	240元
3僵局	七等生著	240元
4離城記	七等生著	240元
5沙河悲歌	七等生著	240元
6城之迷	七等生著	240元

遠景出版事業公司圖書目錄(三)

	27諸世紀（第二卷）	諾斯特拉達姆士著	180元
	28諸世紀（第三卷）	諾斯特拉達姆士著	180元
	29諸世紀（第四卷）	諾斯特拉達姆士著	180元
	30諸世紀（第五卷）	諾斯特拉達姆士著	180元
	31鑿空行─張騫傳	齊　桓著	280元
	32宰相劉羅鍋	胡學亮編著	280元
	33都是夏娃惹的禍	陳紹鵬譯	180元
	34都是亞當惹的禍	陳紹鵬譯	180元
	35都是裸體惹的禍	陳紹鵬譯	180元
	36文學的視野	胡菊人著	180元
	37小說技巧	胡菊人著	180元
	38紅樓水滸與小說藝術	胡菊人著	180元
	39諾貝爾文學獎秘史	王鴻仁譯	240元
	40張愛玲的畫	陳子善編著	240元
	41把水留給我	盧　嵐著	180元
	42多少英倫新事(一)	魯　鳴著	240元
	43多少英倫新事(二)	魯　鳴著	240元
	44中國經濟史(一)	葉龍編著	240元
	45中國經濟史(二)	葉龍編著	240元
	46歷代人物經濟故事(一)	葉　龍著	240元
	47歷代人物經濟故事(二)	葉　龍著	240元
	48歷代人物經濟故事(三)	葉　龍著	240元
	49太平廣記豪俠小說	楊興安著	240元
	50行止・行止	駱友梅等著	240元
	51天怒	陳　放著	280元
	52淚與屈辱	九　皐著	240元
	53十年浩劫	九　皐著	240元
	54逝者如斯夫	丁中江著	390元
	55林行止作品集目錄	沈登恩編	240元
	56亂世文談	胡蘭成著	240元
	57石破天驚逗秋雨	金文明著	280元
	58香港情懷	文灼非著	320元
	59事實與偏見	黎智英著	240元
	60我退休失敗了	黎智英著	240元
	61我的理想是隻糯米雞	黎智英著	240元
	62水清有魚	練乙錚著	240元
	63說Ho—Ho的權利	練乙錚著	240元
	64斷訊官司	尤英夫著	240元
	65饞遊四海(一)	張建雄著	160元
	66饞遊四海(二)	張建雄著	160元
	67另類家書	張建雄著	160元
	68說不盡的張愛玲	陳子善著	240元
	69張愛玲短篇小說論集	陳炳良著	180元
	70箱子裡的男人	安部公房著	120元
	71饞遊四海(三)	張建雄著	160元
	72六四前後（上）	丁　望著	240元
	73六四前後（下）	丁　望著	240元
	74初夜權	丁　望著	240元
	75蘇東波	丁望編著	240元
	76前九七紀事一：矮人看戲	戴　天著	240元
	77前九七紀事二：人鳥哲學	戴　天著	240元
	78前九七紀事三：群鬼跳牆	戴　天著	240元
	79前九七紀事四：囉哩哩囉	戴　天著	240元
	80中西文學的徊想	李歐梵著	240元
	81方術紀異（上）	王亭之著	280元
	82方術紀異（下）	王亭之著	280元
	83風眼中的經濟學	雷鼎鳴著	240元
	84用經濟學做眼睛	雷鼎鳴著	240元
	85紀德日記	詹宏志譯	180元
	86愛與文學	宋碧雲譯	240元
	87酒逢知己	楊本禮著	240元
	88皇極神數奇談	阿　樂著	160元
	89蜀山劍俠評傳	葉洪生著	240元
	90佛心流泉	孟祥森譯著	180元
	91朱鎔基跨世紀挑戰	任慧文著	320元
	92戰難和亦不易	胡蘭成著	280元
	93藤夢花落	京　梅著	280元

	94大宅門（上）	郭寶昌著	280元
	95大宅門（下）	郭寶昌著	280元
	96如夢如煙恭王府	京　梅著	280元
	97餘力集	戈　革著	280元
	98張愛玲與胡蘭成	王一心著	240元
	99一滴淚	巫寧坤著	280元
	100飲水詞箋校	納蘭性德撰	280元

F 王度廬作品集

	1鶴驚崑崙（上）	王度廬著	180元
	2鶴驚崑崙（中）	王度廬著	180元
	3鶴驚崑崙（下）	王度廬著	180元
	4寶劍金釵（上）	王度廬著	180元
	5寶劍金釵（中）	王度廬著	180元
	6寶劍金釵（下）	王度廬著	180元
	7劍氣珠光（上）	王度廬著	180元
	8劍氣珠光（下）	王度廬著	180元
	9臥虎藏龍（上）	王度廬著	180元
	10臥虎藏龍（中）	王度廬著	180元
	11臥虎藏龍（下）	王度廬著	180元
	12鐵騎銀瓶（一）	王度廬著	180元
	13鐵騎銀瓶（二）	王度廬著	180元
	14鐵騎銀瓶（三）	王度廬著	180元
	15鐵騎銀瓶（四）	王度廬著	180元
	16鐵騎銀瓶（五）	王度廬著	180元
	17風雨雙龍劍	王度廬著	
	18龍虎鐵連環	王度廬著	
	19靈魂之鎖	王度廬著	
	20古城新月（上）	王度廬著	
	21古城新月（中）	王度廬著	
	22古城新月（下）	王度廬著	
	23粉墨嬋娟	王度廬著	
	24春秋戟	王度廬著	
	25洛陽豪客	王度廬著	
	26綉帶銀鏢	王度廬著	
	27雍正與年羹堯	王度廬著	
	28寶刀飛	王度廬著	
	29風塵四傑	王度廬著	
	30燕市俠伶	王度廬著	
	31紫電青霜	王度廬著	
	32金剛王寶劍	王度廬著	
	33紫鳳鏢	王度廬著	
	34香山俠女	王度廬著	
	35落絮飄香（上）	王度廬著	
	36落絮飄香（下）	王度廬著	

G 梅森探案（賈德諾著）

	1大膽的誘餌	張國禎譯	180元
	2倩影	鄭麗淑譯	180元
	3管理員的貓	張國禎譯	180元
	4滾動的骰子	張慧倩譯	180元
	5暴躁的女孩	張國禎譯	180元
	6長腿模特兒	張艾茜譯	180元
	7蟲蛀的貂皮大衣	張國禎譯	180元
	8艷鬼	施寄青譯	180元
	9沉默的股東	宋碧雲譯	180元
	10拘謹的被告	施寄青譯	180元
	11淘氣的娃娃	張艾茜譯	180元
	12放浪的少女		
	13不服貼的紅髮		
	14獨眼證人	張國禎譯	180元
	15謹慎的風塵女子	鄭麗淑譯	180元
	16蛇蠍美人案	葉石濤譯	180元
	17幸運腿		
	18狂吠之犬		
	19怪新娘		
	20義眼殺人事件		

遠景出版事業公司圖書目錄(二)

15黛絲姑娘	哈代著	180元
16山之音	川端康成著	160元
17齊瓦哥醫生	巴斯特納克著	360元
18飄（二冊）	宓西爾著	360元
19約翰·克利斯朵夫（二冊）	羅曼·羅蘭著	750元
20傲慢與偏見	珍·奧斯汀著	160元
21包法利夫人	福婁拜著	240元
22簡愛	夏綠蒂·白朗特著	180元
23雪國	川端康成著	160元
24古都	川端康成著	160元
25千羽鶴	川端康成著	160元
26華爾騰——湖濱散記	梭羅著	160元
27神曲	但丁著	240元
28紅字	霍桑著	160元
29海狼	傑克倫敦著	180元
30人性枷鎖	毛姆著	390元
31茶花女	小仲馬著	160元
32父與子	屠格涅夫著	160元
33唐吉訶德傳	塞萬提斯著	180元
34理性與感性	珍·奧斯汀著	180元
35紅與黑	斯湯達爾著	280元
36咆哮山莊	愛彌兒·白朗特著	180元
37瘟疫	卡繆著	180元
38預知死亡紀事	賈西亞·馬奎斯著	180元
39基姆	吉卜齡著	240元
40二十年後（四冊）	大仲馬著	800元
41塊肉餘生錄（二冊）	狄更斯著	400元
42附魔者	杜斯妥也夫斯基著	480元
43窄門	紀德著	160元
44大地	賽珍珠著	160元
45兒子們	賽珍珠著	160元
46復活	托爾斯泰著	180元
47分家	賽珍珠著	160元
48玻璃珠遊戲	赫塞著	240元
49天方夜譚（二冊）	佚名等著	500元
50鹿苑長春	勞玲絲著	180元
51一見鍾情	愛倫·坡著	180元
52獵人日記	屠格涅夫著	180元
53憨第德	伏爾泰著	160元
54你往何處去	顯克維支著	390元
55農夫們（二冊）	雷蒙特著	500元
56獨立之子	拉克斯內斯著	420元
57異鄉人	卡繆著	160元
58一九八四	歐威爾著	160元
59第一層地獄（二冊）	索忍尼辛著	500元
60還魂記	愛倫·坡著	180元
61娜娜	左拉著	180元
62黑貓	愛倫·坡著	180元
63鐵面人（八冊）	大仲馬著	2000元
64羅生門	芥川龍之介著	240元
65細雪	谷崎潤一郎著	360元
66浮華世界	薩克萊著	360元
67靜靜的頓河（四冊）	蕭洛霍夫著	1000元
68僞幣製造者	紀德著	180元
69鐘樓怪人	雨果著	280元
70嘔吐	沙特著	180元
71希臘左巴	卡山札基著	180元
72浮士德	歌德著	280元
73死靈魂	果戈里著	240元
74湯姆·瓊斯（二冊）	菲爾汀著	400元
75聶魯達詩集	聶魯達著	120元
76基度山恩仇記（二冊）	大仲馬著	400元
77奧德賽	荷馬著	320元
78少年維特的煩惱	歌德著	120元
79白璧德	辛克萊·劉易士著	280元
80坎特伯雷故事集	喬叟著	200元
81兒子與情人	D.H·勞倫斯著	200元
82謝利	夏綠蒂·白朗特著	480元
83明娜	傑洛拉普著	240元
84十日談（二冊）	薄伽丘著	360元
85我是貓	夏目漱石著	240元
86罪與罰	杜斯妥也夫斯基著	280元
87小婦人	阿爾柯特著	160元
88尙·巴華的一生	杜嘉德著	280元
89明暗	夏目漱石著	280元
90悲慘世界（五冊）	雨果著	900元
91酒店	左拉著	240元
92憤怒的葡萄	史坦貝克著	360元
93凱旋門	雷馬克著	240元
94雙城記	狄更斯著	240元
95白癡	杜斯妥也夫斯基著	280元
96高老頭	巴爾扎克著	160元
97人世間	阿南達·杜爾著	360元
98萬國之子	阿南達·杜爾著	360元
99足跡	阿南達·杜爾著	360元
100玻璃屋	阿南達·杜爾著	360元
101伊甸園東	史坦貝克著	280元
102迷惘	卡內提著	280元
103冰壁	井上靖著	180元
104白鯨記	梅爾維爾著	280元
105國王的人馬	羅伯特·潘·華倫著	360元
106克麗絲汀的一生（二冊）	溫茜特著	560元
107草葉集	惠特曼著	240元
108人之樹	懷特著	480元
109莊園	以撒·辛格著	280元
110里斯本之夜	雷馬克著	180元
111被拯救的舌頭	卡內提著	240元
112戰地春夢	海明威著	240元
113阿奇正傳	索爾·貝婁著	480元
114土地的成長	哈姆生著	240元
115九點半的彈子戲	鮑爾著	240元
116熊	福克納著	100元
117一位年輕藝術家的畫像	喬埃斯著	180元
118聲音與憤怒	福克納著	180元
119戰地鐘聲	海明威著	180元
120洛麗塔	納布可夫著	180元

E 遠景叢書

1預言者之歌	劉志俠譯著	300元
2兩性物語	何光明著	160元
3桃花源	陳慶隆著	180元
4溪邊往事	陳慶隆著	180元
5水鬼傳奇	陳慶隆著	180元
6結婚的條件	陳慶隆著	180元
7閒遊記饑	張建雄著	160元
8錢眼見聞	張建雄著	160元
9商海興亡	張建雄著	160元
10饑話連篇	張建雄著	160元
11一元五角車票官司	尤英夫著	160元
12請問芳名(一)	周平譯	200元
13請問芳名(二)	陳生保譯	200元
14請問芳名(三)	譚晶華譯	200元
15請問芳名(四)	莫邦富譯	200元
16縱筆	張文達著	160元
17洋相	蕭芳芳著	160元
18饑遊偶拾	張建雄著	160元
19陸鏗看兩岸	陸鏗著	280元
20點與線	松本清張著	180元
21霧之旗	松本清張著	180元
22由莎士比亞談到碧姬芭杜	陳紹鵬等譯	180元
23濟慈和芳妮的心聲	陳紹鵬等譯	180元
24現代俄國短篇小說選	高爾基等著	180元
25天仇	鄭文輝著	240元
26諸世紀（第一卷）	諾斯特拉達姆士著	180元

遠景出版事業公司圖書目錄(一)

遠景出版事業公司

A遠景文學叢書

1今生今世	胡蘭成著	280元
2山河歲月	胡蘭成著	180元
3遠見	陳若曦著	180元
4懺情書	鹿橋著	160元
5地之子	臺靜農著	180元
6人子	鹿橋著	160元
7酒徒	劉以鬯著	180元
8一九九七	劉以鬯著	180元
9建塔者	臺靜農著	180元
10小亞細亞孤燈下	高信譚著	180元
11花落蓮成	姜貴著	180元
12尹縣長	陳若曦著	180元
13邊城散記	楊文璞著	160元
14再見·黃磚路	詹錫奎著	180元
15早安·朋友	張賢亮著	180元
16李順大造屋	高曉聲著	180元
17小販世家	陸文夫著	180元
18心有靈犀的男孩	祖慰著	180元
19藍旗	陳村著	240元
20男人的一半是女人	張賢亮著	240元
21男人的風格	張賢亮著	240元
22萬蟬集	孟東籬著	180元
23電影神話	羅維明著	180元
24不寄的信	倪匡著	160元
25心中的信	倪匡著	160元
26羅曼蒂克死啦	高信譚著	180元
27大拇指小說選	也斯編	180元
28生命之愛	傑克·倫敦著	180元
29成吉思汗	董千里著	280元
30馬可波羅	董千里著	180元
31董小宛	董千里著	180元
32柔福帝姬	董千里著	180元
33唐太宗與武則天	董千里著	180元
34楊貴妃傳	井上·靖著	180元
35續愛眉小札	徐志摩著	180元
36郁達夫情書	郁達夫著	180元
37郁達夫卷	王潤華編	180元
38我看衛斯理科幻	沈西城著	160元

B高陽作品集

1緹縈	高陽著	260元
2王昭君	高陽著	180元
3大將曹彬	高陽著	160元
4花魁	高陽著	140元
5正德外記	高陽著	160元
6草莽英雄(二冊)	高陽著	360元
7劉三秀	高陽著	160元
8清官冊	高陽著	140元
9清朝的皇帝(三冊)	高陽著	600元
10恩怨江湖	高陽著	140元
11李鴻章	高陽著	180元
12狀元娘子	高陽著	240元
13假官眞做	高陽著	140元
14翁同龢傳	高陽著	280元
15徐老虎與白寡婦	高陽著	280元
16石破天驚	高陽著	210元
17小鳳仙	高陽著	280元
18八大胡同	高陽著	160元
19粉墨春秋(三冊)	高陽著	420元
20桐花鳳	高陽著	160元
21避情港	高陽著	120元
22紅塵	高陽著	140元
23再生香	高陽著	160元
24醉蓬萊	高陽著	160元
25玉壘浮雲	高陽著	150元
26高陽雜文	高陽著	150元
27大故事	高陽著	150元

C林行止政經短評

1身外物語	林行止著	240元
2六月飛傷	林行止著	240元
3怕死貪心	林行止著	240元
4樓台煙火	林行止著	240元
5利字當頭	林行止著	240元
6東歐變天	林行止著	240元
7求財若渴	林行止著	240元
8難定去從	林行止著	240元
9戰海蜉蝣	林行止著	240元
10理曲氣壯	林行止著	240元
11蘇聯何解	林行止著	240元
12民選好醜	林行止著	240元
13前程未卜	林行止著	240元
14賦歸風雨	林行止著	240元
15情迷失位	林行止著	240元
16沉寂待變	林行止著	240元
17到處風騷	林行止著	240元
18撩是鬥非	林行止著	240元
19排外誤港	林行止著	240元
20旺市蓄勢	林行止著	240元
21調控神州	林行止著	240元
22熱錢興風	林行止著	240元
23依樣葫蘆	林行止著	240元
24人多勢寡	林行止著	240元
25局部膨脹	林行止著	240元
26鬧酒政治	林行止著	240元
27治港牌章	林行止著	240元
28無定向風	林行止著	240元
29念在斯人	林行止著	240元
30根莖同生	林行止著	240元
31股海翻波	林行止著	240元
32劫後抖擻	林行止著	240元
33從此多事	林行止著	240元
34幹線翻新	林行止著	240元
35金殼蝸牛	林行止著	240元
36政改去馬	林行止著	240元
37衍生危機	林行止著	240元
38死撐到底	林行止著	240元
39核影幢幢	林行止著	240元
40玩法弄法	林行止著	240元
41永不回頭	林行止著	240元
42誰敢不從	林行止著	240元
43變數在前	林行止著	240元
44釣台血海	林行止著	240元
45粉墨登場	林行止著	240元

D世界文學全集

1魯拜集	奧瑪·開儼著	180元
2人間的條件(三冊)	五味川純平著	720元
3源氏物語(三冊)	紫式部著	720元
4蒼蠅王	威廉·高定著	180元
5查泰萊夫人的情人	D·H·勞倫斯著	180元
6安娜·卡列尼娜(二冊)	托爾斯泰著	400元
7戰爭與和平(四冊)	托爾斯泰著	800元
8卡拉馬佐夫兄弟(二冊)	杜斯妥也夫斯基著	660元
9三劍客(三冊)	大仲馬著	600元
10一百年的孤寂	賈西亞·馬奎斯著	180元
11美麗新世界	赫胥黎著	160元
12麥田捕手	沙林傑著	160元
13大亨小傳	費滋傑羅著	160元
14夜未央	費滋傑羅著	180元

初見曙光

七等生全集　K①

作者	七等生
主編	張恆豪
發行人	沈登恩
出版者	遠景出版事業有限公司 郵撥：0765255—8 電話：（02）8226—9900 傳眞：（02）8226—9907 網址：http://www.vistagroup.com.tw 台北郵局7—501號信箱
香港發行所	遠景（香港）出版集團 九龍旺角西洋菜街62號2樓
總代理	藍圖出版事業有限公司 台北縣板橋市中正路13號
印刷	加斌有限公司 台北市復興南路二段210巷30號
定價	新台幣240元・港幣80元
初版	2003年10月

行政院新聞局登記證局版台業字第0105號

ISBN 957-39-0630-9